爱的一面，写恶心，正是揭露它，使之收敛乃至消亡，从而让善美丽地照耀这个世界。

文学肯定要给人带来欢乐。但无节制的欢乐，会带来轻浮之激荡，并会使人失去深刻的思考。文学当然要给人带来快感。但快感不仅仅只有欢乐。痛苦也是一种快感。无论如何，痛苦之美是若干种美之中的最高等级的美。在享乐主义的今天，在文化趋向轻飘而放弃/失去往日的庄重、深沉、幽远和宏伟的今天，得有些让人（自然包括孩子）痛苦的文字。有时流泪大概比欢笑更能解除心头之郁结。苦药与甜食，都利身体。

还有一点，也是极重要的一点，就是我必须认真地吃饭。力气甚至比才气还重要。很多人没有做成什么事，可能就亏在没有一把好力气。

小尾巴

曹文轩 著

河北出版传媒集团
河北教育出版社

编者荐言

中国当代文学已走过七十多年，每一次文学浪潮的奔腾翻涌，都有彪炳文学史的作家留下优秀作品。

回首20世纪七八十年代，改革开放开启了中国当代文学持续至今的繁盛，由于几百家文学刊物的存在，中短篇小说曾是浩荡文学洪流中的浪尖。然而，以1993年“陕军东征”为分水岭，长篇小说创作成为中国文坛中独立潮头的存在，衡量一个作家的创作成就及一个时期的文学成果，往往要看长篇小说的收获。中短篇小说的创作和读者关注度减弱，似乎文学作品非鸿篇巨制不足以铭记大时代车轮驶过的隆隆巨响。

进入21世纪，特别是党的十八大以来的新时代，我们乘着光纤体验世界的光速变迁，网络文学全面崛起，读图时代、视频时代甚至元宇宙时代的更迭，令人应接不暇，文学创作无论是体裁还是题材都呈现出一种扇面散播效应，中短篇小说创作也再度呈扇面式生长，精彩纷呈。

为此，我们特编辑了这套“年轮典存丛书”，以点带面地梳理生于不同年代的当代优秀作家的中短篇小说精品，呈现不同代际作家年轮般的生长样态。

我们不无感佩地看到，生于1940年前后的文学前辈，青年时已是文坛旗手，在当下依然保持着丰沛的创作力，他们笔耕不辍，使当代文学大树的根扎得更深。

“50后”一代作家已走过一个甲子，笔力越发苍劲。他们不断返回一代人的成长现场，返回村镇故乡、市井街巷；上承“40后”的宏大命运主题，下接烟火漫卷的无边地气；既广受外国文学的影响，又保有中国古典文学的高蹈气质。

在“60后”这一中坚力量的年轮线上，我们能看到在城乡裂变、传统向现代过渡的进程中，一代人的身份确认、自我实现，以及精神成长的喜悦和焦虑。

“70后”作家因人生经验与改革开放四十年紧密相连而被称为“幸运的一代”和“夹缝中壮大的一代”，也是倍受前辈作家的成就影响而焦虑的一代。如今已与前辈并立潮头，表现不俗。

而作为“网生一代”的“80后”和“90后”，他们的写作得到更多赞誉的同时，也承受了更多挑剔和质疑。但经过岁月淘洗，我们欣喜地看到，曾经的文学小将已在文坛扎扎实实立稳脚跟，相继以立身之作进入而立和不惑之年。

六代作家七十年，接力写下人世间。宏阔进程中的21世纪中国当代文学，正在形成新的文学山峰的山脊线。短经典历久弥新，存文脉山高水长。

目　录
CONTENTS

城边有家小酒店

出城东门，往左走，老城墙脚下有家小酒店。小酒店的主人叫草菊。她还带一个弟弟，叫毛毛。姐十七，弟十五，两人把小酒店经营得蛮好。客人若不嫌弃，肯光临小酒店，姐弟俩就会手脚不停地伺候他，保证让他满意，最后叫他喝得满脸红光，血液流通，筋络舒畅，直觉得浑身轻飘如烟斗里飘出的一缕淡烟，离开了这个闹嚷的尘世，悠悠地，飘进蓝天白云天国中去了。

一

经营这个小酒店当然不容易。要不是家中贫寒得板凳只剩三条腿，说什么姐弟俩也不会到这城边上开这个小酒店。

妈妈生毛毛时，月子里落下病，终年卧床不起。爸爸倒是有心过好日子，好几次想干点儿大事把家治好，但不是时运不佳，就是他短于算计，常常如俗话说的：二姑娘出嫁——倒贴。折腾穷，穷折腾，折腾来折腾去，家里板凳还是三条腿。他也累了，乏了，没精神了，就差跟妈妈一样也卧床不起了。炮灰也会发热，忽然时来运转了，在城边住着的旭初先生来了，说上头落实政策，他要回苏州城里去了，正屋卖了，还有两间厨房留着不要了，要白送他们："该把穷日子了结了，去开个小酒店吧。"这人真够交情。他发配到农村那会儿，就落脚在他们家。爸爸穷，但心好，尽他所能，去温暖那个可怜人儿的心。现在，他报恩来了。穷弯了腰的爸爸泪珠涟涟，抓住旭初先生的手不肯松，摇了又摇。

于是，全家商量了三天，决定身体不好的爸爸留守家中看护妈妈，照料庄稼地。毛毛脑子呆拙，反正也不是读书的料，读个初中也就不错了，跟姐姐去开小酒店。

七拼八凑，一阵鞭炮声，这城边小酒店开张了。

草菊吃粗茶淡饭长大，且又经受着乡野的风吹、雨淋和太阳的曝晒，但却长得清、细、白、秀。十七岁的姑娘，正是散发光彩的大好时光。那弯弯的、柔和的线条，很是迷人。一对黑漆漆的眼睛，常是怯生生地看人，睫毛一张一合，目光一亮一闪，让人生出无穷无尽的好感来。她的声音低低的，细细的，软款款的，微微有点儿气喘，透出一个姑娘家的如水柔情。

毛毛长得一副憨相，憨得也让人喜欢。

人们喜欢这小酒店。

钱并不好赚。这倒不是说起早贪黑地吃苦。姐弟俩本来就是两个苦瓜，这点儿苦不在乎。受不了的是碰上那些存心跟人过不去的顾客的无理发难。城里人脾气大，不像乡下人那么厚道、温情，眼珠子牛牛的，说话冰冰的，像是他们有钱，就该抖抖威风，摆摆阔架子，做做大老爷。若有一点儿不周到，就叫，就嚷，就把筷子拍在桌上，或者干脆一扣盘子给你脸色看。

每逢这时，草菊总是搂着毛毛站在一旁不敢动，眼睛里含着不尽的歉意、吃惊和“不知哪里错了”的惶惑神情。那些发脾气的人一见着这对眼睛，火气也就慢慢地平息了。有的临走时，甚至还道歉：“姑娘，别在意，今天我心情不好。”

草菊点点头，眼睛说：没事没事。毛毛憨憨地看人家的眼睛，觉得那人很有趣，很亲切，心里希望他以后再来发脾气。

也有让人很讨厌的人，譬如说眼下正坐在墙角那张桌子旁喝酒的老头儿。他很瘦小，像粒干瘪的双季稻稻壳。又灰又黄的头发乱乱的，胡子不刮，像一绺枯草，上面挂着酒珠。那脸不知多久没清洗了，糊糊涂涂的。他天天来喝酒，而且屁股极沉，一坐就是几个小时不肯动。他用手捏几粒花生米，仰起脖子张大嘴，把花生米一颗颗扔进去，扔足了，嚼一嚼，然后喝一口酒，喝得龇牙咧嘴，还“吱吱”地响。这老头儿脾气糟透了，动不动就朝草菊和毛毛发火，而且总是毫无道理。有时，甚至掀桌子扔板凳，硬说姐弟俩不把他放在眼里，欺负他个老头子，还发狠说放一把火把这小酒店烧了。

每次来，要了酒就问：“有鱼子吗？”

“没有。”

“没有鱼子叫什么酒店！既叫酒店，就应当有鱼子！”他立即就克制不住地流露出不满情绪，“没有鱼子，这酒店就别开，现人眼的！”

莫名其妙，难道天下的酒店都必须有鱼子吗？若没有鱼子就都不能叫酒店了吗？

今天，他的态度比以往任何时候还要恶劣，一边狠狠地把花生米往嘴里扔，像孩子砸树上的鸟似的那么用力，一边狠狠地喝，差点儿要把杯子喝下去。喝一口，狠狠地把杯子放在桌子上，唠叨：“连盘鱼子都没有！鱼子！我要鱼子！没有鱼子我怎么喝酒？……”他甚至含含糊糊地骂人。

坐在另一张桌子上的是个年轻人，长得很精神，总是打一条漂亮的领带，极文雅地喝着酒，一举一动，都显得很优雅。按理说，这样的人是不该到这寒酸的末流小酒店里来的，那丢份儿。可是，他却几乎天天光顾。每次总是那么文质彬彬、温文尔雅地朝草菊微笑，然后拍拍毛毛的肩，说要多少酒和菜。别人总是问好价后再喝，唯独他大方气派，总是喝完了算账。他从西服口袋里掏出钱包，拿一张十元的放在台子上，草菊说多少他给多少，从未有过那一般顾客对价格的大惊小怪，更无咋舌之态。

现在，他转动着酒杯，很厌恶地看着老头儿。

那倔老头儿露出一副要跟整个世界作对的脸相来，也厌恶地看着年轻人，俨然一只奓着毛的老公鸡。

进来一个大汉，把手里的酒瓶“当”的一声搁在了柜台上，把草菊和毛毛吓了一大跳。大汉瞪着草菊：“什么酒？尿！马尿！白水！妈的，连点儿酒味儿也没有。真会骗钱！”

草菊壮着胆子说：“这酒也不是我自家造的，是批发来的。”

“还不会往里面掺水？瞧你那机灵样！”

草菊羞得满脸通红。

“没钱说一声，我白给你。可不要诓人。”

草菊跑进柜台里，拿出一把钱来：“你说吧，赔你多少钱？”眼泪掉在了她的手背和钱堆里。

老实的毛毛也有急了的时候，冲上来，把草菊推开，望着大汉：“赔？陪你坐会儿！”

大汉恼怒了，揪住毛毛要揍他。这时，只听见有人拍了一下桌子，掉头一看，那个年轻人站了起来，侧着脸，居高临下，蔑视着那个大汉。这时，他显得更加英俊，更加光彩动人。过了一会儿，他走过来，把一张十元的票子拍到大汉的手上，然后抓起酒瓶，远远地扔到了窗外。在他威严的目光下，大汉讪讪地走了。

那老头儿忽然笑起来，笑得很怪，甚至有点儿阴。

年轻人又恢复了文质彬彬的样子，朝草菊微微一笑，拍了拍毛毛的肩走了。

“哈，哈哈，哈哈哈……”老头儿笑得更响，忽然停住，举起酒杯，“那汉子说得对，这酒就是水！不是水还是酒吗？”

他把酒杯倾斜下来，让酒流下，酒珠四下飞溅。最后，他把酒杯往桌上一扔，嘴里说着：“没有鱼子，也叫酒店？”嘟嘟囔囔地走出门去。

姐弟俩望着眼前杯盘狼藉的景象愣了一会儿，叹了口气，便不声不响地收拾洗刷。等把小酒店收拾得干干净净、一尘不染，城中鼓楼上的大钟已敲响夜里十一点，喧嚣的城市已归于一片宁静。

推门一看，城边大河里停泊着的数以百计的船上，小马灯都熄了，灯光闪烁的大河变成黑色的大龙，迤逦在城市边上。

朦胧的月色下，依稀见着几根未放倒的空桅杆竖在夜空里。杆端的小信号旗在风中“呼呼”地响。

他们很累了，坐在那里歇着，目光疲倦而淡漠。

草菊望了一会儿柜台上的酒瓮，走过去，舀了半碗酒。

“姐？”

“他们都说是水。我尝尝。”

“姐……”

“咕嘟”，草菊喝了一口，呛得连连咳嗽。

“别喝了。”

“再尝尝。他们都说是水。”

“姐……”毛毛拉住草菊的胳膊。

“你也尝尝吗？弟？”

“嗯。”

姐，弟，轮替着喝，一碗喝下了，又喝了一碗。

那大汉和老头儿实在是无赖，那酒实在是好酒。姐弟俩直觉得有一条火蛇在血管里游动着，一股热量，向全身“呼呼”蔓延，直觉得蔓延到每一根头发，头发梢梢上迸出一粒粒淡蓝色的小火花。他们走动了两下，觉得自己整个人儿没有了，就还剩一颗魂儿，飘飘的，像羽化成仙了。

醉了。

草菊手里抓着空碗，倚在柜台上，望着毛毛毫无理由地笑。毛毛觉得脑袋沉甸甸的有笆斗大，坐在椅子上，把头靠着墙，望着姐笑，笑得有点儿痴。草菊兴奋得两颊潮红，轻轻地唱起来。味道醇厚的乡野小曲，透过小酒店的窗子，朝大河里播扬开去：

白果树，开白花，
白家嫂子生娃娃，
请了张娘来催奶，
一盘田螺一盘虾，
虾芒戳了张娘嘴，
田螺卡了张娘牙……

唱了一曲又一曲。毛毛听得很快活，拿根筷子敲着碗，碗就发出清脆的音，和着姐姐的歌。

唱累了，草菊把空碗放在柜台上，用胳膊搂住自己的肩，把眼睛闭成两条好看的黑线。不知过了多久，从那两条黑线间滚出泪珠来，顺鼻梁而下，在灯光下晶晶地亮。

“姐？”

草菊压住哭声，在喉咙里呜咽着，把少女的胸脯起伏着。

毛毛不知所措地搓着手。

“弟，姐姐命不好……爸爸妈妈不该让我们来开小酒店，不该……他们也真没有用……上中学了，我还穿妈妈出嫁时穿的红衣裳……没念完中学，就回家种地。离开学校时，我抱住学校大门不肯松手，哭呀，哭呀……大寒天，雪花飘飘的，我跟大人一起去挖大河，一担泥百十斤重。爬高坎跌倒了，挣扎半天爬不起来……我想念书，多想念书呀！人家三妹子都上大学了，暑假回来，胸前戴块白牌牌，多美气，一路走，一路的人瞧着。她念书可念不过我……弟，你姐姐命真不好……”

草菊哭出声，越哭声越大，到了最后泣不成声，趴在柜台上，用嘴咬住袖口，身体剧烈地起伏，像只断了缆的独舟在浪上颠簸着。

毛毛走到草菊身旁：“姐，以后我听你话，不偷懒，早早起，多干活儿，晚上也不去戏院看戏……”

草菊抬起头，用手把被泪黏在脸上的几缕青丝挑开去，一笑：“姐喝多了，尽瞎说呢。弟，天不早了，睡觉吧。”

二

日子一日一日地过去，有哭也有笑。

草菊不再悲伤了。有时忙着忙着，不知想起什么，脸一阵红，独自羞涩地抿嘴笑起来。活儿很多，但她总是轻哼着小曲不慌不忙地干，不见累，不见愁。有闲暇，她就上街去，买枚橙色的发卡，或是买一块雪白的纱巾。不打扮就够俏丽的了，一打扮，更美得惊人。不受野风吹，不受阳光晒，整日在屋中，她的肤色越发的娇嫩，脸颊上一天到晚泛着淡淡的红润，尤其是到了晚间，柔和的灯光一照，脸色更娇美，楚楚动人。在城边住久了，不知不觉，她慢慢地染上了城里姑娘的气息。乡下姑娘的纯朴、结实，加上城里姑娘的清洁、灵活和柔软的体态，草菊的小酒店迷倒了一片人。

那个年轻人还是天天来。

这天晚上，草菊对毛毛说："那位大哥给了一张戏票，你去吧。"

毛毛说："姐，你进城还没看过戏呢，你去吧。我会伺候客人。"

"还是你去吧。"草菊说，却抓着票并不往毛毛手里送。

"你去嘛！"

"你不去，我就去。"

草菊去了，毛毛把客人们伺候得很好。现在，只剩下那个让人讨厌的老头儿还在独自一人喝闷酒。他一旁坐着等草菊：姐怎么还不回来呢？

老头儿又喝了两小杯酒，草菊才回来。

草菊进了小酒馆，头一低，到里屋去了。毛毛跟着走进去，只见草菊咬着嘴唇，微微地笑。

"姐，怎么才回来？"

草菊脸红了："在街上走走……"她有点儿上气不接下气，"弟，外面还有客人呢。"

毛毛出去后，她赶紧照镜子，一边照，一边羞涩地笑。她的目光变得异常的柔和明亮。她把一缕青丝咬在嘴里，痴痴地在想些什么。忽然她把镜子反扣在桌子上，双手捂住脸。她觉得脸发烫。

过了好一会儿，才把手挪开，接着又去照镜子。她觉得她的头发很黑，嘴唇很好看，薄薄的，红红的，亮亮的像涂了油，眼睛、鼻梁、下巴都很好看。再低头一看自己的胸脯，她闭上了眼睛。

毛毛探头望着她，傻呆呆地：姐怎么啦？

后来，她慢慢平静下来，就和毛毛坐着等那老头儿喝完酒走。

夜很深了，那老头儿拈着酒杯，谁也不看，用破锣似的喉咙唱起来：

一更鼓儿上，酒是糯米浆，
开坛十里香，吃酒人一见喜洋洋，
天下忧愁且莫管，只要有杯安魂汤。
二更鼓儿下，有酒就有话，
吃酒之人心凄惶，酒能把愁化，
莫道杯中是毒物，苦人儿喜欢就别问价。
…………

老头儿唱完“五更”，伏在桌上“呜呜呜”地哭起来，像个孩子。

姐弟俩过来：“大爷，你怎么啦？”

老头儿醉眼蒙眬地望着他们，有点儿像撒娇：“你们走开去，我不用你们管。还有谁疼我，没有人疼我。她死了，死了……”

“大爷，你说谁死了？”草菊问。

“我老伴儿。你们不认识？好人哪，天底下找不出第二个。她比我大五岁，比我高一头呢，我结婚时都害怕她，不敢进洞房。只有她知道疼我。冬天，她把我的脚拉到她胸口上，给我焐脚；夏天，她给我扇扇子，一直把我扇睡着了。只有她知道疼我。她把我当孩子。我犯倔了，她就哄我。我上哪儿去，她不是跟着我，就是千叮咛万嘱咐，让我路上小心。只有她知道疼我。每天晚上，她都给我准备好酒菜。我小时候是在渔船上长大的，我喜欢吃鱼子。她就天天给我准备一盘鱼子。谁疼我，只有她疼我。可是年初，她得病死了，把我扔下，她走了……”老头儿全然不顾自己的岁数，胡子被泪珠弄得湿淋淋的。

“大爷，大爷……”姐弟俩摇着他的胳膊，“别哭了。”

“我要吃鱼子。”老头儿抹着眼泪，真像个孩子。

“明天给你弄鱼子。”

“不骗我？”

“不骗你。”

“我要辣豆瓣煮鱼子。”

“给你辣豆瓣煮鱼子。”

“多放点儿辣豆瓣。”

“就她知道疼我……”老头儿趴在桌上哭了一阵，胳膊往下一垂，睡着了。等他醒来，发现自己正躺在毛毛的小铺上。再转眼一看，姐弟俩坐在另一张小铺上合披块毯子，肩挨肩地睡着了。他轻轻起床，把被子盖在他们身上。“这两个孩子……”他鼻头一阵发酸，走出小酒店，坐在河边上，望着醒来的大河上船来船往，热热闹闹的，他打算好好地活。

三

晚上，老头儿又来到小酒店。像换了个人，他不再恶声恶气的，变得很温和。他向姐弟俩笑着点点头，然后径直走向他喜欢坐的那个位置。

“大爷，几两酒？”草菊问。

老头儿举起四根指头。

毛毛把四两酒打到杯里，正要给老头儿送去，草菊却把杯子接过，转过身，背对着老头儿，把酒又倒出一两来。

“姐？”

“给大爷送去。”草菊慧黠地一笑。

“再给我来盘花生米。”

“不，大爷，来一盘鱼子。”草菊说。

“鱼子？”老头儿站了起来，老眼里透着疑惑和惊讶。

草菊点点头，从柜子里端出一盘金光灿烂的鱼子走过来。

老头儿揉了揉眼睛：“鱼子？鱼子！真是鱼子！”鱼子当真这么好？他竟浑身打起战来。

草菊扶他坐下。

“是鱼子吗？”他有点儿呆了，愣不相信自己的眼睛。

“尝尝。”

老头儿拿起筷子直哆嗦，举在空中半天，才朝鱼子伸过去，夹了一块送到嘴里，咂摸咂摸：“是鱼子，是鱼子呀！味道好！”

他连吃了几筷，大口喝了一口酒，眼睛一眨，觉得日子妙不可言，得意地点点头，燃起一支烟，跷起腿，眯缝起眼睛来，嘴里轻轻地哼唱着老调子。

从此，老头儿常常能吃到鱼子。

可是后来冬天到了，河冰封了，鱼很难捕到，市面上更难买到鱼。即使能买到，现在也不是鱼产子的季节，还是取不到鱼子。有半个月时间了，老头儿只能以花生米下酒。老头儿当然不会发火。可姐弟俩却觉得小酒店有点儿对不住老头儿。

“弟，你跑东半城，我跑西半城，到各家大饭店跑一跑，人家有大冰柜，冰着几个月前的鱼呢，挑肚皮大的买。”

姐弟俩跑了上午跑下午，一天下来，竟奔回四五斤鱼子。他们把它包好吊在窗子外面冻着，以备慢慢地煮给老头儿下酒。当晚上老头儿又看到毛毛端上一盘金光灿烂的鱼子来时，哽咽了半天竟吃不下去。

老头儿再出现在小酒店时，已刮了胡子理了发，换了一套新衣裳，看上去年轻了十岁。姐弟俩见了真高兴。

只有一点，草菊有点儿不乐意：老头儿一看见那个年轻人，骤然间就冷脸。一天晚上，他等人走净了，抓住扫地的毛毛的胳膊：“你要护着姐姐，当心那个‘领带’。”当他看到毛毛也不以为然时，失望地摇摇头，走了。

草菊着了迷似的喜欢那个年轻人，喜欢他的头发，他的眼睛，他的嘴形，他的声音，整个儿都喜欢。她常常跟他去幽会。草菊觉得自己长大了，几乎是在几天的时间里，她觉得自己的胸脯、胳膊和腿都忽然变得丰满起来，发紧，让人害臊。她爱做梦了，一惊一乍的，醒来时，甜甜地、痴痴地笑，直到天亮也睡不着。

当草菊偶然一次发现老头儿远远地跟着她和那个年轻人，警惕地用眼睛盯着时，她有点儿生气了：这个大爷！

老头儿觉察到了草菊不快的神情，叹了一口气，转身走了。后来，有几天时间没来小酒店。

春天到了，阳光变得很有力量。地气袅袅地升腾，空气里含着水分。天高了，泥土黑了，草木发芽了，天空鸟儿多了，河里的流水声清脆了。

草菊卸了冬装，像城里人穿着一件毛茸茸的羊毛衫，浑身洋溢着温馨的少女气息。在这春光里，生命在她的身体中更加活跃地流动着。

日子就这样一天一天地过去了。

一个明月高悬的夜晚，她却失魂落魄、踉踉跄跄地回到了小酒店。

“姐……”毛毛惊愕了。

草菊头发蓬乱地耷拉在脸上，面色苍白。

“姐，你怎么啦？”毛毛摇着她的胳膊。

她仿佛失去了知觉，任毛毛摇晃着，却不肯说话。

毛毛忽然想起老头儿的话，似乎明白了什么，离开草菊，坐到门槛上，目光里闪着一个少年的凶狠。

夜深人静，她坐在床上，一动不动。她神情恍恍惚惚，似乎想起什么童年时见到的情景来：春天，田埂上草青青，开着五颜六色的花，她掐了一朵金黄色的，戴在头上，然后跪在水边照着自己；秋天整理桑田，看见树上有一窠小雀儿，一只只毛茸茸的，眼睛亮亮的，她用指头一碰窠，都张开黄嘴，“叽叽”地叫，扇着羽毛未丰的翅膀争着跟她要食吃，真叫人怜爱；村东腊月姑娘出嫁了，脸上蒙着一块红纱巾，哭着离开了妈妈家……

四

毛毛坐在河边上，身体一仰一俯，磨刀霍霍，恶狠狠的。

草菊一旁默默地看了一阵问：“弟，你要干什么？”

“我要杀死他！”

草菊走过来从他手中拿下刀，走进屋里。

“还我！”

草菊摇了摇头。

一夜之间，她瘦削了许多，那对水灵灵的眼睛，枯了，暗淡了，红润的嘴唇脱了血色，发白，像是重病缠身。以往几乎是紧绷在身上的衣服似乎变大了，显得空荡荡的。

“弟，我们回家吧。”

“关门？”

“嗯。这一年我们赚了不少钱，上回回家都交给爸爸了。他办了个养貂场。回去帮他放貂吧。现在，我们一起去找一下大爷。”

正说着，老头儿来了。

“你们这是怎么啦？”老头儿疑惑地问。

草菊一笑：“没有什么。”

“真没有什么？”

“真的。”

“没有什么就好。”

草菊从口袋里掏出三十元钱，放在老头儿手上：“大爷，您说过，您过去在皮鞋厂做工，现在退休了，闲得慌。您拿这钱去买一套修鞋的工具，在南边路口修修鞋吧，找点儿事干，您心里就不空啦。”

“说的是。但这钱我不能要。”

“是您自己的。”毛毛说。

“我自己的？”

“我姐每次少给您打一两酒，一年下来，就替您攒了这笔钱。”

“大爷，去买吧。”草菊说，“早上迟点儿摆摊子，晚上早点儿收摊子。晚上喝点儿，但别贪杯。”

老头儿望着手中的钱，用手指弹了弹，点点头，又点点头。

晚上，人们发现小酒店关门了。

草菊和毛毛回到乡下的家中。

他们一进那间低矮的茅屋，就觉得家中出了什么事。因为妈妈一见他们就哭。

“怎么了，妈妈？”草菊问。

“你爸吐血，住医院啦！”

“爸吐血了？”姐弟俩一起走到妈妈身边紧张地问。

“我们家也不知倒了什么霉啦。你爸养的那五十只紫貂，得了病，不出三天，就一只也不剩了。他想，孩子好不容易挣的钱，一下扔进水里，又急又恼，吐了一大口血倒下了。”

姐弟俩目光呆滞，默默无言。

两天以后，姐弟俩用船把爸爸接回家中。

爸爸难过地说：“我对不起你们两个孩子……”

草菊连忙用宽心的话安慰爸爸。

“你们这次回来。要多住些日子吧？”爸爸说。

毛毛正要说他们再也不开小酒店了，草菊却立即用眼神制止住他，对爸爸说：“我们回来取点儿东西，明天一早就走。”

爸爸见草菊很瘦弱，说：“要么这样吧，我换换草菊。”

“不，爸，还是我去。明天早上，我就走，就走……”

第二天，姐弟俩又回到了城边。

紧挨小酒店门口，老头儿正戴着老花眼镜在修鞋。

“大爷。”姐弟俩走到老头儿的面前。

“回来啦？”

“嗯。”草菊问，“您怎么不到南边路口去，那儿生意多。”

“我在给你们看门哪。”他望着姐弟俩，“以后，我也不会到南边路口去。我就守在你们的门口。孩子，放心开你们的小酒店吧。有大爷呢！”

五

小酒店又开张了。

草菊和毛毛只是默默地伺候着客人们，很少有笑脸。偶尔一笑，也带着苦涩。那些客人们过去很难伺候，像是不挑剔出点儿什么毛病来绝不算本领，不找点儿事，到小酒店就算枉来了。草菊赔不尽的笑脸。毛毛也得忍着，老老实实地听人家横挑鼻子竖挑眼，好不委屈，晚上向姐姐哭，发誓他不干了。然而现在，客人们一下子都变得那么通情达理，那么脾气温和。他们很少找麻烦，甚至故意夸大他们到了小酒店以后的舒坦，临走时一个个显出心满意足的快活样子来。

老头儿非常固执地把鞋摊设在小酒店门口，决不肯到南头路口去。他打量着每一个进入小酒店的人，有时能把一个陌生人盯得很不自在。他并不想赚钱。他不缺钱，只是用修鞋来填补一段荒凉的空白。当他一边修鞋，一边跟人家拉呱儿时，他觉到了一种乐趣。当他看到人家穿上他修好的鞋舒服地走开时，他觉得自己活得很有意思。当人们感谢他，临走时，亲热地说一声“再见”，他衰老寂寞的心里，会荡起一阵细细的暖流。晚上，他就长时间地坐在小酒店里，慢慢地往下渗酒，一直等最后一个客人走了，他对姐弟俩说一声：“早点儿睡吧。”才放心地离去。

他是小酒店的保护神。

这天，“领带”又来了，他身后还跟了三个浑身透着野性的人。他们一进小酒店，就用目光在草菊脸上舔来舔去。草菊顿时恐慌起来。

毛毛立即站到草菊前面。

“领带”和那几个人坐下了，叫道：“酒！”

草菊打了酒，战战兢兢地欲要送去，毛毛却把碗接过来，毫无畏惧地走向那伙人。

“没有叫你送酒！”“领带”一扫文质彬彬的神气，一挥手，把酒碗打到空中，酒飞溅出去，碗掉在地上打得粉碎。

老头儿瞪了他一眼，走出了小酒店。

草菊求援地望着老头儿，那眼神在说：“大爷，您别走。”

老头儿却还是走了。

毛毛的胸脯像老柳树下的青蛙的肚皮那样起伏着，朝那年轻人逼近了一步。

“弟！”草菊不顾一切地跑过去，把毛毛拉开了。

“酒！”“领带”说。

“酒！”其余的三个跟着叫。

草菊又打了酒，端上，用眼睛阻止着毛毛，然后端着酒朝“领带”走去。当她把酒放在桌上时，那年轻人趁机捉住她的手：“你，为什么不到我那儿去？”

三个同党“嘻嘻嘻”地笑起来：“你去过。”

草菊使劲挣脱了他的手，走回柜台里。

毛毛把草菊推到里屋，面对着他们，显出要玩命的脸相。

老头儿又回来了，后面陆陆续续地跟了一大帮人。他们一声不响，把剩下的空桌子都占了，也都喊：“酒！”

毛毛给他们分别送上酒。

小酒店里只有“吱吱”的一片喝酒声。这单调枯燥的声音持续了很长时间。

“领带”终于恼火了，叫了起来：“我的小妞儿，你出来！”

“小美人儿，出来！”三个同党叫完，笑得前仰后合。

毛毛抄起一只酒瓶，直朝“领带”一伙人砸去。其中一个猝不及防，被酒瓶打中了脸，摇晃了一下，差点儿栽倒在地上。

小酒店一片沉寂。过了一阵，“领带”和他的三个同党，眼中闪着凶光朝草菊和毛毛走来。

草菊挡在了毛毛的前面，眼睛含着愤怒与恐惧。

“领带”笑着抓住了草菊的胳膊。

这时老头儿忽然一拍桌子，众人一齐站了起来。

“领带”他们愣住了。

老头儿带进来的都是一些大汉，目光炯炯地逼视着“领带”他们。

“出去！”老头儿指着门外。

“滚出去！”老头儿吼叫了。

当他带来的大汉们像山一样压过来时，“领带”和三个同党如惊弓之鸟赶紧溜了。

老头儿走过来，望着姐弟俩：“吓着了吧？别怕，别怕。”他指着那几个大汉：“他们能不费吹灰之力把他们几个宰了。他们是屠宰场的。我一请就来了。好人满街是。怕什么！”

他们拍着胸脯：“有我们呢，别怕！”

这一夜，草菊和毛毛还是睡得一惊一乍的。天亮时，他们打开门，眼前的情景使他们终生难忘：老头儿裹着衣服，抱着一根棍子，倚在门边睡着了。

为了小主人的一夜安宁，他守在小酒店门口整整一夜。

六

大约两年以后，正当草菊的爸爸将第一批紫貂以一个好价钱卖出，也正当小酒店办得越来越兴隆时，小酒店却在一个早上拆毁了——城市扩建，这城边的小酒店得到了铁的命令：拆！

这个曾带来橙色的梦和白色的幻灭的小酒店，从此在这个世界上永远地消失了。

几堆碎砖，几根烂木，装在一只木船上。

那个白发苍苍、腰背开始佝偻了的老头儿和那几十个小酒店的常客们站在河边上。

草菊和毛毛站在船上默默地望着这些好人。

船，走了，离开这座城，往远远的乡间去了……

甜橙树

男孩儿弯桥，一早上出来打猪草，将近中午时，觉得实在太累了，就拖着一大网兜草，来到油麻地最大的一棵甜橙树下，仰头望了望一树的甜橙，咽了一口唾沫，就躺在了甜橙树下。他本来是想歇一会儿再回家的，不想头一着地，眼前的橙子就在空中变得虚虚飘飘，不一会儿就睡着了，一睡着就沉沉的，仿佛永远也醒不来了。

那只草绳结的大网兜，结结实实地塞满了草，像一只硕大的绿球，沉重地停在甜橙树旁，守候着他。

秋天的太阳雪一般明亮，但并不强烈地照着安静的田野。

田埂上，走着四个孩子：六谷、浮子、三瓢和红扇。今天不上学，他们打算今天一整天就在田野上晃悠，或抓鱼，或逮已由绿色变成棕色的蚂蚱，或到稻地里逮最后一批欲飞又不能飞的小秧鸡，或干脆就摊开双臂、叉开双腿，在田埂上躺下晒太阳——再过些日子，太阳就会慢慢地远去了。

他们先是看到弯桥的那只装满草的大网兜，紧接着就看到了躺在甜橙树下的弯桥。四个人都有一种说不出的兴奋，沿着田埂，向甜橙树一路跑来。快到甜橙树时，就一个一个地变成了猫，向弯桥轻轻地靠拢。已经变黄的草在他们的脚下慢慢地倒伏着。走在前头的，有时停住，扭头与后面的对一对眼神，动作就变得更轻了。那番机警的动作，不免有点儿夸张。其实，这时候即使有人将弯桥抱起来扔进大河里，他也未必能醒来。

他们来到了甜橙树下，低头弯腰，轻轻地绕着弯桥转了几圈儿，之后，就轻轻地坐了下来，或望望睡得正香的弯桥，或互相挤眉弄眼，然后各自挪了挪屁股，以便向弯桥靠得更近一些。他们脸上有一种压抑不住的快乐，仿佛无聊乏味的一天，终于因弯桥的出现，忽然地有了一个让人喜悦的大转折。

此时，弯桥只在他的无边无际的睡梦里。

阳光透过卵形的甜橙树的叶子，晒到了弯桥的身上、脸上。有轻风掠过枝头，树叶摇晃，光点儿、叶影便纷乱错动，使四个孩子眼中的弯桥，显得有点儿虚幻。

弯桥笑了一下，并随着笑，顺嘴角流下粗粗一串口水。

女孩儿红扇“扑哧”一声笑了——笑了一半，立即缩了脖子，用手紧紧捂住了嘴巴。

光点儿、叶影依然在弯桥身上、脸上晃动着，像阳光从波动的水面反射到河岸的柳树上一般。

几个孩子似乎想要干点儿什么，但都先按捺住自己心里的一份冲动，只安然坐着，有趣地观望着沉睡中的弯桥……

弯桥是油麻地村西头的光棍刘四在四十五岁时捡到的。那天早上，刘四背只鱼篓到村外去捉鱼，过一座弯桥时，在桥头上看到了一个布卷卷，那布卷卷的一角，在晨风里扇动着，像只大耳朵。他以为这只是一个过路的人丢失在这里的，看了一眼就想走过去，不想那布卷卷竟然自己滚动了一下。桥头是个斜坡，这布卷卷就因那小小的一下滚动，竟止不住地一直滚动起来，并越滚越快。眼见着就要滚到一片水田里去了。刘四撒腿跑过去，抢在了布卷卷的前头，算好了它的来路，双脚撇开一个“八”字，将它稳稳地挡住了。他用脚尖轻轻踢了踢布卷卷，觉得有点儿分量，就蹲下来，用又粗又短的手指，很笨拙地掀起布卷卷的一角，随即“哎哟”一声惊呼，一屁股跌坐在地上。等他缓过神儿来时，只见布卷卷里有一张红扑扑的婴儿的脸。那婴儿似乎很困，微微睁了一眼，鱼一般吧唧了几下小嘴，就又睡去了。

越来越多的人走过来。

刘四将布卷卷抱在怀里，四下张望，一副手足无措的样子。

人群里一片叽喳：“大姑娘生的。”“是个小子。”“体面得很。”“大姑娘偷人生的都体面。”……

油麻地一位最老的老人拄着拐杖，对刘四大声说：“还愣着干什么？抱回去吧！你命好，讨不着老婆，却能白得一个儿子。命！”

跟着刘四，弯桥在油麻地一天一天地长大了。先是像一条小狗摇摇晃晃地、很吃力地跟着刘四，接下来就能与刘四并排走了，再接下来，就常常抛下刘四跑到前头去了。但到八岁那年春天，弯桥却得了一场大病。那天，他一天都觉得头沉得像顶了一扇磨盘，晚上放学回家时，两眼一黑栽倒了，滚落到一口枯塘里。刘四穷，家里没有钱，等东拼西凑借了一笔钱，再送到医院时，弯桥已叫不醒了。医生说他得的是脑膜炎。抢救了三天，弯桥才睁开眼。等他病好，再走在油麻地时，人们发现，这孩子有点儿傻了。他老莫名其妙地笑，在路上，在课堂上，甚至是在挺着肚皮撒尿时，都会没理由地说笑就笑起来。有些时候，还会自言自语地说一些让油麻地所有的人都听不懂的话。

油麻地的孩子们，都希望能见到弯桥，因为这是一个可能获取快乐的机会。有时，他们还会觉得弯桥有点儿可怜，因为养他的刘四实在太穷了。油麻地最破的房子，就是刘四的房子。说是房子，其实很难算是房子。油麻地的人根本不说刘四的房子是房子，而说是“小草棚子”。别人家的孩子，只要上学，好赖都有一个书包，弯桥却用不起书包——哪怕是最廉价的。刘四就用木板给弯桥做了一只小木箱。当弯桥背着小木箱，屁颠屁颠地上学时，就总会有一两个孩子顺手从地上捡根小木棍，跟在弯桥后头，噼里啪啦地敲那小木箱。敲快活了，还会大声吆喝："卖棒冰喽——！"弯桥不恼，抹抹脑门上的汗，害羞地笑笑。学校组织孩子们进县城去玩，路过电影院，一见是打仗片，三瓢第一个掏钱买了张票。紧接下来，一个看一个，都买了票，一晃工夫，四五十个人就都呼啦啦进了电影院，只剩下弯桥独自一人在电影院门口站着。刘四无法给他零用钱。等电影院的大门关上后，弯桥就在电影院门口的台阶上坐下，用双手抱着双腿，然后将下巴稳稳地放在双膝上，耐心地等电影散场，等三瓢他们出来。一街的行人，一街的自行车车铃声。弯桥用有点儿萎靡的目光，呆呆地看着街边的梧桐树。他什么也不想，只偶尔想到他家的猪。猪几乎就是弯桥一人饲养的。刘四每捉一只小猪回来，就立即盘算得一清二楚：等猪肥了卖了钱，多少用于家用，多少用于给弯桥交学费、添置新衣。从弯桥能够打猪草的那一天起，他就知道，他要和刘四好好地养猪，把猪养得肥肥的。他从未饿过猪一顿。他总要打最好最好的猪草——是那种手一掐就冒白浆浆的猪草。

电影终于散场了，三瓢他们一个个看得脸上红通通的，出了电影院的大门都好一会儿工夫了，目光里还带着几丝惊吓和痛快。弯桥被他们感染了，抓住三瓢的或六谷的或浮子的或其他人的胳膊，向他们打听那部电影演的是什么。起初，三瓢他们都还沉浸在电影里没出来，不理会他。待到愿意理会了，有的就如实地向他描述他们所看到的，有的就向他故意胡编乱造。弯桥是分不出真假的，就都听着。听着听着就在心里犯嘀咕：怎么三瓢说那个人被枪打碎了脑袋，六谷却说那个人最后当了营长呢？一路上，他就在心里弄不明白。不明白归不明白，但也很高兴……

太阳光变得越来越明亮。

弯桥翻了个身，原先贴在地上的脸颊翻到了上面。三瓢他们看到，弯桥的脸颊压得红红的，上面有草和土粒的印痕。

红扇用手指了指弯桥的嘴，大家就都伸过头来看，弯桥又笑了，并且又从嘴角流出粗粗一串口水。

田埂上偶尔走过一个扛着工具回家的人。

三瓢觉得腿有点儿坐麻了，站了起来，跑到甜橙树的背后，一拉裤带，裤子“哗啦”落在脚面上，然后开始往甜橙树下的黑土里撒尿。尿声提醒了六谷与浮子，先是六谷过来，再接着是浮子过来，与三瓢站成一个半圆，试着与三瓢尿到一个点上。

三瓢他们是五年级，红扇才二年级，但红扇知道害臊了，嘴咕嘟着，将脸扭到一边，并低下头去。但她却无法阻挡由三个男孩儿一起组成的联合撒尿声。随着尿的增多，地上积了水，尿声就洪大起来，“噗噗噗”，很粗浊地响。

当三瓢、六谷、浮子系上裤子，低头看了一眼由他们尿成的小小烂泥塘时，他们同时互相感应到了对方心里生起的一个恶恶的念头。先是三瓢从地上捡起一根小木棍，蹲下来搅拌起烂泥塘。土黑油油的，一种黑透了的黑，三瓢一搅拌，汪着的尿顿时就变得像黑墨水。

六谷低声说："能写大字。"

浮子从近处摘了一张大大的青麻叶，用手托着，蹲在了三瓢的身旁。

三瓢扔掉了木棍，捡起一块窄窄的木板条，将黑黑的泥浆一下一下挑到了浮子手中的青麻叶上。

那边，心领神会的六谷拔了四五根毛茸茸的狗尾巴草过来了。

三瓢、六谷、浮子看了看动静，在弯桥身边蹲下。

红扇起初不明白三瓢他们到底要对弯桥做什么，但当她看见三瓢像用一支毛笔蘸墨水一样用一根狗尾巴草蘸黑泥浆时，就一下子明白了他们的心机。她没有立即过来，而是远远地坐着。她不知道自己是否应当参加他们的游戏。

弯桥翻了一个身，仰面朝天。他的鼻翼随着重重的呼吸，在有节奏地扇动。

阳光照着一树饱满的、黄亮亮的像涂了一层油的甜橙。它们又有点儿像金属制成的，随着风的摇动，在阳光下，一忽一忽地打亮闪。一些绿得发黑的叶子飘落下来，其中有三两片落在了弯桥蓬乱的头发里。

弯桥的脸上像淡淡的云彩一般，又闪过一丝似有似无的笑意。

浮子望着三瓢，用大拇指在上唇两侧，正着刮了一下，又反着刮了一下。

八字胡。明白。三瓢用左手捋了捋右手的袖子，轻轻地，轻轻地，在弯桥的上嘴唇上先来了左一撇。

六谷早用手中的狗尾巴草饱饱地蘸了黑泥浆，轻轻地，轻轻地，在弯桥的上嘴唇上又来了右一撇。

很地道、很传神的两撇八字胡，一下子将弯桥的形象改变了，变得让三瓢他们几乎认不出他是弯桥了。

浮子将三瓢和六谷挤开，一手托着一青麻叶的黑泥浆，一手像画家拿了支画笔似的拿着蘸了泥浆的狗尾巴草，觉得弯桥眉毛有点儿淡，就很仔细地将弯桥的两道眉毛描得浓黑浓黑的。

弯桥一下子变得很神气，很英俊，像条走路走累了的好汉，困倒在了甜橙树下。

红扇在三瓢、六谷和浮子一边耳语一边捂住嘴笑时，轻轻走过来，见了弯桥的一张脸，“扑哧”笑了。

弯桥脸上的表情似乎受了惊动，凝住了片刻，但，又很快回到原先那副沉睡的状态里。

三瓢他们几个暂且坐在了地上，看看被围观的弯桥，又互相望着，偷偷地乐。

太阳移到甜橙树的树顶上，阳光直射下来，一树的橙子越发地亮，仿佛点着了似的。

红扇说："该回家了。"

但三瓢、浮子、六谷都觉得不尽兴。眼前舒舒服服地躺着睡大觉的弯桥，似乎并未使他们产生足够的快乐。这凭什么呢？弯桥凭什么不让他们大大地快活一顿呢？

三瓢扔掉了手中的狗尾巴草，直接用手指蘸了蘸青麻叶上的黑泥浆，在弯桥的脸蛋儿上涂抹起来。他想起七岁前过年时，他的妈妈在他的脸上慢慢地涂胭脂。一圈儿一圈儿，一圈儿一圈儿，一个圆便从一分硬币大，到五分硬币大，直到膏药那么大。

弯桥一下显得滑稽了。

红扇看得两腮红红的，眉毛弯弯的，眼睛亮亮的。

三瓢轻声问："红扇，你想涂吗？"

红扇摇摇头："臊。"

浮子说："用狗尾巴草。"

红扇说："那也臊。"

六谷说："还有半边脸，你不涂，我可涂了。"

三瓢觉得红扇不涂，有点儿吃亏。他要主持公道，将一根狗尾巴草递给红扇："涂吧。"

红扇蹲了下来。

浮子立即用双手托着青麻叶。

红扇真的闻到了一股尿臊味儿，鼻子上皱起细细的皱纹，本来长长的鼻子一下子变短了。浮子赶紧将青麻叶从红扇的面前挪开了一些。

红扇跪了下来，用白嫩的小胖手拿着狗尾巴草，蘸着黑泥浆，在弯桥的另一半脸蛋儿上涂起来。她涂得很认真，一时忘了是在涂弯桥的脸，而觉得是在上一堂美术课，在涂一幅老师教的画儿。红扇是班上学习最认真也最细心的女孩儿。红扇干什么事都认真细心。她一笔一笔地涂，涂到最后，自己的脸几乎就要碰到弯桥的脸了。那时，她也闻不出黑泥浆散发出的尿臊味儿了。她一边涂，一边还与另一半脸蛋儿上的“膏药”比大小。既然这一半脸蛋儿上的“膏药”是她涂的，那她就得一丝不苟地涂好，要涂得与那一半脸蛋儿上的“膏药”一般大小才是。

红扇涂得三瓢、浮子和六谷都很着急。

终于涂好了。红扇扔掉了黑头黑脑的狗尾巴草，长出一口气。三瓢他们也跟着她长出一口气。

他们都站了起来，然后绕着弯桥转圈儿。

红扇先笑起来，随即三瓢他们也一个接一个地笑了起来，越笑声越大，越笑越疯，越笑越放肆，直笑得东倒西歪。后来，浮子笑瘫在了地上，红扇笑得站不住，双手抱住了甜橙树。

弯桥在笑声中醒来了。

笑声渐渐变小，直到完全停止。

三瓢他们四个，有坐在地上的，有弯着腰的，有仰着脖子朝天的，有抱着甜橙树的，在弯桥慢慢支撑起身子时，他们的笑声停止了，但姿态却一时凝固在了那里。

弯桥适应了光线，依然支撑着身体，惊奇地说："三瓢、浮子、六谷、红扇，你们四个人都在这儿！"他闭了一阵双眼，又将它们慢慢睁开，但半眯着："你们知道吗？我刚才做了一串梦，把你们一个一个地都梦到了。"

三瓢、浮子、六谷、红扇有些惊讶与好奇，一个个围着弯桥坐在地上。

弯桥往甜橙树的树根挪了挪，轻轻地靠在甜橙树的树干上。

"先梦见的是红扇。那天很热，热死人了。我跟红扇躲到一个果园里摘树上的梨子吃。好大好大的一个果园，我从没有见过那么大的一个果园。红扇吃一个，我吃一个，我们不知吃了多少梨。不知怎么的，杨老师就突然地站在了那儿。直直的，那么高，就站我眼前。他不说话，一句也不说。他好像不会说话。我和红扇就跟着他走，可我就是走不动。红扇走几步，就停下来等我。走着走着，就看到了一棵甜橙树，树荫有一块田那么大。'在毒太阳下面站着！'杨老师说完了，人就变成一张纸，一飘一飘地就没了。我和红扇不怕，有那么大一块树荫呢！我朝红扇笑，红扇朝我笑。我们摘树上的橙子吃，一人一只大甜橙。吃着吃着，树荫变小了，越变越小，我们就挤一块儿。树荫就那么一点点大，下面只能站一个人，另一个人得站在太阳下。一个大毒太阳，有洗澡的木盆大。橙子树晒卷了叶，橙子像下雨一样往下落。你说奇怪吧，叶子全掉光了，那一片树荫却还在。可还是只能阴凉一个人。我和红扇要从甜橙树下逃走，一张纸飞来了，就在空中转着圈儿，飘，飘，飘……我们知道那是杨老师。红扇把我推到树荫下。我跳了出来，她又把我推到树荫下，她一定要把树荫让给我。我不干，她就哭，就跺脚。树荫像一把伞。我站在伞底下。伞外面是毒太阳，是个大火球。我要走出树荫，可是，红扇抬头一看，我就定住了，再也走不出树荫。树荫下阴凉阴凉的，好舒服。红扇就站在太阳下，毒太阳！渐渐地，她的头发晒焦了。我对她说：'把树荫给你吧。'她不回头。我就又往树荫外面走，她一回头，我又走不动了，两只脚像粘在了树荫下。一地晒卷了的树叶，红扇用舌头舔焦干的嘴唇，我看着就哭起来，一大滴眼泪掉在了地上，潮了。你们知道吗？潮斑在长大、长大，不知怎么的，就变成了树荫，越变越大，越变越大，一直变到一块田那么大……"

远处的田野上，有人在唱山歌，因为离得太远，声音传到甜橙树下时，已经没头没尾了。

三瓢、浮子、六谷和红扇都坐着不动。

“接下来，我就梦见了三瓢。”弯桥回想着，“是在荒地里。天底下好像一个人也没有了，就我们两个人。我们走了好多天好多天，就是走不出荒地。那才叫荒地呢，看不到一条河，看不见一点儿绿，满眼的枯树、枯草。天上连一只鸟也没有。四周也没有一点点声音。我和三瓢手拉着手。我和他的手好像长在一块儿，再也不能分开了。没有风，可到处是尘土，卷在半空里，像浓烟，把太阳都罩住了。我总是走不动，三瓢就使劲拉着我。真饿，我连土块都想啃。想看见一条河，想看见一个村子，想看见一户人家。我想掐一根青草在嘴里嚼嚼，可就是找不到一根青草，心里好生气，朝枯草踢了一脚。吓死人啦，那草被我一踢，你们猜怎么着？烧着了！一忽，就变成了一大片火，紧紧地撵在我们屁股后头。三瓢拉着我，拼命地跑。后来，我实在跑不动了，就倒在了地上。三瓢解下裤带，拴在我脚脖上，拖着我往前走。地上的草油滑油滑的，我觉得自己是躺在雪地上，三瓢一拖，我就滑动起来，像在天上飞。也不知是什么时候，三瓢大声叫我：‘弯桥，你看哪！’我从地上爬起来，往前看。你们知道我看见什么啦？一棵甜橙树！它长在大堤上。知道大堤有多高吗？在云彩里。整个大堤上，什么也没有，就一棵甜橙树。我们手拉着手爬上大堤。知道这棵甜橙的树叶有多大吗？巴掌大。我和三瓢没有一丝力气了，就坐在甜橙树下。我们都仰脸朝上望，心里想：上面要是挂着橙子，该多好！……橙子！”弯桥仰着脸，用手指着甜橙树的树冠，眼睛里闪烁着光芒，“橙子！就一颗橙子，一颗好大好大的橙子！三瓢也看到了，抱着树干爬起来。我爬不起来了，直挺挺地躺在地上。三瓢说：‘你在下面等着。’他就朝甜橙树上爬去。我记得他是光个身子，只穿了条裤子，鞋也没有。他爬上去了。那颗橙子就在他眼前，红红的。他伸手去摘。怪吧？那颗橙子飞到另一根枝头上去了。它会飞！你们见过夏天的鬼火吗？它就像鬼火。它在甜橙树上飞来飞去。我躺在地上干着急：‘在这儿，在这儿！’三瓢从这根树枝爬到那根树枝，上上下下追那颗橙子，可怎么也追不着。三瓢靠在树枝上直喘气，汗落下来，‘噗嗒噗嗒’掉在我脸上，砸得我脸皮麻。那颗橙子就在他眼前一动不动地挂着，亮闪闪的，像盏灯。我瞧见三瓢把身子弯向前去，一双眼睛好亮好亮，紧紧盯着橙子。我的嗓子哑了，说不出话来。我就使劲喊：‘三瓢，你要干什么？’我还没有把话喊完，他就朝那颗橙子扑了过去……‘扑通’一声，他连人带橙子从空中跌在地上。他双手抱着橙子，一动不动地躺在那儿。我就大声叫他：‘三瓢！三瓢！……’他醒了，把橙子送到我手上。我推了回去。他又推了回来：‘吃吧，就是为你摘的。’……”

弯桥仰望着甜橙树上的橙子，两眼闪着薄薄的泪光。

刚才在远处田野上唱山歌的人，好像正朝这边走过来，因为他的歌声正渐渐变大变清晰。

三瓢、浮子、六谷和红扇都往弯桥跟前挪了挪。

“要说到你了，六谷。”弯桥将身子往下出溜一些，以便更舒坦地靠在甜橙树的树干上。他将两条腿伸开，交叉着。“你们梦见过自己生病吗？我梦见自己生病了。一种特别奇怪的病。不发烧，哪儿也不疼，就是没精神，不想吃饭，不想打猪草，不想上学，也不想玩。看了好多地方，都治不好。有一天，我路过六谷家的院子，听到六谷家院子里的甜橙树上有鸟叫，不知怎的，就浑身发抖。抖着抖着就不抖了。我就听鸟叫，听着听着，我就想吃饭，就想打猪草，就想上学，就想跟你们一起到地里疯玩。我的病，一下子就好了。我抬头去看甜橙树上的鸟：它站在鸟窝边上，一个小小的鸟窝，鸟也小小的，白颜色，雪白，嘴巴和爪子都是红色的，金红，好干净，好像刚刚用清水洗过似的。它歪着头朝我看，我也歪着头朝它看。它又叫开了。我从没听见过这么好听的鸟声……”弯桥沉醉着，仿佛又听到了鸟的叫声。“从那以后，我就知道了，能治好我病的，就是那只鸟，全油麻地的人都知道我得了一种很怪很怪的病。六谷就对他家树上的鸟说：‘去吧，飞到弯桥家去吧。’六谷很喜欢这只鸟。它一年四季就住在六谷家的甜橙树上叫。鸟不飞。六谷就用竹竿赶它：‘去吧，去吧，飞到弯桥家去吧。’鸟在天上飞了几圈儿，就又落下来了。它离不开甜橙树。他央求树上的鸟：‘去吧。弯桥躺在床上呢，只有你能救他。’鸟就是不肯飞。六谷急了，就用石子儿砸它。鸟由六谷砸去，就是不飞。……不知是哪一天，我坐在门前晒太阳，就听见门口大路上，轰隆轰隆地响。我抬头一看，路上全都是大人、小孩儿。你们知道我看见什么了？甜橙树，六谷家的甜橙树！六谷手里拿着他爸爸赶牛的鞭子，在赶那棵树。他扬了扬鞭子，甜橙树就摇摇晃晃地往前走。梦里头看不清它是怎么走的，反正它正朝我们家走来。六谷有时把鞭子往空中一抽，就听见‘叭’的一声响，嘣脆，像放鞭炮。甜橙树越来越大，大人小孩儿就跟着，闹闹嚷嚷的，也不知他们在说些什么。我看到鸟了。它守在窝上，甜橙树晃晃悠悠的，它也晃晃悠悠的。它忽然在甜橙树上飞起来，在树枝间来回地飞。后来，它落在最高的枝头上，对着天叫起来。大人小孩儿都不说话，就听它叫。……从此，甜橙树就长在了我家的窗前，每天早上，太阳一出，那只鸟就开始叫……”

弯桥觉得自己是在说傻话，显得有点儿不好意思。

唱山歌的人离甜橙树越来越近了。悠长的山歌，一句一句地送到了甜橙树下。

三瓢、浮子、六谷和红扇又往弯桥跟前挪了挪。

弯桥看了看那只大网兜，有了想回去的心思，但看到三瓢他们并无一丝厌烦的意思，就又回到了说梦的念头上：“最后梦到的是浮子。……梦里，我先见到了我妈妈。”弯桥立即变成一副幸福无比的样子：“我妈妈长得很漂亮很漂亮，真的很漂亮。她梳一根长长的、长长的大辫子，牙齿特别特别的白。她朝我笑，还朝我招手，让我过去。我过不去，怎么也过不去。我看到妈妈眼睛里都是泪，亮晶晶的。我朝妈妈招手，妈妈却不见了，但半空里传来了妈妈的声音：‘我在大河那边……’妈妈的声音，好听极了，一直钻到你心眼眼里。前面是一条大河。世界上还有这么大的大河！你们都没有见过。一眼望不到边，就是水，白汪汪的水。可没有浪，连一丝水波也没有。有只鸽子想飞过去，想想自己可能飞不过去，又飞回来了。我就坐在大河边上，望大河那边，望妈妈。没有岸，只觉得岸很远很远。妈妈肯定就在那边。没有船，船忽然地全没有了。浮子来了。他陪着我坐在大河边上，一直坐到天黑。第二天，我又坐到大河边上。浮子没来陪我。第三天，他也没有来。红扇来了，说：‘浮子这两天一直坐在他家甜橙树下。’我问红扇：‘他想干什么？’红扇说：‘他想锯倒甜橙树。’‘锯倒甜橙树干什么？’‘做船，为你做船。’我离开大河边，就往浮子家跑。浮子家门前有棵甜橙树，一棵这个世界上最大的甜橙树。我跑着，眼前什么也没有，只有那棵甜橙树。一树的绿叶，一树的橙子。我跑到了浮子家。甜橙树，好好地、高高大大地站在那儿。浮子一见我，就朝我大声喊：‘别过来！别过来！’就听见‘咔嚓’一声，甜橙树倒下了，成千上万只橙子在地上乱滚，我只要一跑，就会踩着一只橙子，滑跌在地上。……一连好几天，浮子就在他家门前凿甜橙树，他要把它凿成一条船。他一边凿一边掉眼泪。我知道，他最喜欢的东西，就是他家的甜橙树。他却朝我笑笑：‘你要见到你妈妈了……’”

弯桥望着他的四个好同学、好朋友，泪光闪闪，目光一片迷蒙。

三瓢、浮子、六谷、红扇都低着头。

唱山歌的人终于走过来了。是个白胡子老汉。见到甜橙树下坐着五个孩子，越发唱得起劲。唱着唱着，又走远了。

弯桥上身直直的，盘腿坐在橙子树下，沾着泥巴的双手，安静地放在双腿上。

三瓢、浮子、六谷和红扇抬起头来望弯桥时，不知为什么，都想起了村后寺庙里那尊默不作声的菩萨。

红扇哭起来。

弯桥以为自己说错了什么，有点儿慌慌张张地看着三瓢、浮子、六谷。

三瓢爬起来，蹲到了那个小小烂泥塘边。当他一转脸时，发现浮子、六谷也都蹲到了烂泥塘边。他先是伸了一只指头，蘸了点儿黑泥浆涂到脸上，随即将一只巴掌放到了黑泥浆上，拍了拍，又在脸上拍了拍……

浮子、六谷都学三瓢的样子，将自己的脸全涂黑了，只留一双眼睛眨巴眨巴的。

红扇走过来，也蹲在烂泥塘边。她看了看三张黑脸，伸出手指头，蘸了黑泥浆，一点儿一点儿，很仔细地在自己脸上涂起来，样子像往自己的小脸蛋儿上涂香喷喷的雪花膏。

三瓢他们不着急，很耐心地等她。

当四张黑脸一起出现在弯桥面前时，弯桥先是吓得紧紧靠在甜橙树上，紧接着大笑起来。

三瓢他们跳着，绕着弯桥转圈儿。他们的脸虽然全涂黑了，但，仍然看得出他们在笑。

“黑泥浆在哪儿？”弯桥问。

三瓢、浮子、六谷、红扇不作声，用手指了指甜橙树后。

弯桥一挺身爬起来，找到烂泥塘后，用两只巴掌在黑泥浆上拍了拍，然后像泥墙一般在脸上胡乱地涂抹起来。

三瓢他们让出一个空位置来给弯桥。

五个孩子，一样的黑脸，像五个小鬼一般，在甜橙树下转着圈儿，又跳又唱……

黑魂灵

傻子男孩儿饿倒了。从河岸上滚落到水边时，恰巧赶上放鱼鹰的爷爷驾着小船路过这里，就将他救起，并收留了他。他虽然是个傻子，但爷爷却很喜欢他。

傻子男孩儿在这只小船上经历了许多故事，其中包括黑水手的死亡——

一

“黑水手”是一只鱼鹰的名字，现在，它正很快地衰老着。

它的游动显得越来越吃力，越来越跟不上行驶的小船和鱼鹰的队伍了。

它几乎再也抓不到鱼了。即使在鱼多的狭小水域，它也常常毫无收获。它吃力地扎着猛子。也不知道它是因为老眼昏花在水下根本看不到鱼，还是因为游动的速度太慢，猎物轻易就跑掉了，总而言之，那些猛子，几乎是毫无意义的。偶尔叼着一条拇指粗细的小鱼，它就会显出一副尴尬的样子，不知道是游向小船让爷爷将鱼取走呢还是自己吃掉——拴在脖子上的草绳，并未拴死，是留下一定的空隙的，鱼鹰们可以把一些小鱼吞进肚里。

这时，就会有一两只鱼鹰游过来，趁黑水手不备，一口夺去它嘴上的小鱼，立即吞进肚里。

看到这幅景象，爷爷心里会泛起一丝悲哀，并对那些“不要脸的家伙”十分生气。他会举起竹篙，突然劈下，吓得那些“不要脸的家伙”拍着翅膀慌忙逃窜。爷爷只好经常把它捞到船上，让它歇着。爷爷安慰它：“你老了，你不比它们了。你就歇着吧，不要心里过意不去。谁都有这个时候，人也一样。”爷爷想到了自己，心里有淡淡的酸痛。

所有的鱼鹰都不再把黑水手放在眼里，它们甚至经常欺负它，而当它们看到爷爷从一堆杂鱼中挑出最好的鱼喂黑水手时，会感到十分生气，甚至是愤怒。它们不住地叫唤着，好像在责问：凭什么？它一条鱼都没有抓住，凭什么还喂它最好的鱼？

那时，黑水手显得很不好意思，并不肯再将爷爷送到它嘴边的鱼吞下去。

爷爷说：“别听它们的。它们这群小畜生，早晚要遭报应的……”

黑水手要尽一只鱼鹰的本分，一旦下水，就用尽全身力气去抓鱼。但是，它的猛子总是扎得很浅，无论它怎么用力，就是无法将自己的身子扎到水的深处。以前，它一旦进入深水，反而觉得深水世界比水面上的世界还要清澈明亮，可是现在，深水世界是那么的阴暗与模糊，几乎看不见什么。它蹬动双腿，收紧身子，不住地向前钻去，直到身体消耗掉所有的力气，再也憋不住了，才缓缓浮到水面上。那时，它已经头昏脑涨，只觉得身子随着水波在晃动，整个世界一片虚幻。

要过很久，它才能缓过来，而那时，小船与其他鱼鹰已远远在前。接下来的时间里，它只能用力追赶了，已再也不可能扎猛子抓鱼去。

这一天，它终于又抓到了一条小鱼。

鱼是小了点儿，但它毕竟也是一条鱼。它要把这条鱼交给主人。它叼着小鱼往小船游去。

小鱼在阳光下扭动着身子，招引了其他鱼鹰。它们纷纷向黑水手游过来。

黑水手知道它们是冲它嘴上那条小鱼而来的，便拼命向小船游去。

但是，很快有几只鱼鹰截住了它。它们围成一圈儿，向黑水手紧逼过来。

小船上的爷爷看到了，一跺脚：“你傻呀？吃掉就是了！”

黑水手却还是叼着那条小鱼。

很快，就有几只鱼鹰游到了黑水手的身边，它们拍着翅膀，伸长脖子去抢夺那条小鱼。

黑水手吃力地躲避着。

终于，有一只鱼鹰——正是那只身强力壮的小鱼鹰，一口啄下去，把那条小鱼啄成了两截，并一伸脖子，把啄得的半截鱼吞进了肚里。

黑水手口一松，剩下的半截鱼落进水中。

转眼间，那半截鱼就不知被哪只鱼鹰吃掉了。

爷爷的小船快速往这边赶来。

黑水手终于愤怒了，拍着翅膀，向那些掠夺者开始了反击。它叫唤着，用坚硬的嘴向它们啄去。

鱼鹰们群起而攻之。它们啄黑水手的脑袋，啄它的身子。顿时，水面上漂起许多黑褐色的羽毛。

黑水手再也没有一丝力气，它只好缩成一团，任由它们啄去。那时，它像一团破布，在水面上漂浮着。

爷爷驾船赶到了，他挥舞竹篙，在水面上激起一团团水花，并不停地吼叫与怒骂。

鱼鹰们像炸了窝一般，纷纷逃窜，水面上留下了一道道水花。

爷爷把船靠近黑水手。

傻子男孩儿趴在船帮上，将黑水手捞到船上。

黑水手被啄去许多羽毛，样子显得十分丑陋。

爷爷蹲在它身旁，不住地说着：“你怎么这样傻呀？你怎么这样傻呀？……”

黑水手的目光里是无助和一望无际的悲哀……

二

这天下午三点钟的光景，傻子男孩儿突然向爷爷叫了起来：“它……它……没……没了……”

爷爷疑惑地看着他。

“黑……黑……黑水手……”

爷爷仔细清点鱼鹰，发现黑水手不见了。他回头向水面上望去，除了有几只鸭子在缓缓地游动，不见黑水手的踪影。

傻子男孩儿用手指着来路，让爷爷掉转船头寻找黑水手去。

爷爷点了点头，将河里的鱼鹰全都捞到枝形架上，然后掉转船头，迅速往来路撑去。一路上，爷爷不住地呼唤着黑水手。

傻子男孩儿站在船头，身体随小船的摇摆而摇摆，也在不住地呼唤着黑水手。

他们一直找到天黑，也没有找到黑水手。

爷爷已没有力气再撑船了，放下竹篙，坐了下来，一边喘息，一边在嘴中不住喃喃自语："去了哪儿了呢？去了哪儿了呢？……"

傻子男孩儿一声不吭地坐在船头上，转动着脑袋，目光不屈不挠地在水面上搜寻着。

大河已一片安静，并且已经模糊一片。

爷爷忙着做饭时，对傻子男孩儿说："它老了，也许像当年那样，被渔网缠住挣不脱了，也许它觉得自己实在太老了，不想麻烦我们了，自己游到一边去了……"

这顿晚饭，傻子男孩儿没有吃，爷爷怎么劝他都不吃。明明什么也看不见，他还在用目光固执地往黑暗里寻找着。

爷爷睡不着，心里总是想着黑水手。多少年过去了，跟黑水手差不多大年龄的鱼鹰都一只只离开了这个世界，只有黑水手还在陪伴着他，而如今，它也不见了。它只不过是只水禽，可是，爷爷却一直把它当个人看。一幕幕的情景，在他脑里接连不断地闪过。

五更天，他才睡着。

而那时，傻子男孩儿却忽然醒来了。他醒来，是因为他听见了黑水手的叫声。那叫声十分遥远，但却又十分真切。

他分不清这是梦还是事实，坐在黑暗里，屏住呼吸继续听着。

只有黑夜的声音。

傻子男孩儿起来了。他悄悄从爷爷身边爬过，尽量不让手腕上的铃铛发出响声。

他爬出了篷子，那时，有半轮月亮快要掉到西边的水里。

他轻轻拿起竹篙，将船撑向黑水手的声音传来的方向。他不管这是一个梦还是一个事实。

在爷爷手把手的教导下，傻子男孩儿早已会用竹篙撑船了。他撑船的样子很好看，细长的身子，配上细长的竹篙，让爷爷觉得，这小子本来就是一个撑船的。他将竹篙紧紧地挨着船帮，插到河底，然后身子下蹲，圆圆的结结实实的小屁股撅着，用力撑着，小船贴着水面，“泼刺泼刺”地往前行驶着。

天色在小船的行进中变亮，大河与天空本为一色，现在慢慢区别开来了，河是河，天是天，只是远处还融为一色。转眼间，河水开始转为暗红——太阳露出了一点儿。

早飞的鸟儿，在小船的上空滑动着。

傻子男孩儿已经汗淋淋的。他撑着小船，朝着叫声传来的方向。他觉得黑水手就在那儿等着他和爷爷搭救它。

爷爷醒来后问道：“小子，你要把船撑到哪儿？”他发现，小船已驶出大河，进入一条支流了。

虽说是支流，也是一条有模有样的河。

傻子男孩儿用手指着前方："那儿！我……听……听见它叫……叫了……"

爷爷一脸疑惑："你听见它叫了？"

傻子男孩儿点点头。

在爷爷看来，傻子男孩儿总有些古怪而神秘的行为。明明天空什么也没有，他偏用手指给爷爷看："鸟！"根本没有鸟。但爷爷正在否决傻子男孩儿的发现时，一只鸟莫名其妙地飞翔在了天空。而爷爷刚才察看天空时，明明没有见到任何鸟的踪迹。

爷爷只能将信将疑地由着傻子男孩儿将船向前撑去。

一个多小时后，傻子男孩儿还在一个劲儿地将船往前撑着，爷爷终于阻止他了："小子，停下吧！这根本不可能。一只鱼鹰的叫声，哪儿能传这么远？！掉头吧，回到大河里。"

但傻子男孩儿不听，依然一板一眼地将小船撑向前去。

爷爷只好由着傻子男孩儿。

又撑了个把钟头，傻子男孩儿没有力气了，放下竹篙，躺在了船上。

爷爷要拿竹篙，将小船撑回大河，傻子男孩儿却双手死死抓住竹篙不让爷爷动，而自己又没有力气再将小船撑向前去。

爷爷哭笑不得："就让船这么漂着不成？"

傻子男孩儿却回答了一个"嗯"字。

爷爷只好暂时坐在了那里。

小船在向前漂去，过不一会儿，就漂向了岸边，然后，小船就沿着岸边，一忽慢一忽快地漂去。

傻子男孩儿忽地坐了起来，先是快速转动脑袋，接着慢慢转动脑袋，仿佛在慢慢地调准耳朵要冲着某一个方向。

小船好像也在聆听什么，居然停在了那里，而那时，河上明明有风。

傻子男孩儿的脑袋终于固定在那里。过了一会儿，他用手一指芦苇丛，却没有说话。

爷爷也侧身听去，却什么也没有听见。

傻子男孩儿忽地跳下河去，“哗啦哗啦”地拨开芦苇，向深处走去。

爷爷操起竹篙，尾随傻子男孩儿，用力将小船撑进芦苇丛里。

傻子男孩儿突然向前猛跑，身后是一片水花。

小船紧随其后。

芦苇开始变得稀疏，傻子男孩儿“嗷嗷”叫唤，转过身来，望着爷爷，而手却指着前方。

爷爷也跳下了小船，向傻子男孩儿跑去。他很快看到，不远处的水面上，有个银光闪闪的东西，又有一个黑乎乎的东西。等爷爷赶到时，傻子男孩儿早已经蹲在那两个东西的身边。

那银光闪闪的东西是一条大鱼，那黑乎乎的东西，正是丢失了的黑水手。

鱼似乎还有生命的气息，而黑水手却好像已经死了，但它带钩的嘴，却还嵌在大鱼的身体里。

爷爷两眼一阵发黑，差点儿跌倒在水中。

傻子男孩儿想将黑水手抱起，但却一时无法让黑水手的钩嘴脱离大鱼的身体，抱了几次，都未成功。

爷爷踉跄地赶过来，帮着傻子男孩儿，好不容易才将黑水手的钩嘴与大鱼的身体分离开来。

傻子男孩儿将黑水手抱在怀里，眼泪不住地流淌下来。但那是欢喜的眼泪：黑水手没死，它在傻子男孩儿怀里微微地颤抖着，还挣扎着抬起头来，用那对黑豆大小的眼睛看了他一眼，看了爷爷一眼。

那条大鱼好像在摆动尾巴，显出要逃脱的样子。傻子男孩儿把黑水手交给爷爷，一头扑向那条大鱼。

大鱼倒也没有挣扎。

傻子男孩儿几次要将大鱼抱起来，都没有成功。最后一次，他总算将它抱了起来，但很快跌倒了。

爷爷把黑水手送回船舱，拿了一根绳子，将绳子从大鱼嘴里穿进去，再从鳃里穿出，系了一个扣，然后将绳子交给傻子男孩儿。

傻子男孩儿用绳子拖着鱼，一步步向小船走去。

爷爷让傻子男孩儿帮忙，称了大鱼的重量：三十二斤！

爷爷说："比它上回抓的那条大鱼，还重五两呢！"他望着瘫痪在船舱里的黑鱼鹰："你何苦呢？你这么大年纪了，逞什么能呀！你抓不到鱼就抓不到鱼嘛，我也没有责怪你呀！"

那时，黑水手的双眼半眯缝，一副困倦的样子。

它身上的羽毛又少了许多，到处露出难看的肉身。

爷爷向傻子男孩儿感叹着："当年，它抓了一条三十一斤五两的鱼，它还年轻呢！这一回，它居然抓了条三十二斤的！可是，它已经老到快要死啦！……"

爷爷用僵硬的手抹了一把眼泪……

三

黑水手一直瘫痪着，它无数次地想站立起来，都失败了。

爷爷说："你把一生的力气都用光了，你哪儿还能站起来呀！"

小船依然沿着那条大河向前行进着。

不久，爷爷病了，一病就很重，一连好几天都不能起床，最多也就只能将身子靠在船舱的横挡板上，看着傻子男孩儿放鱼鹰、忙着做饭。

傻子男孩儿不免有点儿生疏与慌乱，但有爷爷的指导，一切，马马虎虎，也都做成了。爷爷高兴，傻子男孩儿也高兴。

小船总是往前行驶着。

那河变得越宽，水流就越平稳，小船的行进变得越顺利。

爷爷的身体似乎在一天一天地好起来，精神看上去很不错，但不知为什么，身体看上去开始好转的爷爷却在将鱼鹰一只一只地卖掉。卖了钱，爷爷并没有用它来治病，而是都收在腰间的钱包里，只是拿出一部分买吃的，买杂鱼喂黑水手。傻子男孩儿毕竟不像爷爷那样会放鱼鹰，一天下来，那些鱼鹰只能将就着将自己喂饱，而黑水手就得买杂鱼来喂它。

黑水手至今也没有能够站立起来，只能整天蹲在一只早先就准备下的草窝窝里。一天里，大部分时间它的双眼是闭着的，仿佛在回忆它一生的时光。

食量倒还可以。

“能吃不能做，人老了也这样。”爷爷说。

接下来的几天时间里，爷爷从钱包里掏钱买杂鱼时，毫不犹豫，出手大方，将黑水手整天喂得饱饱的。

黑水手也不拒绝。

不住地卖掉鱼鹰，一个劲儿地喂黑水手，傻子男孩儿并不明白爷爷的心思。

爷爷自己心里十分清楚，他活在这个世界上的时间也已经不多了。别看这几天他看上去精神好了一些，甚至能起身上岸走走，但他实际感觉到的是，他的身体只剩一些气力，现在，这些气力聚集在一起，在支撑着他。

爷爷的生命像一盏油灯。这盏油灯的油马上就要见底。这火苗还亮着，但忽地就会熄灭。

爷爷必须在一切黑暗下来之前，把所有的一切都安排好。此时的爷爷，平静而沉着。他甚至还不时地微笑一下。

深夜，当傻子男孩儿在他身边酣睡时，他却睁着眼睛看着船篷外的天色。那些被他看了数十年的天空、月亮和无数星星，不久都将远去，而他将沉没于深不见底的黑暗。倒也不怕，活了这么久，也该走了。现在，让他牵挂的，就是黑水手和傻子男孩儿。其他几只鱼鹰，都还能抓鱼，他走后，也许它们就成了野鱼鹰，也许被另外的养鱼鹰的收留。他不打算再卖了，他希望他走时，能有鱼鹰相随，直把他送到去天堂的路口。

他已从过路船上给傻子男孩儿买下一只大大的背包，并装上路上行走的若干用品。他悄悄地将钱放在了背包里面的夹层里。

"该送它上路了。"这天，爷爷对傻子男孩儿说完，眼睛一直看着黑水手。

傻子男孩儿不明白"上路"是什么意思。

爷爷从货船上买了一瓶酒，几支蜡烛。他特地叮嘱，他要的不是红蜡烛，而是白蜡烛。"不是我喝。"爷爷说，在傻子男孩儿面前晃了晃酒瓶。

傍晚，爷爷从船的尾部取出一把短柄铁锨交给傻子男孩儿，把白蜡烛和一盒火柴放在衣服口袋里，弯腰抱起黑水手，让傻子男孩儿将他扶到了河滩上。

这是一片很大的河滩。

爷爷让傻子男孩儿一直把他搀到离船几十步远的地方。那里有棵大树。

爷爷对傻子男孩儿说："挖吧，挖个坑。"

傻子男孩儿疑惑地望着爷爷。

爷爷打开酒瓶，扒开黑水手的嘴，将酒"咕嘟咕嘟"地倒进它的嘴里。

傻子男孩儿觉得今晚爷爷很有趣：自己不喝酒，倒让黑水手喝酒。

爷爷几乎将一瓶酒都灌到了黑水手的嘴里。其间，黑水手几次挣扎，要躲闪爷爷的酒瓶，却被爷爷牢牢抓住，使它无法躲闪。

"喝吧喝吧……"爷爷对它说，"你老了，要上路了。就高高兴兴地走路吧。这是你的命。命是躲不了的。我也躲不了。我会跟着来的。你只是先走一步。我要是先走了，你就上不了路了……"

爷爷尽说些莫名其妙的话。

爷爷对傻子男孩儿说："挖呀！怎不挖呢？挖得深一

些。”他把黑水手轻轻放在树下。

黑水手拍了拍翅膀，想站起身来往水边小船方向跑，但根本站不起来。它的双翅耷拉在地上，不一会儿，脑袋也垂了下来。

“正醉着呢！”爷爷对它说，“这是传下来的规矩，上百年上千年了，一只鱼鹰老得实在不行了，就用酒把它灌醉，然后埋到土里。你也是知道的。你也看到过我埋其他的鱼鹰。这回，该轮到你了……”

傻子男孩儿似懂非懂。他抓着铁锨，却始终没有动手。

爷爷拿过铁锨：“不是爷爷心肠狠，孩子！”他开始吃力地挖土。

爷爷挖了好一阵，才挖了浅浅一个坑，只好又把铁锨送到傻子男孩儿手上：“挖吧，给它挖个深坑。”

傻子男孩儿接过铁锨，“吭哧吭哧”地挖了起来，泥土不停地飞到一边。

爷爷坐在黑水手身边。

黑水手好像睡着了。月光下，它颈上的毛，闪烁着微弱的蓝光。

泥土还在飞扬。傻子男孩儿已脱掉了上衣，光溜溜的身上，流着一道又一道的汗水。

爷爷轻轻用手抚摩着已经一动不动的黑水手：“去吧，用不了多久，我俩又会见面的……”他看了看傻子男孩儿挖的坑，说："孩子，别挖了，够深了。"

但傻子男孩儿不听，一个劲儿地挖着，像一只不知疲倦的土拨鼠。

月亮来到大树顶上，是个大月亮。

爷爷抓住了傻子男孩儿手上的铁锨，这才使傻子男孩儿停了下来。

"看它一眼吧。"爷爷对傻子男孩儿说。

傻子男孩儿却把脑袋转到一边。

爷爷摇了摇头，抱起看似已没有一丝生命气息的黑水手，轻轻放到了坑里。然后，他跪在那里，用手将坑外的泥土不住地推进坑里。

不一会儿工夫，黑水手就被细土覆盖了。

不知是什么时候，傻子男孩儿也跪在了坑边，与爷爷一道，用双手将泥土不住地推到坑里。

坑渐渐满了。

两人歇了一会儿，接着又开始填土。

坑填满之后，外面还有不少土。

爷爷拿起铁锨，轻轻拍了拍，往上加了些土，再轻轻拍拍，又加了一些土，最后，把土全堆在了上面，堆成了一个坟墓。爷爷围着这堆土，用铁锨细心地拍，哪边多一些，就铲下一些，哪边少一些，就补上一些，仿佛那是一件很重要的活儿，很有讲究的活儿。

终于觉得，这小小的坟墓已做得很好看了，爷爷才放下铁锹。

周围尽是杂草野花。

爷爷采了很多野花，撒在黑水手的坟上。

傻子男孩儿学着爷爷的样子，采了更多的花，全都抛撒在了黑水手的坟上。

爷爷从口袋里取出那些白蜡烛，一共五支。

他将它们一根根立在地上，然后，擦着火柴，把它们一支支点亮。

亮光下的蜡烛，是半透明状，像温润的玉。

爷爷坐了下来，拍了拍身边的地，让傻子男孩儿也坐了下来。

蜡烛一点儿一点儿地矮了下来。

爷爷把胳膊放在傻子男孩儿的肩上，哼唱起来。

蜡烛熄灭之后，他们还坐在大树下。

小船上，不知是哪一只鱼鹰叫了一声……

四

已是深夜，爷爷终于说：“回吧。”他随手抓了一把细土，抛撒在黑水手小小的坟上。

他试了几次，都没有能够站起来，还是傻子男孩儿用双手抓住他的胳膊，才将他从地上拉起。

在往小船走去时，他们走得很慢。爷爷的步伐很小，并且每挪一步都要花费很长时间。

傻子男孩儿一手搀扶着爷爷，一手拖着铁锹。

铁锹有时摩擦到河滩上的石头，就会在这万籁俱寂的深夜发出“当当当”的金属声。

月亮走得很远了，像一个要赶回家去的孩子。

回到船上躺下后，爷爷开始断断续续、没完没了地对傻子男孩儿说话。声音有些微弱，但平静而镇定。他把双手交叉着放在胸口上，在黑暗里睁着眼睛。因为极度的消瘦，若放在白天来看，那双眼睛很深很大。

“爷爷快要走了……”

爷爷知道傻子男孩儿已懂得“走”是什么意思。

“爷爷说走就走了。爷爷自小就没有家，爷爷这一辈子就在水上漂。到那时，你只需为爷爷做一件事：解开小船的缆绳。让船随风漂，漂到哪儿，哪儿就是爷爷的家。这小船上，也没有什么值得你拿的，那个背包可一定得背上。那里面，有爷爷给你的钱，爷爷用不着那些钱了……”

有很长时间，爷爷没有说话。他把手慢慢地挪移到傻子男孩儿的身上，从肚皮那儿慢慢地抚摸到脸上，然后停留在傻子男孩儿的头发里。

“你也要走了……”爷爷说，“孩子，爷爷遇到你，这是爷爷的造化。爷爷一辈子也没想到过，爷爷走时能有人为爷爷送行……”

接下来，爷爷一连三天不吃不喝，就那样安静地躺在船舱里。

傻子男孩儿驾船，放鱼鹰，其余的时间，或是坐在爷爷身旁，或是睡在爷爷身旁。

爷爷很少说话，爷爷已没有说话的力气了。他的眼睛总那么睁着，看天空，看天空的飞鸟与流云。

这天傍晚，忙碌了一天的傻子男孩儿坐在爷爷身边时，爷爷吃力地举起手，用手指在傻子男孩儿的脑门上顶了几下，声音很小，但却是很清楚地说了一句话：“你不傻……”

傻子男孩儿用手指戳了戳自己的胸脯：“我……不傻……”他先是无声地笑起来，接着“咯咯咯”地大笑起来。

爷爷也笑了起来，是无声的。

天色变了。

傻子男孩儿爬出船舱，仰脸看了看天空，将白天揭开的船篷合上了。

一夜，风雨就未停歇，风倒也不大，雨也不是暴雨，就那样吹着下着，四周都是风声雨声，还有小船与河水相撞的水声。

傻子男孩儿醒来了。

傻子男孩儿醒来，并不是因为风雨停歇了，而是因为他觉得船舱里很冷——他被冻醒了。

他摸了摸爷爷的身子。

爷爷的身子已经变得冰凉。

他没有害怕，依然睡着，还往爷爷身边靠了靠。

那时，天在拂晓时分，天地间还是一片灰色。

傻子男孩儿一动不动地躺着，直躺到天大亮，岸边的树上，小鸟"叽叽喳喳"闹成一片。

傻子男孩儿起来后就像爷爷总是给他掖被子一样，给爷爷掖了掖被子。

他做了早饭，吃得饱饱的。

他没有叫爷爷吃早饭，因为，他知道，爷爷永远不会再吃早饭了。

他把剩下的几只鱼鹰脖子上拴的绳子统统解掉扔到了河里，然后，把昨天它们抓来的鱼统统喂给了它们，它们直吃得脖子直直的不能打弯。

他又坐到了爷爷的身边。

他发现爷爷的眼角有眼屎，就拿毛巾在河里涮了涮，十分细心地给爷爷洗了脸，直洗到爷爷的脸上干干净净的没有一星半点儿的污迹。

天说晴就晴，一轮太阳带着大河的水珠，升了起来。

傻子男孩儿背起背包，跳上岸，解掉了拴在树上的缆绳，将小船的船头扳向河心，然后用力将小船推向河心方向。

因小船的速度很快，鱼鹰们都展开了翅膀，以保持平衡。

傻子男孩儿没有立即上路，而是坐在高高的岸上，一直望着爷爷的小船，直到它漂远，无影无踪。

他站了起来，冲着小船消失的方向："我……我不傻……"他"咯咯咯"笑了起来。

他向远去的小船挥着手。

他始终未掉一滴眼泪。

在他看来，也许哪一天，他还会遇上爷爷的……

泥　鳅

一

这地方抓泥鳅的手段很特别：将芦苇秆截成两尺多长，中间拴一根线，线的一头再拴一根不足一厘米长的细竹枝，那细竹枝只有针那么细，两头被剪子修得尖尖的，叫“芒”，往剪开的鸭毛管中一插，穿上四分之一根蚯蚓，然后往水中一插。觅食的泥鳅见了蚯蚓张嘴就是一口，哪儿知一用劲吞咽，芒戳破蚯蚓，在它嗓眼里横过来，它咽不下吐不出地被拴住了，然后可怜地翻腾挣扎出几个小水花，便无可奈何地不再动弹了。

这地方的人称这玩意儿为“卡”。

傍晚插卡，第二天清早收卡。

十斤子和三柳各有二百根卡。

一年里头能插卡的时候也就三十来天，在冬末春初。过了这段时间，水田都放了水，让太阳烘晒，准备种庄稼了。即使仍有贮水的地方，泥鳅有了种种活食，也不再一见蚯蚓就不假思索地贪婪吞吃了。

这里的冬末春初的田野，别有一番景致：到处是水田，水汪汪的一片，微风一来，水面皱起一道道细细的水纹，一道赶一道，往远处去，那水分明有了细弱的生命；风再大一些，田野上便会四下里发出一种水波撞击田埂的水音，柔软的，温和的，絮语样的，田野也便不再那么无聊和寂寞；中午若有一派好阳光一把一把洒下来，水面上便广泛地弹跳起细碎的金光，把世界搞得很迷人，很富贵。

十斤子和三柳对这样的田野很投入，有事无事总爱在田野上转悠、疯跑，或坐在田埂上犯傻、琢磨、乱想、编织荒唐的故事。若太阳暖和，便直条条地躺在松软的田埂儿上。那时耳畔的水声便会变得洪大起来，让人动心，让人迷惑不解。阳光、泥土、水、老草和新芽的气味融合在一起，好闻得很。

当然，最使他们投入的，还是因为这一片片水田里有让人心儿一蹦一蹦的泥鳅。

但，这两个家伙似乎很隔膜。

十斤子的身体像榆树一样结实，细短的眼缝里，总含有几分“阴谋诡计”，平素风里土里地滚，又不喜清洗，黑皮肤便更黑，太阳一晒，如同紧绷绷的牛皮。他常用那对不怀好意的眼睛去瞟、去瞥、去盯三柳。

性情怯懦的三柳抵不住这种目光，便低下头去，或远远地避开他。

今天他们来得太早了点儿，太阳还老高。两人都知道，早插卡不好，一种只要有阳光就会四处活动的小鱼会慢慢将芒上的蚯蚓嘬了去，便把卡放在田埂上，等太阳落。

田野尽头，有几只鹤悠闲地飞，悠闲地立在浅水中觅食。

十斤子觉得，瘦长的三柳长得很像那些古怪的鹤。当他在等待日落的无聊中，发现三柳与鹤有着相似之处时，不禁无聊地笑了。

三柳觉得十斤子肯定是在笑他，便有点儿不自在，长腿长胳膊放哪儿都不合适。

太阳落得熬人，十斤子和三柳便一人占一条田埂儿躺下来。

天很空大，田野很疏旷，无限的静寂中似乎只有他们两个。

可是十斤子却还容不下三柳。他对三柳插卡有一种本能的排斥。没有三柳，这眼前的水田全是他十斤子的，他爱往哪儿插卡就往哪儿插，今日在这块田插，明日就到那块田插，那是无边无际的自由。

十斤子又很有点儿瞧不上三柳："知道往哪块田插卡吗？知道在大风天怎么插卡吗？……你也会插卡？！"

三柳从十斤子的目光中看出什么来了，很是小心翼翼，生怕触犯了十斤子。十斤子先到，可以不顾三柳，只管随便挑块田插，而三柳先到，却总要等十斤子先下田，而后自己才下田。

三柳是个微不足道的孤儿，连间房子也没有，住在久废不用的砖窑洞里，人们似乎有理由不在意他。

三柳也很知趣。

太阳终于沉没了，暮鸦从田野上飞起，鼓噪着，往村后的林子里去了。

十斤子用绳兜子提着卡，来来回回地选择了半天，也未选定一块田。三柳今天有点儿心急，想："你就慢慢选吧，反正这块田你不会要的，今天就不等你了。"想着，便第一回抢在十斤子的头里下了田。

十斤子心里很不得劲儿，跳进一块田就插。本来每隔五步就可插一根，他不，两条腿不停往前，将水弄得"哗啦啦"响，身后翻起一条白练来，十多步下去了，才又插一根。傍晚的田野很静，天空下只有十斤子喧闹的涉水声。

三柳刚插了一行，十斤子已插了一块田。

三柳的卡还有一半未插，所有的水田就已被十斤子插完了。十斤子爬上田埂儿，将空绳兜往腰里一系，在昏沉的天色里，朝三柳诡谲地一笑，一蹦三尺，仰天胡叫地回家了。

三柳站在水田里愣了老一阵，只好将剩下的卡补插在自己已插了卡的田里，那田里就密匝匝的到处是卡了。

第二天早晨天才蒙蒙亮，十斤子和三柳就下田收卡了。一人提一只水桶，若卡上有泥鳅，便抡圆了，将线绕回芦苇秆上，然后往桶边上那么很有节奏地一磕，泥鳅就被震落在水桶里。十斤子故意将芦苇秆在桶边磕得特别响，并且不时地将并没挂上泥鳅的芦苇秆也往桶边使劲磕。

而远远的三柳那边，半天才会响起一下微弱的敲击声。

十斤子心里有一种按捺不住的快乐，便在寂寥的晨野上，用一种故意扭曲、颤抖的声音叫唱起来：

新娘子，白鼻子，
尿尿尿到屋脊子……

天便在他的叫唱中完全地明亮了。

初春的早晨，水田里还很冷。三柳收罢卡，拎着水桶，缩着脖子，哆哆嗦嗦地往前走。

“三柳！”十斤子叫道。

三柳站住了。

十斤子走上前来，打量着耸着肩胛、两腿摇晃的三柳，越发觉得他像只鹤。

“我要走了。”三柳说。

十斤子把自己的水桶故意挨放在三柳的水桶旁。他的桶里，那些金黄色的泥鳅足有四五斤重。而三柳的桶里稀稀拉拉十几条泥鳅，连桶底都未盖住。

“哟，真不少！”十斤子讥讽地一笑。

三柳并没有注意到十斤子的嘲讽，只是抬头朝远处的那棵大柳树下望去——

树下站着蔓。

“你在看谁？”

“……”

“她好像在等人。”

“在等我。”

“等你？”

“……”三柳提起水桶往前走，将背冲着刚露出地面的太阳，个儿越发瘦长，像一晃一晃的麻秆。

随着太阳的上升，大柳树下的蔓变得鲜明起来，人在百步以外似乎都能感到她那对明亮动人的黑眸。

十斤子呆呆的，像只痴鸡。

二

蔓是从二百里外的芦苇荡嫁到这儿来的。才结婚半年，丈夫在雨中放鸭，被雷劈死在稻地里。

从此，人们用怯生生、阴沉沉的目光看蔓。

蔓长得很有几分样子，全然不像乡野间生长起来的。她走起路来，脚步很轻盈，腰肢扭动着，但一点儿不过分，恰到好处；眼睛总爱眯着，像一只猫受到了阳光的刺激，可一旦睁大了，就显得又黑又亮；说话带着西边的口音，很清纯，软款款的很入耳，这大概是在水边长大的缘故。

蔓站在大柳树下。其实，这些天，这个时候，她总站在这儿，只不过十斤子没有注意到罢了。

蔓穿一件蓝布褂，头上戴着一朵白花。她的脸色在朝晖中显得很红润。她把嫩葱一样的手指交叉着，很自然地放在腹前。她宁静地微笑着，脸上全无一丝愁容。丈夫的死似乎在她身上、心上皆没有留下痕迹。

在她身后有十几只鸭，一律是白色的。丈夫死后，她把那些杂色的鸭全卖了，却留下这十几只白鸭。她喜欢这样颜色的鸭。鸭们很干净，洁白如雪，如云，如羊脂。一只只都是金红色的蹼、淡黄色的嘴，眼睛黑得像一团墨点儿。鸭们很乖，不远不近地跟着她，“嘎嘎嘎”地叫。有几只鸭为抢一根蚯蚓在追逐，她便回过头去责备它们：“闹煞啦！”

每天，她都从三柳手中接过水桶，然后把鸭交给三柳，她去小镇上代三柳把泥鳅卖了。她总能卖得好价钱。这些钱依三柳的意思，要拿出一半来给她做油盐酱醋的费用，她也不硬推辞，笑笑，但只用去很少一些，其余皆放入一个瓦罐里替三柳存着。

三柳哭丧着脸走到她跟前。

她眉叶儿一弯，笑笑。

三柳将特别小的几条泥鳅挑出，扔给鸭们。鸭们都已吃惯了，一见三柳放下水桶就会围过来，见着泥鳅就抢，就夺，就叼着到处乱钻，欢腾得很。

“总能卖几个钱的。”蔓说，“你赶鸭走吧，院门没关，早饭在锅里，洗了腿上的泥，鞋在篱笆上挂着，蚯蚓我已挖了，在那只小黑陶罐里。”说罢，将水桶挎在胳膊上，往小镇上去了。

她的背影真好看，路也走得好看。

三柳望了望，便赶着鸭们上了小路。此时的三柳一扫丧气，心情很快活，十四五岁少年的那份天真、淘气和快乐，又都从这瘦弱的身体里钻了出来。他随手捡了根树枝，将它想象成枪，想象成马，想象成指挥棒，一路赶着鸭，一路自玩自耍，自得其乐。走田埂，爬河堤，穿林子，很是惬意，那样子像只善弹跳且又无忧无虑的兔子。

常常压抑，常常郁闷，常常自卑，此刻，三柳将它们都挣脱了。

此刻，三柳是一个纯粹的少年。

三柳甚至双眼一闭，忘我地打起旋转来。转呀，转呀，转得天旋地旋，欲站稳不能，一头撞在一棵大树上，两眼乱溅金星，一个趔趄，跌坐在地上。

鸭们惊得“嘎嘎”叫。

大堤上，十斤子像只青蛙往空中蹦，伸开双臂欢呼：“嗷——！嗷——！跌死一个，萝卜烧肉；跌死一双，萝卜烧汤！”

三柳爬起来，提了提裤子，低着头将鸭们赶到了一条偏道上……

十斤子回到家，一上午心里不痛快。到人家菜园里挖蚯蚓，挖完了连土都不平，坑坑洼洼地扔在那儿。人家主人要他平上，他却头也不回地就走。“看我下次还让你挖！”那主人指着他的后背发狠。“请我也不来！”他掉头回了一句。穿蚯蚓时，又常常不小心将那尖尖的芒戳了出来。他从心里希望此刻三柳就在他面前，他好用尖刻的话一句一句地刺激三柳。吃了午饭，他晃悠晃悠地来到了砖窑。

三柳不在。

十斤子就摸到了蔓的家。

即使初春，这里中午的太阳也有几分分量了。蔓拿了一个小木盆，把三柳叫到河边上：

“过来呀！”

三柳脚不离地，慢慢往前蹭。

“磨蹭什么哪？”

三柳走到河边："水凉。"

"凉什么呀，河水温乎着呢。把褂子脱了。"

"我不洗。"

"看你脏的，还不肯洗。快脱了褂子呀！"蔓抓住了三柳的胳膊，直把他拽到水边上，"脱了！"

三柳半天解一个纽扣地拖延着。

十斤子过来，就站在篱笆墙下往这边看。

"哎呀呀！"蔓放下木盆，三下两下地脱了三柳的褂子。

三柳一低头，觉得自己瘦得像鸡肋一样的胸脯很丑，加之天凉，便缩着颈项，双臂抱住自己。

蔓打了一盆水，把三柳的手扒开，用毛巾在他身上搓擦起来。

三柳害羞了一阵，便也就不害羞了，仰起脖子，抬起胳膊，闭起眼睛，听任蔓给他洗擦，将他摆布。

蔓往三柳身上打了一遍肥皂，用毛巾擦去后，便丢了毛巾，用手在三柳的身上"咯吱咯吱"地搓擦着。

此时的三柳像一个温馨幸福的婴儿，乖乖的。

那双温热柔软的手在他的肋骨上滑动着，在他的颈项上摩挲着。

三柳觉得世界一片沉寂，只有那"咯吱咯吱"的声音在响。那声音很脆，又很柔嫩，很耐听。春日的阳光透过薄薄的半透明的眼帘，天空是金红色的。有一阵，他竟忘记了蔓在给他洗擦，觉得自己飘散到甜丝丝的空气里去了。

三柳朦朦胧胧地记得，还是四岁时，母亲把他抱到水塘里，给他这样擦洗过。母亲掉到潭里淹死后，他便再没有体味到这种温暖的擦洗了。

三柳的黑黄的肌肤上出现了一道道红色，接着就是一片一片，最后，整个上身都红了。那颜色是婴儿刚脱离母体的颜色。太阳光透过洗净的汗毛孔，把热直接晒进他身体，使他感到身体在舒展，在注进力量。

蔓停止了洗擦，撩了一撩落在额上的头发，轻微地叹息了一声。

三柳紧合的睫毛间，沁出两粒泪珠来。

蔓给他换上干净的褂子，转身去唤在河边游动的鸭们："嘎嘎嘎……"

那群白鸭便拍着翅膀上岸来，摇摇摆摆地跟着蔓和三柳往院子里走。

十斤子赶紧蹲了下去……

三

傍晚，三柳提着卡来到田野，十斤子早坐在田埂儿上了。

十斤子眯起一只眼，只用一只眼斜看着三柳，嘴角的笑意味深长。

三柳的目光里仍含着胆怯和讨好。

使三柳感到奇怪的是，十斤子手里只有一只空绳兜，卡一根也不见。

太阳落下了。

三柳看了一眼十斤子。

十斤子一副无所事事的样子。

三柳等不得了，便卷起裤管下了田。

“喂，喂，那田里已插了我的卡了。”十斤子叫道。

三柳疑惑地望着并无芦苇秆露出来的水面。

十斤子懒洋洋地走过来，走进田里，卷起胳膊，往水田一伸，拔出一根卡来，在三柳眼前摇着：“看清楚了吗？我插了闷水卡。”

三柳只好走上田埂，走进另一块田里。

“那块田里，我也插了闷水卡！”

三柳仍疑惑地望着并无芦苇秆露出的水面。

“不信？”十斤子跳进田里，顺手从水中又拔出一根卡来，“瞧瞧，这是什么？卡！”他上了田埂儿，撩水将腿上的泥洗濯干净，对三柳道：“新添了一百根卡，这些田里，我都插了卡了。”

三柳望着十斤子，那眼睛在问：我怎么办？

十斤子随手一指："那儿有那么多水渠、小沟和池塘呢。"当他从三柳身边走过时，故意停住，用鼻子在三柳身上好好嗅了一通："胰子味儿好香！"随即朝三柳眨眨眼，转身回家去了。

三柳愣了一阵，见天色已晚，只好一边生闷气，一边将卡东一根西一根地插在地头的水渠里、河边的池塘里。那些地方，泥鳅是很少的。

其实，十斤子是胡说，还有好几块田他并未插卡。

第二天，三柳抢在十斤子前面插了卡，但还是留下边上两块田未插，三柳不敢太激怒了十斤子。三柳插的都是明卡。在十斤子眼里，那一根根竖着的芦苇秆，有点儿神气活现。

"你插的？"

"我插的。"

"那两块田是给我的？"

"给你的。"

三柳的回答是坚贞不屈的，但声音却如被风吹动着的一缕细丝，微微发颤。

十斤子再也不说什么，提着卡到三柳给他留下的那两块田去了。

三柳立起，看了看自己占领了的水面，带着战战兢兢的胜利，离开了田野。

身后传来十斤子的叫唱声：

新娘子，白鼻子，

尿尿尿到屋脊子……

夜去晨来，当三柳提着水桶穿过凉丝丝的空气来到田埂时，眼前的情景却是：凡被他插了卡的田里，水都被放干了，那两百根芦苇秆瘦长瘦长，直挺挺地立在污泥上。

三柳蹲下去，泪水便顺着鼻梁滚动下来。

晨风吹过，芦苇秆发出“呜呜”的声响，有几根摇晃了几下，倒伏在污泥里。

那边，十斤子在收卡，但无张狂和幸灾乐祸的情态，反而收敛住自己，不声不响。

三柳站起，突然将水桶狠劲掼向空中。那水桶在空中翻了几个跟头跌在田埂上，“哗啦”一声散瓣了。

三柳抹一把眼泪，猛一吸鼻涕，朝十斤子走过去，像头受伤的小牛。

十斤子第一回怕起三柳来，往田中央走。

三柳下了田，紧逼过去。离十斤子还剩七八步时，竟然“哗啦哗啦”扑过去。

十斤子放下水桶，将身子正过来迎对三柳。

三柳一把勒住十斤子的衣领，样子很凶恶。

“松手！”

三柳不松。

“你松手！”

三柳反而用双手勒住。

“你真不松？”

三柳勒得更用劲。

“我再说一遍，你松手！”

三柳就是不松。

十斤子脸憋红了，伸出双手揪住三柳的头发。

两人先是纠缠，后是用力，三柳被掼倒在泥水里，但双手仍死死揪住十斤子的衣领。

十斤子往后挣扎，企图挣脱。

三柳依然死死抓住，被十斤子在泥水里拖出几米远。

十斤子低头喘息着。

三柳双手吊住十斤子在泥水里半躺着。

两对瞪圆的眼睛对峙着。

又是一番挣扎和厮打，十斤子终于将三柳甩开。

三柳浑身泥水，摇摇晃晃站起来，坚忍不拔地朝十斤子走过去。

十斤子往后退却。十斤子的水桶在水面上漂着。

三柳走过去，抓起水桶，抛向空中。

水桶落下，倾倒在水里，泥鳅全都溜走了。

十斤子猛扑过来，将三柳摁在泥水里。

三柳便抓稀泥往十斤子脸上甩，直甩得十斤子两眼看不见。

打到最后，两人浑身上下都糊满稀泥，只剩下两对眼睛不屈不挠地对望。

十斤子先撤了。

三柳却叉着腿站在田里一动不动，像尊泥塑。

是蔓将他劝了回去。

十斤子回到家，遭到父亲一顿狠打："不兴这样欺负人！"并被父亲用棍子赶上了路，"向人家三柳赔礼去！"

十斤子无奈，磨磨蹭蹭地朝前走。知道三柳这会儿肯定在蔓家，他便径直来了。

院里有哭泣声。

三柳坐在门槛上，双手抱膝，身子一耸一耸地呜咽着。

蔓没劝三柳，却也在一旁轻声啜泣。这啜泣声是微弱的，却含着绵绵不尽的苦涩、愁惨和哀怨。

站在院门外的十斤子把头沉沉地低下去。

这男孩儿和少妇的极有克制的哭泣声融合在一起，时高时低，时断时续，仅仅就在广漠的天空下这小小一方天地里低回着。

过了一会儿，蔓说："要么，你就不去插卡了。鸭快下蛋了，钱够用的。"

蔓又说："要么，我去找十斤子好好说说，十斤子看上去可不像是个坏孩子。"

十斤子没有进门，顺着院墙蹲了下去……

四

十斤子悄悄挖开水渠，往那些已干涸的田里又注满了水后，却佯称肚子整天疼，一连三日，未到田里插卡。

第四日，十斤子才又来到田边，但还不时地捂着肚子。两人都很客气，各自从最东边和最西边一块田插起，插到最后，中间的两块田都空着。一连好几日，都是如此。最后还是十斤子先说了话："我们都插得稀一点儿。"

这天，两人只隔了一条田埂插到一块儿来了。三柳从怀里掏出两根粗细适中的鸭毛管给十斤子，说这是蔓从她家鸭身上取下的，让带给他穿蚯蚓用。十斤子看了看，心里很喜欢。

论插卡抓泥鳅，十斤子自然比三柳有经验多了。坐在田埂儿上，十斤子滔滔不绝地将这些门道全都教给了三柳："蚯蚓不能太粗，粗了容易从芒上滑下来。穿了蚯蚓要放在太阳底下晒，让蚯蚓干在芒上。插下卡，用脚在它周围搅两下，搅出浑水来，不然，罗汉狗子（一种小鱼）要嘬蚯蚓，泥鳅却不怕水浑。风大，要顺着风插闷水卡。你想呀，秆直直地挺着，风把秆吹得直晃悠，线就在水里抖，泥鳅还敢来咬吗？线不能挂得太靠下，吃了芒的泥鳅够得着往泥里钻，就得了劲儿，能挣脱了，可悬在水里，它就不得劲儿了……”

三柳听得很认真，眼睛一亮一亮地闪。

除了说这些门道，十斤子总爱跟三柳打听蔓的事。有一点儿两人似乎都想不太明白：人们为什么不太想走近蔓？

一天，三柳对十斤子说，蔓可以帮他们两人挖蚯蚓，让十斤子拿了卡，也到她的院子里去穿蚯蚓。

十斤子虽然有点儿不好意思，但却很愿意。

这样一来，白天的大部分时间，十斤子便和三柳一起泡在了蔓家。

蔓的脸色就越发地红润，眼睛也就越发地生动。她跟这两个孩子有说有笑，并直接参与他们的劳动。她有无穷无尽的好处让两个孩子享受：一会儿，她分给他们一人一根又鲜又嫩、如象牙一般白的芦根，一会儿又捧上一捧红得发亮的荸荠。蔓除了饲养她那群白鸭，所有的注意力都在两个抓泥鳅的孩子身上了。

小院很温馨，很迷人。

大人们很有兴趣地看着两个孩子从这院子里出出进进。

“你叫她婶，还是叫她姐？”十斤子悄悄问三柳。

三柳还没想过这个问题，很困惑：“我也不知道。”

天暖了，水田放了水，要种庄稼了，十斤子和三柳不能插卡了，但，一有空还是到蔓的院子里来玩。

大约是秋末，三柳跑来告诉十斤子：“她要跟一个远地方的男人走了。”

“那你怎么办？”

“她要带我走。”

“你走吗？”

“我不喜欢那个男的。他太有钱，可他却喜欢我。”

“那你跟她走吧。”

“……”

“你叫她婶，还是叫她姐呢？”

三柳依然说不好。

三柳临走的头天晚上，把他的二百根卡都拿来了：“她让把卡留给你。”

那卡的秆经过一个夏天一个秋天，红亮亮的。

“给你吧。”三柳用双手将卡送到十斤子面前。

十斤子也用双手接住。

两人默默地看了看，眼睛就湿了。

蔓和三柳上路那天，十斤子送了他们好远好远……

第二年冬末，十斤子提着四百根卡来到田边。三柳走了，所有的水田都属于他了。插卡时，他的心就空落落的。第二天早晨收卡时，天底下竟无一丝声响，只有他独自弄出的单调的水声。水又是那么的冰凉，到处白茫茫的一片，四周全无一丝活气。十斤子忽然觉得很孤独。

他只把卡收了一半，便不再收了，并且从此把那些收了的卡洗干净，永远地悬吊在了屋梁上。

于是，这期间的田野，便空空荡荡的了。

桂 花 雨

一

雀芹家门前有一棵特别高大的桂花树。

村里的人有时看它一眼，不是在嘴里，就会在心里感叹："就没有见过这么高大的桂花树！"

听老人们说，这棵桂花树已经活了二百多年了，是雀芹家祖上一代一代传下来的。二百年间，这个家族子子孙孙，生生不息，现如今已有多少成员，都不一定能说出一个准数来。他们，有的远走高飞，甚至去了十万八千里的地方，也有在近处东一户西一户住着的。虽四处散落，但这个家族里头，总有一户人家还住在老地方，因为，有这样一棵桂花树。

现在，守护着这棵桂花树的是雀芹家。

风霜二百多年，这棵桂花树早已盘根错节，以一副苍劲的风采立足在那里。那树干粗硕敦实，枝枝杈杈，粗粗细细，曲曲折折，向四周扩张。枝条或向下，或向上，乍一看，都辨不清那一根根枝条的走向。冬天，枯叶落尽，树干树枝都呈现出黑褐色，天空之下，显出一副铁般的身子骨儿，依然是道风景。春风一来，一片片小小的叶子悄然长出，弱不禁风的样子，但随着风一日暖似一日，那些叶子越长越欢，不几天，就一片繁茂的景象。就这么长着长着，以为它就长这一树的叶子。就在人们看惯了这道风景时，夏天去了，秋天到了，八月，它开花了，小小的，金黄色的，十分稠密，一簇簇，成串成串的，立见一番壮观。路过的人，不分老少，都会被这满枝头的花吸引，停下脚步，仰头观望，久久不能离去。

那几天，这世上独一无二的花香，无形飘散，不仅使全村人闻到，还能飘出数里地去。闻到的人嗅嗅鼻子：这香好似桂花香。看看四周，却又不见一棵桂花树，疑惑不解。到了夜里，花儿受到水汽的浸染，香味儿越发地浓重，在月光下四处流淌，仿佛大地万物的沉睡，皆是因为这扑鼻而来的香气熏醉的。

但这桂花的生命，短得总是让人有点儿伤感：昨天还是鲜活鲜亮的样子，一夜之间就疲了，就衰了，一阵风来，纷纷飘落，如成千上万的小型蝴蝶——但这蝴蝶已失去飞行能力，摇摇摆摆地坠落在地上。不远处是条大河，遇上大风，这成千上万朵金黄色的花，飘落到了水面上，不一会儿，河上就漂满了。鸭子们在游动，花向两边分开，但鸭子游过去不久，又很均匀地聚拢到了一起，缓缓地向远处漂去。看着这番情景，总不免让人叹息。

桂花开放的那些日子，雀芹家的人就会时时关注着：花开三成了，花开五成了……

在雀芹家的人的心目中，他们是代这个源远流长的家族，也是代全村人守护这棵桂花树的。不错，桂花树是他们家的，但，他们从来也没有将它看成是一棵只属于他们家的桂花树。他们只是家族和村落托付的守护人。

每年，他们家把花收集起来，分送给全村各户人家，自家留下的很少，甚至一点儿也没有留下。得了桂花的人家，或拿它做了桂花糕，或拿它做了桂花茶，或拿它做了桂花酒，或拿它做了桂花卤。还有人家，拿它做了枕头，那枕头叫香枕。

这些桂花，不是那些自然飘落在地的桂花。那些花虽然还叫桂花，但已是一些死花。

这些桂花原本还在枝头，是被人用力摇落下来的，是活花。

八月里，总有一天是摇花的日子。

这个日子，是精心挑选的。那时，一树的桂花都开了，就像一首歌唱到了最高潮。

雀芹的爸爸仰脸仔细看那一树的花，心里明明已经很有把握了，还是叫来几个人一起帮着看。看来看去好一阵，雀芹的爸爸说："可以摇花了？"那几个人都点点头："可以摇花了。"

一年一度的摇花，不算是仪式，但却充满了仪式感。

上午，太阳刚刚升起的时候，一树的花都苏醒了，还带着夜露。一大早，雀芹帮着爸爸妈妈，已在桂花树下铺上十几张干干净净的席子。大人和小孩儿陆陆续续地向桂花树聚拢了过来。摇花的事，都交由村里天真无邪的孩子们来做，大人们则是站在外围观望，不住地鼓动孩子们用力、加油。

参加摇花的孩子们不是随随便便可以一脚踏上席子的，必须去河边，在石码头上坐下，用清澈的河水将脚仔细地洗干净——踏上席子的，必须是一双双干干净净的脚。若是有一个孩子对另一个孩子说："你的脚还没有洗干净呢。"被说的那个孩子，便会抬起脚去检查，若发现自己的脚真的不是那么干净，要么退出摇花，要么就赶紧去河边再仔细地清洗。

时间一到，无数双小手抱住了桂花树，一个个倾伏着身子，高高地撅着屁股，随着雀芹爸爸的一声"摇"，一起用力摇动。只见花枝乱颤，那桂花如稠密的雨珠纷纷飘落下来，直落得树下的孩子一头一身，一个个成了金黄色的人。抖一抖身子，花又落到席子上。

“加油！”“加油！”……大人们一边喊，一边做出摇树的动作。

摇动，一拨又一拨。总有花纷纷落下，仿佛那些花，是分拨的，一拨一拨的。后一拨与前一拨也就相隔几分钟，可那几分钟只要没有过去，这后一拨的花，纵然你把桂花树摇倒了，也不肯落下。

眼见着眼见着，席子被花覆盖了，看上去，没有席子，只有一地的花。

那花挤在一起，还在开放中，看上去，好像在微微动弹。

八月，摇花，是这个村庄的一个隆重而圣洁的节日……

二

摇花时，会有两个孩子不被邀请，一个是长腿二鬼，一个是婉灵。

长腿二鬼上身很短，两条腿出奇的长，一堆兄弟姐妹，他排行老二。他没有上学读书，整天在外面玩耍。人们总看见他在奔跑，很少看到他走路的样子。在田野上跑，在荒地里跑，在大堤上跑，在村巷里跑，双腿不住地撩动，跑得轻飘飘的，像股风，一会儿就没了人影，让看到的人生疑：刚才还见他跑来着，怎么忽而人就没了呢？就在人张望时，忽地，他或是从草丛中站了起来，或是从一条死巷里跑了出来，或是从一座大坟的后面爬到了高高的坟头上。常常地，让人不解：没有见到他跑进那片草丛里呀，他怎么忽地从那儿钻出来了呢？难道他是个鬼不成？动不动他就吓人一跳：你正往前走着呢，他忽地从墙的拐弯处探出一张脸来；一群人正在树下乘凉，他忽地从树上滑溜了下来……

长腿二鬼本来是有名字的，叫魏浩然。但没有几个人记得他还有这样一个名字，都叫他长腿二鬼。

长腿二鬼一年四季，不分春夏秋冬，总戴一顶破草帽，而脚却永远是光着的。一双走了形的黑乎乎的光脚板，到处乱跑，往烂泥里踩，往狗屎上踩，一点儿也不在乎。

这双脚当然不能踏上桂花树下的席子。

婉灵和雀芹一个年纪：十三岁。她和雀芹是同学。但雀芹总是离婉灵远远的——全村的孩子，都离婉灵远远的。为什么会离婉灵远远的，孩子们既说得清楚，也说不清楚。一个离她远远的，就十个离她远远的；十个离她远远的，就一百个离她远远的。

婉灵的脸色，一年四季都是苍白的。她的头发有点儿发黄，并且有点儿稀少。走路时，她总低着头。除了与外婆说话，她很少与别人说话。她一个人去学校，一个人回家。前面走着她的同学，她从不追赶上去与他们结伴而行。课堂上，她默默地听课，默默地看书、做作业。仿佛，那路是她一个人的路，那学校是她一个人的学校。像其他孩子喜欢玩耍一样，她也喜欢玩耍，但，都是她独自一人玩耍。虽然是一个人的世界，也能玩耍得脸色红扑扑的，不见一丝苍白的痕迹。说她不喜欢和别人玩耍，可能不确切。其实她是喜欢和别人玩耍的，甚至说是很喜欢。可往往总是在走向他们的半路上，她停住了脚步。许多时候，她会一人坐在什么地方：自家的门槛上、大河边的树下、田野上的风车旁……她就那么坐着，双手托着下巴，一动也不动。那时，她的面孔微微上扬，好像在眺望远方。

与长腿二鬼相反，她是全村最爱干净的女孩儿。她的脸色虽然苍白，但却干净至极。她的衣服天天洗天天换，总看到衣服上那几道刚刚打开后的清晰折痕。外婆总是在给她做新鞋。任何时候，她脚上的鞋都没有灰尘，仿佛是刚刚穿上脚的新鞋。其他孩子，十个有九个，手都是脏兮兮的，而她的手，一年四季，都那么的白净，好像天天都用清澈的泉水反复洗濯。

按理说，这样干净的女孩儿，是最应该让她参加摇花的。

但，几乎是全村的大人与小孩儿，都在远离她，仿佛她是一个不祥不洁之物。

她只有一个亲人：外婆。她没有爸爸，只知道他是一个流浪四方的马戏团里的。这个马戏团，在这个村庄滞留了三天之后，风一般刮走了，除了留下马呀、猴呀的排泄物以及一些破烂的鞋袜之外，就是留下了一粒种子。这粒种子，在妈妈的肚里长大，长成了一个日后叫婉灵的小女孩儿。“是马戏团那个长得最英俊的男子。”这只是村里人的一种猜测。婉灵脸色苍白，也许是妈妈自从有了她之后，就几乎没有出过门见过太阳的缘故。当婉灵的啼哭传出屋外，传到村庄里时，许多人都站到了村巷里，一边小声地议论着，一边往婉灵出生的屋子张望着。无论是男人的脸上还是女人的脸上，显出的都是冷漠、不屑，甚至是鄙夷。

当外婆抱着婉灵第一次来到阳光下时，妈妈已经在三天前的一个深夜走了。

没有人知道她去了哪里。她这一走，就再也没有人见过她的踪影，似乎是彻底消失了。

外婆在妈妈消失的日子里，并没有流露出太多的担忧和悲哀，仿佛这一切，是自然要发生的，是一个早在心里知道并接受的定局。她现在唯一要倾心倾力关注的是这个弱小的女孩儿——婉灵。她轻易不将她抱出院子，仿佛外面会有什么东西伤着她似的。但随着婉灵的长大，她明白了，婉灵就像一只小鸟，是不会安心在笼中生活的。当婉灵总是用手指指着门外时，外婆突然间有了勇气，有了坦然的心情。她把婉灵打扮得漂漂亮亮，然后抱着她，大大方方地走进村巷，走到村头。还没有学会说话，只知咿咿呀呀的婉灵，在外婆的怀里东张西望，眼睛里充满了好奇。见到的人，一时不知所措，慢慢稳定下来后，才连忙客气地向外婆点点头。还有人走向外婆，打量她怀里的婉灵，然后赞美一句："长得挺体面的。"甚至还有妇女用手指碰碰婉灵的脸蛋儿，显出喜欢、疼爱的样子。外婆一句话也不说，只是平静地笑笑，情不自禁地亲一下婉灵的脸蛋儿，就像天下所有的外婆喜欢她的外孙女一样喜欢她。

婉灵在一天一天长大。小姑娘天性敏感，她在很早很早的时候，就感觉到村里的大人小孩儿，在看她时，与看其他小孩儿有点儿不一样。那种用眼角的余光看她的样子，那种冷漠的眼神，再加上一些疏远的动作，使她常常僵在了那里。本来是要向那些大人、孩子走过去的，经那样的目光看了一眼之后，她走着走着站住了。那时，她会固定在那儿，向四下里张望，像走在一大片荒野上，迷路了，不知该往哪儿走了。最后，她转过身，像被追赶一般，急匆匆地往家走去，往外婆走去。等她长到六七岁后，一天里，大部分时间，她都待在外婆身边。外婆去哪儿，她就去哪儿。她跟得很紧，生怕外婆会丢了她似的。村里的孩子们经常看到的一个形象是：婉灵用一只小手紧紧地揪着外婆的衣角，寸步不离。

到了上学的年龄，婉灵却不肯上学。外婆先是哄她，见哄不起作用，在她的屁股上给了两巴掌。就在打这两巴掌时，外婆的心里一阵儿难过，眼睛里一忽儿都是泪水。她把婉灵搂到怀里，紧紧抱着。婉灵仰起脸来，看着外婆的眼睛，哭着说："外婆，我去上学，我去上学……"一副乖乖的样子。

八月摇桂花的情景，在婉灵还很小的时候，就有了记忆。外婆抱着她，在离人群有一段距离的地方站着。场景十分热闹，婉灵会用手指着桂花树下，意思是让外婆走近一些去看。外婆说："就在这里看，这里倒看得清楚，那边都是人，挡着。"再大些，有点儿懂事了，当外婆领着她站在不远处看孩子们摇花时，婉灵却不再向外婆提出要走近去看的要求。那时，她已经可以自由奔跑了，不必让外婆满足她的这一要求了，腿是自己的，自己跑过去就是了。但婉灵依然待在外婆身边，静静地看着桂花树下的情景，仿佛，她们脚下的那块地方，就是她和外婆应该待的地方。

那一年八月，婉灵终于禁不住那番热闹的吸引，看着因摇动纷纷落下的桂花，第一次向外婆说："我也要去摇！"她仰着脸看着外婆。

外婆没有阻止，只是看着她，叹息了一声。

从此，婉灵再也没有向外婆提过她也要去参加摇花的想法。

没有人拒绝过她——因为，她、外婆，本来就没有向村里人表达过这一愿望，但，也没有谁邀请过她，或是有人向外婆说："让婉灵也来摇花吧。"

三

四年级时。

八月的天气让人感到明亮、舒畅。阳光不再威猛地冲击，也不再受夏天沉甸甸的云朵的拖累，天空在一个早晨轻盈地飞了起来，直往高处飘飘飞去。又由于大地上的庄稼开始被收割，一些树木已经开始落叶，那个在夏天被堵得满满的世界，忽地变大了，开阔了，清爽了。桂花恰在这样的季节里开放了。春夏两季，百花齐放，而在秋季，开放的花不多。桂花的香味儿，不受其他花香的干扰，在干净的空气里传播着。闻到的人不用辨别，就知道，那是桂花的香味儿。

这一天，几乎全村的孩子都知道：太阳升起后不久，就要去那棵桂花树下摇花。

像往年一样，一大早，雀芹就和爸爸妈妈一起，把十几张干干净净的席子铺在了桂花树下。村巷里，孩子们在欢快地跑动。

婉灵知道，今天是摇花的日子。她早早起了床，然后一直站在家门口，向外观望着。她几次想跑进正跑动的孩子们中间，但又都打消了这个念头。眼见着，在村巷里跑动的孩子越来越少——他们都去桂花树下了，眼见着，村巷越来越空，越来越安静，她终于憋不住跑进了村巷。

那时，一小部分在河边洗干净脚的孩子已经站在了桂花树下的席子上，大部分还在河边洗脚。没有大人在旁边检查，孩子们互相检查着。一双双脚在清澈的、流动不止的河水里浸泡着、洗擦着。有的自己扳动着脚看着，见还不十分干净，便再放入河水。有的举起脚来让别人帮着看。直到认为自己的脚确实洗干净了，才穿上鞋往桂花树下跑去。

婉灵来到水码头时，还有四五个孩子没有洗完脚。她往下走了两三级台阶，又退了回来，在一棵柳树下站着。不远处的桂花树下，已经很热闹了，数不清的孩子在笑，在嚷嚷着。还在洗脚的这几个孩子，一边洗，一边往桂花树方向看，一副生怕赶不上摇花的样子。这几个急急忙忙地洗完脚，在裤管上胡乱地擦了擦，穿上鞋就往桂花树下跑。他们都看到了婉灵，但没有一个在意她，与没有看见一样。

水码头上已空无一人，河水流动的声音一下子变得十分清晰。

婉灵走着，然后是蹦跳着，沿着一级级台阶往水边而去。当她把一双脚伸进流水中时，浑身激灵了一下，随即闭起了眼睛：原来，把双脚放在流水中，是这么的惬意！她原先也不是没有在流水中洗过脚呀，为什么以前没有过这种感觉呢？她睁开眼睛，看着大河，看着流水。就是那条大河，就是那样的流水。她的双脚在流水中互相纠缠，互相洗擦着，一时忘了她洗脚是为了什么了。洗了一阵，她用双手支撑着台阶，身子微微后倾，将双脚抬出水面：那双被清水洗过的白嫩白嫩的脚，竟然是那么的好看。她动了动粉红色的脚趾，觉得那十只脚指头，一只一只的，都调皮可爱。她看着这双秀气的、有着优美脚弓的脚，不知为什么，忽然感到有点儿害羞，连忙将它们又埋进了流水中。

桂花树下，已渐渐安静下来了。

一只独自觅食的母鸭，仿佛忽然感到了寂寞，拍着翅膀，仰头叫了几声。

婉灵一惊，忙从流水中抬起双脚，在裤管上反复拭擦之后，穿上鞋，往桂花树下跑去。

婉灵出现在桂花树下时，孩子们已差不多都将双手抱住了桂花树的树干，一些觉得位置不够舒服、双手使不上力的孩子，正在调整自己的位置或是姿态。婉灵的突然出现，使他们一下子愣住了。一双一双手，慢慢离开了树干，一个一个倾斜着的身子，慢慢直立起来，所有的目光一齐看着婉灵。那目光里是惊诧、疑惑和不知所措。过了一会儿，一双双本是睁得大大的眼睛，眼皮在渐渐下垂，然后，离开了婉灵的脸、身体，转向别处。

婉灵在人群里寻找着一双眼睛——她的同学雀芹的眼睛。

这棵桂花树是雀芹家的，雀芹才是这棵桂花树的主人。婉灵对这双眼睛抱着希望。

当所有的孩子将目光转向别处时，只有雀芹的眼睛还在与婉灵的眼睛对望着。雀芹的目光里，没有明确的拒绝，有的只是突然、为难，还有一丝丝怜悯。

“她妈妈是个不要脸的女人！”

那一刻，这句话在许多孩子的耳边又响了起来。

雀芹的耳边，也响起了这句话。

这句话不是她的爸爸说的，也不是她的妈妈说的，而是她从几个女人的谈话中听到的。她长这么大，不止一次听到。渐渐地，雀芹的眼帘也慢慢落下，并将脸渐渐转向别处。

一个大人叫了一声：“摇吧！”

许多大人跟着叫道：“摇吧！”

孩子们又一次将双手抱住桂花树的树干。

雀芹将自己的身体埋在人群的最深处。

婉灵脱掉了鞋，轻轻放在地上，右脚先怯生生地踏上了席子。

一片安静，几朵桂花掉在席子上的细微声响，都能听见。

当婉灵正要迈动左脚踏上席子时，人群突然一阵骚动，随即发出一片惊呼声："啊！——"

长腿二鬼不知从什么地方钻了出来，并将一双沾满烂泥的脚踏到了席子上。

"出去！出去！……"大人们吼叫着。

长腿二鬼却嬉皮笑脸地站着不动，并做出要继续走上前去的样子。

雀芹从身体与身体中间钻了出来，看着眼前的情景，从牙缝里挤出一个字来："脏！"随即一头钻出人群，并一头撞向长腿二鬼。

长腿二鬼差一点儿被撞倒。终于站稳之后，他还要往席子上走，被雀芹死死抵住。

随即，许多孩子转身过来，与雀芹一起，将长腿二鬼赶开了。

长腿二鬼转眼间跑得无影无踪。

席子上，留着长腿二鬼五六只泥脚印。有桂花落在上面，被粘住，让人觉得仿佛是几只小小的蝴蝶，想飞却再也飞不起来了。

雀芹的爸爸赶紧将脏了的席子撤下，换上了干净的席子。

不知是什么时候，婉灵不见了……

四

婉灵一手抓着一只鞋，向村外的荒野不停地跑着。路上，到处是碎砖、瓦片和坚硬的土疙瘩硌她的脚，她却好像不知疼痛，都不看一看路面，也没停下来看一看自己已被硌伤的脚。

荒野里，到处是荆棘，她的双脚却不顾一切地踩了上去，直到一阵锐利的疼痛，她才终于停止跑动。她在一个树桩上坐下，先跷起左脚看了看，只见左脚在流血，再跷起右脚看了看，又见右脚也在流血。她顺手揪了一片植物的叶子，轻轻地擦着脚板上的血污。刚擦去，过不一会儿，血又慢慢流了出来。两只脚板上都有长长的刺，她咬着牙，用指甲将它们一一拔去。她没有哭，甚至觉得这样的疼痛是她需要的。

她把鞋穿上后，走向几百米外的一棵树。

这是一棵柳树，叶子差不多都黄了，在等待强劲的秋风将它们吹落。

她先是在柳树下坐着。

这是一大片荒野，杂草丛生，长着一些奇奇怪怪的植物。一些高高矮矮的坟墓，东一座西一座地散落在野草丛中。那坟墓也长了野草，看上去，已不像坟墓，而是这荒野中的土丘。一些叫不上名来的鸟，在低矮的灌木丛中飞来飞去，叫出来的声音，十分单调和古怪。

婉灵现在很喜欢坐在柳树下，看着、听着、闻着这片荒野。

远远地、似有似无地，传来孩子们的叫声。她想象着那边的情景：桂花树在晃动，金黄色的桂花纷纷落下……

她站了起来，仰头看了看树冠，用双手抱着树干，将身子倾斜着，摇动着。柳树只是稍微颤动着，掉下几片落叶来。她又抬头看看树冠，用了更大的力气摇动着，这一回，掉下更多的树叶来，但依然是稀稀落落的。她有点儿失望，抱着树干，低着头喘着气。

过了一会儿，她松开双手，向后退了十几步，然后鼓了鼓劲，突然冲向柳树，然后用肩膀猛地撞了上去。这一回，柳树明显地抖动了一下，落下无数的枯叶。那些叶子，在她眼前纷纷坠落，非常好看。

等叶子落定，她再一次向后退去——退到一个更远的地方，然后大口大口地吸气、吐气，再一次向柳树撞去。当她的身体与柳树相撞时，发出嘭的一声，随即，更多的叶子被震落下来。

她的肩膀撞疼了，她连忙用手去揉，一边揉，一边流泪。泪水中，那些本来很小的落叶变得很大很模糊。

终于再也没有力气去摇动、撞击柳树后，她坐在了满是落叶的地上。过了一会儿，她索性躺在了落叶上。掉去大半叶子的树冠，已经变得透亮。她的目光，可以透过枝枝杈杈，看到秋天的天空。躺在地上看天空，感觉很特别。她一时忘了桂花树，沉浸到观望天空和云彩的愉悦里。

外婆正向她走来。外婆没有叫她，只是一声不吭地向她走来。

外婆走得很慢，因为外婆老了。外婆就那么老了，老得很快，仿佛每天都能看出她老来，她本来就身材矮小，现在更矮小了。她穿过灌木丛和一些长得很高的野草时，只露出灰白的头发。

婉灵听到了外婆从野草中走过时发出的沙沙声。她坐了起来，随即又站了起来。她看着外婆向她走来的那一刻，看到了许多情景：

外婆弯腰在人家收割完的庄稼地里捡麦穗，月亮都升上了天空，还没回家，月光下，那个弯曲的身影仿佛永远也不会再直立起来了；

冬天漫长，头年准备下的用于取暖的一大堆树枝烧完了，外婆走进漫天的大雪，去野地里，扒开厚厚的积雪，寻找着枯枝……很久很久，她背了一大捆树枝往回走着，几乎看不见她人，只看见那小山似的一捆树枝；

半夜里醒来，十回有九回发现外婆还没有睡觉，不是在给她做鞋，就是在给她缝制新衣……

外婆在草丛中站住了，看着婉灵。

婉灵连忙跑向外婆。她没有搀着外婆回家，外婆也没有做出要让她回家的样子，仿佛约好了要在柳树下见面似的，两人手拉手，来到了柳树下。

婉灵扶着外婆，让外婆在柳树下坐下后，挨着外婆也坐下了。

这是一个很少有人走到的地方。

外婆和婉灵却都觉得，这是一个很让她们喜欢待着的地方。

当外婆看到一地落叶时，仿佛知道了它们是怎么落在地上似的。她伸出胳膊，将婉灵轻轻搂到怀里。婉灵将脸伏在外婆曲起的双腿上。外婆用粗糙的手，在婉灵的头发里，慢慢地梳拢着。

婉灵微微侧过脸，这时，她在最近的距离里，看到了外婆皱纹纵横的苍老的脸。她慢慢抬起手，轻轻抚摩着外婆的脸。

婉灵知道，这张脸，是为她而衰老的。

外婆早已想好：活着，不为别的，只为婉灵体面地走在人的面前……

五

如果说，这之前婉灵还总想和孩子们在一起，现在，她不想了。她无数次地产生一头扎进孩子堆里的愿望。她甚至有过几次，张开双臂，向不远的一群孩子猛跑过去，就像是一只离群的鸟发现了鸟群，但在离孩子群几十米远的地方，她停下了脚步。然后，她呆呆地站在那儿，一副不知所措的样子。最终，她掉转头离去。

她没有听到过一个孩子对她说过难听的话，也没有一个孩子向她做出厌恶的样子。可是，空气里似乎总有那样一种冷漠、一种躲避、一种模模糊糊的鄙视。她甚至感觉到，有好几个孩子是愿意向她走来与她一起玩的，但不知为什么，总是走着走着停下了，转头看看四周有没有人——其实，那时，周围什么人也没有——犹疑了一阵，便走开了。

雀芹就是其中一个。

雀芹一点儿也不讨厌婉灵。她有什么理由讨厌婉灵呢？婉灵长得那么的文弱可爱，那么的干净，那么的谦让别人，那么的性情柔和，学习成绩又那么的好——学习成绩那么的好，可她从来都没有显出自得的样子。雀芹常常会情不自禁地悄悄地看婉灵。她甚至在长腿二鬼把一团烂泥砸到婉灵身上时，还狠狠地揍了长腿二鬼一顿。但，雀芹最终还是在远离婉灵的地方站着，没有向她走去。

一度，婉灵甚至巴结过孩子们，做出一副“你们只要肯与我玩，我什么都愿意为你们做”的样子。但，无形的，却无边无际的冷漠，是凝固的，是永恒的，无处不在的。

现在，她最喜欢去的地方，就是那片荒野。

她或是在杂草中蹦跳着，或是坐在那棵柳树下。她会长时间地注视着一只灰色的野兔在草丛中潜伏、穿行与跳跃。会在偶然的张望中，忽然发现低矮的杂树中，一个极其隐蔽的树杈上，有一只精致的鸟窝。那窝已经空了，她猜想着，那两只成鸟是怎么做窝的，雌鸟下了几只蛋，小鸟是怎样被喂大的，最后是怎样飞离鸟窝飞上天空的。还有许多在人多的地方很少看见的黑色蜻蜓——鬼蜻蜓。这些蜻蜓只出现在荒僻的地方，或是不见阳光的地方。荒野里，东一处西一处，高高矮矮的，有许多坟丘。她曾在夏天的夜晚从远处看这片荒野时，看到过淡蓝色的火苗，在荒野的坟丘间飘移。外婆告诉她，这是鬼火。看着诡秘的鬼蜻蜓在无声地飞行，她会想到鬼火，并会想到许多关于这片荒野的恐怖传说。那时，她就会一哆嗦，自己用双臂抱住自己，并转头向远处的村庄眺望。但，就在那一刻，她同时会觉得，在这片荒野里行走、蹦跳，是一件很刺激的事情。她喜欢这种感觉。她甚至会纵容自己去想象那些恐怖的情景，在一惊一乍之中，打发着她一个人的时光。

那时，孩子们三五成群，都在别的地方玩耍。

荒野上有很多好看的野花。每回离开时，她都会采一束带回家。外婆会找出一只深深的瓦罐，盛上清水，帮她将这些花养着。

她，外婆，还有荒野，挺好的，婉灵满足了。

这是一个星期天，婉灵采了一束五颜六色的野花，正要往回走时，远远地，雀芹出现在了荒野的边缘。她站在那里，朝婉灵这边看着。

婉灵抓着那束花，站在柳树下，看着雀芹。

荒野很寂静，只有一种不知名的小鸟，藏在灌木丛中，不时地叫上两声。

她们互相望着，两对目光在空中相遇，并碰撞。

雀芹终于走进荒野。她做出的样子好像并非是因为婉灵而走进荒野的，她是独自一人到荒野里走走看看的。她没有一直不停地向婉灵走来，而是不时地蹲下，采一朵野花。

婉灵很想将那一束花举起来召唤雀芹，但终于没有，只是在心中说：你过来吧，过来吧，我愿意把这一束花给你、给你、给你……

雀芹离婉灵越来越近了。

两个小姑娘都很漂亮，两种不同的漂亮。雀芹比婉灵胖一点儿，比婉灵结实，脸蛋儿永远红扑扑的，眼睛大而黑，黑而亮。

她们又开始了对望。

她们之间只剩下二三十米，但这距离从这一刻起，似乎再也不能缩短了。

一只斑斓多彩的野鸡从不远处的灌木丛里扑棱棱地飞上了天空。

“野鸡！”

两人几乎同时叫了起来。

野鸡只飞出去四五十米，又落了下去——就在它往地面上落时，一根长长的羽毛从它身上脱落了下来。

一根十分好看的羽毛。它在空气里翻动着，飞扬着，缓缓地降落着。

两个女孩儿同时向那根羽毛跑了过去。

婉灵离降落的羽毛近，它刚刚降落在地上，就被她捡了起来。

雀芹也赶到了。

婉灵把羽毛举在雀芹的眼前。

两个女孩儿一起欣赏着那根羽毛，都在心中发出感叹：啊！

过了一阵时间，双方的目光才从羽毛移开，看着对方的脸。这是她们第一回在如此靠近的地方打量对方：还是从前的面孔，但现在觉得，都是新的面孔。

两个女孩儿都有想赞美一番对方的想法，但都没有说话，只是默默地看着。看着看着，双方都有点儿不好意思起来，将目光转向了一边。

当雀芹再一次面对婉灵时，她看到的不仅是一根羽毛，还有一束花，她还仿佛听到了婉灵的声音：给你！

那时，是黄昏时的天色：温暖、和平、安详。

远处的村庄，忽地传来了一个孩子的叫声："雀——芹——"

接着传来了好几个孩子的叫声："雀芹，你在哪里？！""我们在等你！"……

那些声音本来是朝着其他方向的，但很快都转向了荒野："雀——芹——"

雀芹将脸转向了村庄。

叫声越来越大，越来越显得急切，并且显得越来越不耐烦。

忽地不叫了。

雀芹朝村庄方向看去，隐隐约约地看到七八个孩子，他们站在村庄的一棵大树下，似乎在朝荒野看着。

雀芹犹豫了片刻，转身向村庄方向跑去……

花和羽毛在天空下停留了片刻，一起落在了野草丛中……

六

荒野毕竟太过孤寂和冷落，婉灵会在荒野里玩着玩着，突然地停止，然后向四周张望着。天气明明非常暖和，有时她却会莫名其妙感到有点儿寒冷，坐在柳树下缩成一团，甚至瑟瑟发抖。那一刻，她的身体好像变小了，很小，还剩下一点点。

她几乎不想再到荒野里来。

但一个发生在荒野里的景象，又使她迷恋上了荒野——

这天，她在下午四点多钟的光景来到了荒野。她看到了一片火。不知是谁家到一座坟上烧纸，以为火已灭了，但人走后，残存在灰烬下面的火又烧了起来，并且向周围蔓延，烧着了野草。这片火的面积已经有四五张床那么大了，很有力量。被燃烧的野草噼噼啪啪地响着，像节日里放鞭炮。热浪扑面而来，婉灵顿时觉得非常舒服，并随之兴奋与激动起来。

火苗在跳动，像无数的金色小人儿在欢快地嬉闹与跳舞。一片火，看上去，竟是这么的热闹。

婉灵情不自禁地拍着巴掌，并随着火苗的跳动、摇摆，她的身体也开始跳动、摇摆起来。

火势在蔓延。

她有点儿害怕，甚至可以说很害怕。但她喜欢这样的害怕。长这么大，她都没有如此兴奋和激动过。这种兴奋和激动，加上她不住地跳动和摇摆，不一会儿，就使她进入一种眩晕的状态。到了后来，她的跳动和摇摆，动作不免有点儿夸张，很像是一个小疯子。她“呀呀”地叫了起来，叫到后来，叫声成为尖叫。尖叫声撕破了荒野的寂静，甚至撕破了一成不变的天空。

火势渐大。

她终于冷静地想到了一个问题：这样烧下去，会把整个世界烧掉的。

她转过身去，想冲着村庄大声喊叫：“救火呀！——”

但她没有喊叫，而是捡起一根树枝，猛地抽打着火苗——被抽着的火苗居然灭了。这让她不再担忧，并在抽打火焰之中，获得了更大的快乐。她抽打着它们，抽打出一团团蚊虫大小的火星。她在嘴里不住地发出“呀呀呀”的声音。

在她密集而猛烈的抽打之下，那一片火竟然渐渐缩小了。后来，渐渐地灭了。焦黑的土地留着一缕一缕的青烟，空气里布满了焦味儿。

她扔掉了手中的树枝。她觉得手心有灼热的疼痛感，摊开双手一看，发现手上有好几个被树枝磨出的水疱。

从那以后，她喜欢上了火。

她完全不再像一个女孩子。

她的口袋里经常揣着一盒火柴。她不时地走进荒野，放一把火，然后再将它扑灭。村里，已经有不少人看到这番情景了。他们在远处看着，担心着，准备随时过来扑灭失控的火。但每一回，他们都看到：婉灵又独自将火扑灭了。便在心里或嘴上说了一句："这小丫头怪怪的。"摇摇头走开了。

这天傍晚，婉灵本是安静坐在柳树下的。但，就在她要离开柳树往家走时，内心深处又产生了玩一把火的欲望，并且不可克制。但这一回的情形与以往的情形完全不同了：两个月没有下过一滴雨，大地一片干焦，野草枯萎，加上风大，火一下子失控了，以令人恐怖的速度向四面八方蔓延。天色已经灰暗，因此，从远处看，很有火光冲天的样子。

婉灵抓着树枝，一下惊呆了，竟然忘了用树枝去抽打火苗。

火苗像撒野的动物，向前奔涌着，并发出呼呼的类似于野兽发出的喘息声。

村里响起了急促的锣声，随着一个人大叫"救火呀"，立马有许多人跟着叫了起来："救火呀！——"

不一会儿，几乎全村人都出动了。天空下，一片"吃通吃通"的脚步声。

婉灵像在梦里，被那些救火的人撞来撞去，几次要跌倒在地。

大火终于在一条长长的田埂前被扑灭了，而田埂那边，是成熟的、马上就要开镰收割的庄稼。

人们踏着滚烫的灰烬陆续离开时，路过婉灵身旁，没有说一句话，但都侧脸冷冷地看了她一眼。

天黑了，地显得更黑。

冰凉的眼泪，顺着她的鼻梁徐徐流淌下来。

远处的坟头上，突然站立起一个黑影。

“鬼！”婉灵在心中尖叫了一声，掉头就跑。

不远处，外婆正向她走来。

她扑进外婆的怀里，浑身颤抖不止：“鬼！鬼！……”

外婆用僵硬的手拍打着她的后背：“哪里有鬼呀！外婆不用看就知道，是长腿二鬼。”

外婆和婉灵手拉着手往回走去。路上，有时是外婆搀着婉灵，有时是婉灵搀着外婆。外婆没有责备婉灵一句。她们走到了河边上，外婆问：“火柴呢？”

婉灵摸了摸口袋。

“给我。”外婆说。

婉灵掏出火柴，交到外婆手上。外婆摇了摇火柴盒，里面的火柴发出碰撞的声音。她用力将火柴盒扔到了河里。月亮刚从河的尽头上来，水面上像是有一条细银铺成的路。那火柴盒，如一只小船漂走了。

走着走着，外婆竟然哼唱了起来。外婆的声音十分苍老，几乎没有一个音符是准的。她走路走得很吃力，因此，她的声音是与喘息声混杂在一起的，断断续续。

外婆唱的不知是何年的老戏文，没有一句婉灵能够听懂。外婆对那些戏文，也未必都懂。但，婉灵却深刻地感受到了清冷与悲凉，还有无奈，还有不屈。

她们走得很慢，走进村庄时，早已家家灯火……

七

婉灵生病了，已有四五天不去上学了。不发烧，也没有一处疼痛，就是觉得浑身无力，四肢发软，打不起精神来，整天躺在床上。

这天上午，外婆不让她再躺着了，对她说："起来撑一撑，不能再这样躺下去了。"

婉灵基本上是被外婆从床上轰赶起来的。她喝了外婆熬的小米粥，身体有了点儿力气，心情也明亮了许多。一连几天没有出门，这会儿有点儿想到门外走一走。

春天，太阳已让大地变暖，万物又进入了生长季节。

村里的大人全都下地干活儿了，剩下的大人，都是耳聋眼花的老人。孩子们都上学去了。甚至连狗都不在村庄了——

它们跟随大人，去地头了。整个村庄，除了偶尔传出的猪叫声和鸡叫声，就没有别的声音了。那番安静，是婉灵以前从未感受过的。

她沿着村巷，慢慢地往前走着。一只黑猫走过来，陪她走了一段路，跑开忙它自己的事去了。不知不觉之中，她走到了雀芹家的山墙下——再往前走几步，她马上就会看到雀芹家门前那棵桂花树了。她已经很久没有看到过它了。她犹豫着，站在了那里，不知道该不该往前走了：看不看呢？她没有给自己一个明确的答案，但双腿却迈动着往前走去——桂花树出现在她眼前，可就在那一刻，她惊恐地瞪大了双眼：

桂花树下，一堆芦苇正在燃烧！

那堆芦苇是雀芹的爸爸临时堆放在树下的。他要用它编席子——接花用的席子都旧了、破了。

一看到火，婉灵不由自主地哆嗦起来，一阵眩晕差点儿使她跌倒。她双眼紧闭了一阵，睁开时，见火已烧得更高，掉头就向家中拼命奔跑。跑着跑着，她眼前出现了一番情景：桂花树被火烧着了，叶子在火中卷了起来，并很快燃烧，接着是树枝……不一会儿，整个大树都燃烧了起来，成了一棵火树……在这番情景中，不时地还穿插着她曾经见到过的情景：满树的桂花，纷纷飘落，纷纷飘落……她突然站住，并迅速转过身，向桂花树下跑去。

她用颤颤抖抖的声音叫了一声："救火呀！——"就这一声，嗓子顿时哑了。她再接着喊"救火"时，就只有自己能够听见——甚至连自己都听不见。

空空的村庄，没有一点儿回应。

跑到地里去叫大人吗？等大人们赶回来，桂花树怕是早已成为一摊灰烬。

婉灵站住片刻，忽然不再恐惧。她跑进雀芹家的院子，操起水缸旁的水桶，将它深深地埋入水缸。当她双手提着满满一桶水往桂花树下跑去时，若有人看见，怕是谁都无法相信：这么一个瘦弱的女孩儿，怎么能提起这满满一桶水并且还能奔跑呢？

她将一桶水准确地泼浇在最旺的一处火苗上，就听见嗤的一声，那火苗顿时不见了，转而骤然升腾起一股湿烟。

她提着空水桶，反身再度冲向水缸。

一桶又一桶的水泼浇在燃烧的芦苇堆上，火苗明显地矮弱了下去，但那堆芦苇，还有三分之二没有烧着，它们随时可能爆发更大的火苗，而水缸里的水却已经没有了。

"救火呀！救火呀！……"

婉灵的叫声，近乎自言自语。望着挣扎中的火苗开始升腾，她哭了起来。

竟然没有一个人走过，这世界上仿佛就只剩下她一个人了。

眼见着火苗渐渐变大变高，她只好抓着水桶跑向河边。当她提着一桶水，向上走来时，她已经没有力气了。她把水桶放在台阶上，大口大口地喘气。当她抬头向桂花树望去时，发现浓烟已开始变淡了。她知道，那是火苗又开始烧旺的缘故。她蹲下身子，把水桶抱在了怀里，然后一级一级台阶地攀登着……

反扑的火苗又被打压了下去。

坚持着从河里打了五桶水之后，当她咬着牙抱着第六桶水攀登台阶时，水桶从怀里滑落下来，跌在台阶上，水桶立刻摔成八瓣，水顺着台阶，瀑布一般向下泻去。

她坐在台阶上，呆呆地看着河水，好像将桂花树下的火忘记了——仿佛就没有发生这回事儿一样，现在她是坐在这儿看大河、看流水向东流去的。

一根长长的结实的树枝，漂了过来。她看着它在漂移，忽然想起什么似的，立即站起身，并连跳几级台阶，最后扑进水里，抓住了那根树枝，转身爬到岸上，双手举起树枝，冲向还未扑灭的火苗。她用树枝发疯似的抽打着那些火苗，眼睛睁得很大很大。火星与灰烬一起在飞，几次差一点儿迷住她的眼睛。

终于，有一个放鸭爷爷撑着小船路过这里，发现了桂花树下的情景。他一边大叫着“救火呀”，一边迅即将船靠向岸边……

远处的庄稼地里，有人隐隐约约地听到了呼救声，扔下工具，往村里跑着。不一会儿，有无数个嗓门都发出了呼救声："救火呀！——"其实，他们谁也没有看见火。不少人在问："哪里着火了？哪里着火了？"终于有人明确地说："桂花树下！"

村里人赶到时，婉灵还在用树枝不住地抽打。

在放鸭爷爷的帮助下，那火已经气息奄奄。人们或用盆子，或用其他可以盛水的家伙，接连不断将从河里盛来的水泼浇在桂花树下。

当火彻底熄灭后，人们这才去仔细看着婉灵：

她的头发已经烧黄，烧成了满头的卷，衣服也烧出一个一个的洞，露出的皮肤，全都被潮湿的灰烬染成黑色，脸也是黑色的。映衬之下，她的眼白竟然是那么的白。

放鸭爷爷对村里人说："你们要好好谢谢这个闺女。不是她，"他抬头看了一眼桂花树，"这棵树怕是已经不在了。"

桂花树的树干，有几处已经烧焦，低处的叶子也被火熏蔫，甚至有一些叶子已经被烧焦。但看上去，它基本完好。

所有的目光都投向了婉灵。

所有的目光里都是深深的歉意和谢意，还有夸赞。

雀芹已从学校匆匆跑了回来。听说这一切之后，她跑回屋里，取了脸盆和一条干净毛巾就往河边跑。不一会儿，她端了一盆清水，向婉灵走去。

这时，人群中不知是谁嘀咕了一句：“这火，没准儿是她自己放的呢？”

那人说这句话时，声音很小，但，在场的人却差不多都听见了。一瞬间，人们仿佛都看到了婉灵酷爱玩火和那场荒野大火的情景。一瞬间，人们眼中的神情都悄然发生了变化——还是那一对对目光，但目光里所包含的内容变了，变得很快，就像本是暖暖的天空下，骤然有强劲的凉风刮了过来。又是一瞬间，已有一对对怀疑与责难的目光投射到婉灵的脸上。

婉灵先是像大风中的玉米叶一般颤抖，接着，头一低，穿过人群，跌跌撞撞地向家中跑去……

呜咽声中，婉灵趴在床上睡着了。外婆没有惊动她，一直守在她身边。

婉灵一直睡到傍晚才醒来。

外婆已准备好一大盆热水，并将澡盆早早放在了婉灵的卧室里。在外婆的指点下，婉灵脱掉了衣服，赤身站在澡盆里。外婆舀了一瓢热水，慢慢浇到她的头上。

热水穿过烧卷的发丛，流到她的脸上。她低着头，哭泣着：“我没有放火……”

外婆一边用手给她洗头，一边说：“我知道。”

“我真的没有放火……”

外婆又舀了一瓢热水慢慢浇在她的头上："我知道……"

婉灵站在澡盆里，乖乖地接受着外婆的清洗……

八

事发三天后，雀芹去河边洗菜，长腿二鬼突然从芦苇丛中探出了脑袋，惊得雀芹手中的菜篮差一点儿掉在台阶上。

长腿二鬼一忽闪，人影不见了。但没过一会儿，却出现在了雀芹的上方。他俯视着雀芹，很得意地说出一句话来："火是我放的！"

雀芹一脸惊讶与疑惑。

"哼！谁让你不让我摇花的！我要烧了这棵树！烧了这棵树！嫌我脚脏！哼！"说着他跷起乌黑的脚看了看，"我脚怎么了？"

雀芹忽然想起：那天，人都走后，她帮着爸爸妈妈收拾桂花树下的灰烬时，看到了一顶破烂的草帽，她一眼就认出了这是长腿二鬼的草帽，一抬脚，把它踢得远远的高高的，正吹过来一阵风，把它吹到了大河里……

雀芹看去，一年四季都戴着破草帽的长腿二鬼，现在的头上并没有草帽，只有一头乱糟糟的头发。

长腿二鬼看出雀芹在看他的脑袋，说：“帽子丢在你家树下了。那天，我用它扇火来着，火轰地烧起来，把我头发都烧着了……”他低下头去，用手撩着一些烧焦的头发：“吓死人了，我扔下帽子跑掉了……”长腿二鬼从口袋里掏出一盒火柴，打开，取出一根火柴棍，立在硝面上，用左手的中指按住火柴棍的一端，用右手的手指猛地一弹火柴棍，只听见嗤的一声，擦着的火柴棍飞到了空中，一朵小小的火苗随即缓缓飘落了下来。

雀芹弯腰丢下篮子，然后慢慢抬起头，突然发动，一头冲向长腿二鬼。

长腿二鬼猝不及防，拔腿逃跑时跌倒了，还未来得及爬起来，雀芹已扑到他身上，随即挨了雀芹一阵雨点儿般稠密的拳头。他挣扎着，无奈雀芹死死地压住他，使他根本无法动弹，只能用双手抱住脑袋，哎哟哎哟地叫唤着。

雀芹打着打着，忽然哭了起来，并且哭声越来越大。又是一阵猛烈的拳头之后，她站了起来，踢了长腿二鬼一脚，直往家中跑去。

九

事发当天夜里，躺在外婆身边的婉灵，将脸侧向外婆说："我不想去上学了……"

外婆没有说话，只是伸出胳膊，将婉灵往自己怀里拢了拢。

第二天一早，外婆去了二十里地以外的油麻地。那里，住着她妹妹一家。傍晚，她回来了。晚饭后，外婆说："那边，你姨奶奶有一大群儿孙，早就想让我们到那边去住了，住的地方有的是。你大表舅，是那边的小学校长，让你到他的学校读书去。过两天，那边就过来一只船，帮我们搬家……"

就在油麻地的船停靠在大河边上时，几乎全村的人都来到了婉灵家。

他们向外婆道歉，向婉灵道歉，深深地道歉。还有许多人则不说一句话，只是愧疚地低着头。

外婆和婉灵默默地坐在一条长凳上。

村长向外婆深深地鞠了一躬，说了一声："对不起……"又转身向婉灵说道："孩子，全村人都对不起你。原谅爷爷奶奶、叔叔婶婶、哥哥姐姐、弟弟妹妹们吧……"

半夜，人们才陆陆续续地离去。

天刚亮，起得早的人发现：油麻地过来的那只大船，还是装着外婆、婉灵以及家具离去了，婉灵家的门上已挂了锁。消息很快传开了，村庄里的人们不一会儿都醒来了，村巷里很快集聚了许多人。他们推测着，那条大船还没有走远，便纷纷沿着河岸往前追去。

太阳升起来时，他们看到了油麻地的大船。

数不清的孩子夹杂在追赶的人群中。当雀芹大叫了一声“婉灵”之后，许多孩子都跟着叫了起来：“婉——灵——！”

孩子们不住地叫着，不住地跑着。

大船却依然往前行驶着。

婉灵和外婆一直坐在船头。她们已经告别了那个美丽的村庄和那片美丽的田野。她们的目光，正望着茫茫的远方。

孩子们的呼唤声，使婉灵掉过头去看着：长长的河岸上，是一条长长的追赶队伍。

到底还是人跑得快，太阳升起两丈多高时，十几二十几个孩子，已经与河中的大船并行了。

雀芹一直在叫着婉灵的名字，嗓子已经沙哑。

不远处，是一座横跨在大河上的大桥。在雀芹的带领下，一群孩子都气喘吁吁地跑到桥上。现在，他们面对着大船，面对着外婆和婉灵。他们又呼唤了一阵之后，见大船依然没有丝毫停下来的意思，不再呼唤了。不少孩子趴在大桥的栏杆上，看着婉灵。好几个女孩儿哭了。

雀芹一直看着婉灵，举起的右手缓慢地然而不停地摇摆着。

船正向大桥驶来。

孩子们发现，不知什么时候，雀芹爬上了大桥的栏杆，颤颤抖抖地站在天空下。

这时，所有的大人和孩子不再看河上的船，而一律看着雀芹。

雀芹就这么站着，就在人们还不太明白她要干什么时，在大船马上就要到达大桥时，她突然展开双臂，像一只鸟那样从大桥上落了下去，扑通一声，激起一大团水花。

婉灵立即站了起来，跑向大船的最前端，然后趴下，向河里看着：雀芹已经冒出水面，向她摇着手。

又是两三个孩子跳入水中。随即，几乎凡是会游泳的孩子，都扑通扑通地跳入水中，水面上盛开着一大朵一大朵的水花……

十

今年雨水好，隔两三天就是一场不大不小的雨，略受伤害的桂花树，非但没有显出萎靡不振的样子，反而比往年更显得生机勃勃。一到八月，那花开得一天比一天欢闹。

雀芹的爸爸每天都要观察两三回，耐心地等着那个日子：满树开花的日子。

这一天终于到了。

一大早，雀芹为首，十几个穿得干干净净的女孩儿来到了婉灵家。她们是来邀婉灵一起去摇花的。

不知为什么，婉灵总是不住地看着外婆。

外婆进屋去了，不一会儿，拿着一件新褂子、一双新鞋出来了。

褂子，是雀芹她们帮婉灵穿上的，她们不住地说："这件褂子真好看！"

鞋，是外婆帮着穿上的。婉灵坐在椅子上。外婆拿着新鞋，在给婉灵穿上时，说："死丫头，往椅子上一坐，啥也不动手，瞧你这样子，像做新娘似的。"

女孩儿们一阵笑。

照例，无论脚干净不干净，都要坐在水码头上去，将脚泡在河水里好好清洗一番。

一溜儿坐了五六个女孩儿，一双一双脚，在水里如一群鱼在嬉闹，翻腾着水花。

时间到了，孩子们争先恐后地跑到树下，用双手抱着桂花树的树干。婉灵伸了几次手，但都被挤开了。雀芹和另外一个个头儿高高的女孩，一起用力，挤出一个空来。"快呀！"雀芹朝婉灵叫道。婉灵上去，伸出双手抱住了树干。

新编的席子上，是一双双孩子们的脚，那双最白、最干净、最好看的脚，是属于婉灵的。

大人一声口令，孩子们一起用力摇动，只见金色的桂花纷纷坠落。

所有的孩子都仰起头来，去看飘落的桂花，只有婉灵的头是低着的。那些落在席子上的花，一朵朵，都很生动，让她觉得，它们只是临时歇一会儿，过不一会儿就要飞走。看着看着，那一朵朵花模糊了，最后模糊成一片金色……

一只叫凤的鸽子

一

夏望与秋虎同住一座小城，又同在一个学校一个班上读书，两人又都喜欢养鸽子。但两个人家的情形很不一样，夏望家很富，秋虎家很穷。夏望家不是一般的富，几乎算得上是这座小城的首富。而秋虎家的穷，不是一般的穷，几乎算得上是这座小城最穷的人家，穷得让人都不好意思看一眼。

两人对鸽子的喜欢程度却是一样的。

这些能在天空下展翅翱翔的小生灵，让他们无比着迷，心中，眼里，日日夜夜，总有这些小生灵在飞翔——它们的飞翔，是那么的优美，那么的变化多端，那么的让人浮想联翩。

但懂鸽子的人，自然会对夏望家的鸽子高看一眼，甚至会在目光里流露出惊叹与仰慕。当那些鸽子傲然仰望天空时，它们在这些人眼里，几乎成了神鸽。而秋虎家的鸽子呢，他们都懒得看它们一眼——这种老土的鸽子，不值得一看。

秋虎无奈，他养不起值钱的鸽子。他的十几只鸽子，不是偶尔捡到的，就是用很少很少的钱，从别人那里买来的。最值钱的那只瓦灰公鸽，也不过就值三斤米钱——秋虎从家中偷了三斤米，从一个老头儿那儿换来的。

秋虎家的鸽子全部加在一起，也换不来夏望家最不值钱的一只鸽子。夏望曾在秋虎也在场时，对那些玩鸽子的孩子们说："他那些鸽子，换我们家鸽子一根羽毛，我都不换。"

夏望家的鸽子，据说，最贵的值三四千块钱，最便宜的也要四五百块钱。怕有人偷这些贵重的鸽子，夏望家还特地养了两只凶猛的高头大狗，昼夜守着深深大院。

秋虎家的鸽子，住的地方只能叫鸽笼。是秋虎用捡来的烂木板凑合做成的，手艺又很差，挂在墙上，都歪斜着。而夏望家的鸽子，住的是鸽舍，有两间屋那么大，是专门请木匠做的。三个木匠做了半个月，用了一大堆好木材。那些木匠都有一流的手艺。但他们从未做过鸽舍，觉得新鲜，又想到这是开天辟地第一回做这玩意儿，就越发地要把好手艺拿出来，把一个鸽舍做得让所有的路人见了，都啧啧称赞。

夏望家的鸽舍，居然成了这座小城的一道风景。

算一算，秋虎家所有家产加在一起，也抵不上夏望家这一座鸽舍。

秋虎的个儿明明要比夏望高半头，但当夏望站在他面前时，莫名其妙地，他反而觉得比夏望矮一头。当夏望眉飞色舞地向同学们说他家的鸽子时，秋虎总是在一旁一声不吭地听着。有时，夏望说着说着，会把眼珠儿转到眼角上看一眼秋虎。这时，秋虎像被凉风忽地吹着了似的，微微收缩了一下身体，把脸转向了另一边。

秋虎对夏望这副傲气十足的样子并不恼怒：这有什么好恼怒的呢？人家养的鸽子，本来就不是一般的鸽子。他甚至连忌妒都没有，有的，只是羡慕，只是自愧不如。

夏望对同学说："有的人家养的鸽子，也只能在自家屋顶上空飞一飞，要是拿笼子拎到三里地以外放了，就再也找不着家了。"

秋虎当然知道夏望所说的"有的人家"就是指他的家。夏望没有说错，他家的鸽子就是这样一些鸽子，是不能拿出去放飞的，而夏望家的那些鸽子，都是可以拿到远处去放飞的。夏望说他们家有一只鸽子即使拿到五千公里以外放飞，也照样能飞回来。秋虎相信。秋虎虽然养不起这样的鸽子，但秋虎已经养了好几年鸽子了，他懂鸽子，很懂。

有时，秋虎会禁不住去看夏望家的鸽子。他在往夏望家走时，总会在心里给自己找个理由：我要到那边一个宠物商店看看狗。他走在路上时，好像心里并没有想到去看夏望家的鸽子，溜溜达达的，一副很悠闲的样子。他还唱着那些不知从哪里学来的奇奇怪怪的童谣：

好大的月亮好卖狗，
卖了银钱打烧酒。
走一步，
喝一口，
这位大哥，
俺问你们可买狗？
…………

常常，唱着唱着就来到了夏望家附近。他不想让夏望看见，总是闪在一条小街的拐角处。在那里，他只要把脑袋探出一些，就可以清清楚楚地看到夏望家的鸽舍。

夏望家的鸽舍由四根高高的柱子支撑起来，像一座小型的宫殿耸立在天空下。有门有窗，有长梯可爬到上面。里面有数十个格子，那便是鸽子们的小家。鸽子们可以自由出入鸽舍。有在里面待着的，有在外面待着的。在外面待着的，有的落在鸽舍的顶部，有的落在房顶上。总有鸽子在走动，在飞来飞去。

这些鸽子叫出的声音与一般的鸽子叫出的声音都不太一样，浑厚，有浓重的共鸣声，像是从一口大瓦瓮里发出的声音，嗡嗡地让人感到震动。它们个头儿显得很大，体形健美，站在屋脊上，在蓝天白云的衬托下，一副雄壮的样子。它们中，仿佛有知道自己长得不一般的，站在那儿一动不动，那番造型，很像是雕塑。

秋虎看着夏望家的鸽子，就会不由自主地在心里比较着他们家的鸽子。相比之下，他们家的鸽子，一只一只都显得有点儿矮小，远不及夏望家的鸽子神气、威风。

秋虎会很出神地仔细欣赏着夏望家的鸽子：

那些鸽子，不像其他品种的鸽子会有五颜六色，颜色很简单，要么是灰色，要么是黑色，要么是灰黑相间。那灰，灰得纯粹，那黑，也黑得纯粹。所谓的灰白相间，只是灰色的底子上，很规则地有些黑色的点点。秋虎知道，这种颜色的鸽子，叫“雨点儿”。这些鸽子有两个显得不免有点儿夸张的肉瘤卧伏在两个鼻孔上，灰白色，带着细细的皱褶。从脑袋的形状就可以看出它们的聪颖和机敏。无论是公鸽子还是母鸽子，颈上都有一圈儿发亮的小叶片的羽毛。那颜色像是上等钢材发出的蓝光。公鸽子颈上的那圈儿羽毛，尤其亮。

一只一只的，都让秋虎着迷。他一看就是半天，那时，他眼中一派静穆。

这一天，他正痴迷地看着，忽然有人在他后背上轻轻拍了一下。他一惊，掉头一看，竟是夏望——他不知从哪儿钻出来的。

夏望用疑惑的目光看着秋虎："你站在这里干什么？"

秋虎结结巴巴地说："我……我去那……那边看……看小……小狗……"说着，慌慌张张地往不远处那家宠物商店走去了。

夏望看了一会儿秋虎的背影，再站到秋虎站过的地方，侧脸看去，看到了自家的鸽舍与鸽子，好像立即知道了秋虎站在这里的用意，撇了撇嘴回家了。

秋虎回到家中，见到了自家的鸽子。他没有厌弃它们。他像夏望喜欢自家的鸽子一样，喜欢着这些鸽子。他默认了一个事实：他就只能玩这样的鸽子。它们也是鸽子。他将它们轰赶了起来。鸽子们似乎不太情愿，在天空飞了两圈儿，又想落下来。他很想看它们飞翔，就捡起地上的瓦片，不住地轰赶着。鸽子们终于知道了主人的心思和他的固执，只好放弃降落的念头，转而展翅飞向高空。它们飞着，越飞范围越大。

秋虎仰脸看着。

不知是谁家的鸽子，看到了秋虎家的鸽群，要凑个热闹，也一起飞上了天空。紧接着，又是几个鸽群飞上了天空。小城的上空就有了几个鸽群飞出的巨大圆环。

秋虎觉得，城南的天空上，那个飞得又高又好看的鸽群是夏望家的。

秋虎的目光，暂且放开了自家的鸽群，去看城南天空的鸽群。他在心里想：如果我也有一只夏望家那种鸽子就好了……

二

这天放学后，秋虎正往家走，忽听见空中有响动，抬头一看，就见一只鸽子失去了控制，正像一团泥巴那样，急速砸向地面。同时，他也看到了一只鹰正猛地拉高，朝高空飞去。秋虎一下子就明白了：那只鸽子被鹰击伤了，那鹰本可以俯冲而下抓走鸽子的，恰在这时，他秋虎走到了这儿，它只好放弃了。

那只鸽子快要撞击地面时，却猛地挣扎着扇动翅膀，使自己暂时放缓了坠落的速度，但却并没有能够飞起来，还是摇摇摆摆地跌向了地面。还好，在它马上就要坠到地面时，它又更加用力地扇动了几下翅膀，最终使自己勉强地落到了地上。

那鸽子就落在秋虎面前二十米远的地方。它踉踉跄跄地向前走了几步后，惊慌地扇动着翅膀，想重新飞向天空，但失败了：只飞了几米远，便又重重地掉在了地上。

那是一条僻静的小街，现在只有秋虎一人走着。

那只鸽子显然发现了秋虎，耷拉着翅膀，吃力地往前跑着。几次想飞起来，但都没能够成功。它身后的地上，是它的翅膀流出的一滴滴血。它一侧的翅膀，好像被鹰击断了。在它往前逃跑时，这只折断的翅膀一直在地面上拖着。

秋虎没有发动自己的双腿以最快的速度向那只鸽子追去，而是蹑手蹑脚地向那只鸽子靠拢过去。他已经看清楚了，这是一只非同寻常的鸽子，是一只他梦寐以求的鸽子——一只与夏望家的鸽子差不多的鸽子，甚至看上去比夏望家的鸽子还要棒的鸽子。

秋虎没有见过这般体格健壮的鸽子。

一只黑鸽子，一只黑得像涂了墨汁的黑鸽子。爪子和腿是深红色的。秋虎眼尖，虽然他与那只鸽子还隔着一段距离，但他还是看到了它腿上套着的锡环。发现了这一点，秋虎的心扑通扑通地跳起来：这果真不是一只一般的鸽子！这脚环是由专门的机构制作的，只有那些经过论证后确定为优良品种的鸽子，才能获取这种脚环。上面有编号，这些编号，都是被一一登记的。

秋虎双手捂在胸前，闭起了双眼。

那只鸽子在行走过程中跌倒了。不知是因为太累了，还是因为伤势太重了，它居然瘫在地上不动了。

秋虎站住了。两只捂在胸口的手慢慢挪开，慢慢攥成拳头，身体慢慢向前倾去，突然起跑，向那只鸽子扑去！

鸽子听到了动静，立即扑着翅膀。奔跑了一阵之后，它勉勉强强地离开了地面，但也就飞了四五米远，又跌落在了地上。

秋虎疯狂地跑动着，离鸽子越来越近。

鸽子拼命扇动着翅膀，地上的灰尘，一团团地留在了它身后。

秋虎瞪大着眼睛，迅速地缩短着他与鸽子的距离。

鸽子稍微停顿了一会儿，再一次跑动、起飞时，居然成功地飞到了路边一堵院墙的墙头上。因它在空中飞行的速度极慢，冲上去的秋虎，高高跳起时，差一点儿就抓住了它。

鸽子跌跌撞撞地落在院墙的墙头上之后，秋虎一次一次地跳起，企图抓住它，但，终究因为没跳到应有的高度，而未能如愿。他，弯着腰，双手捂在肚子上，大口大口地喘息着，但眼睛却一直望着鸽子。

鸽子知道了自己暂时是安全的，站在墙头上，没有再做出逃跑的动作，但神情依然极其恐慌。

这一下，秋虎可以近距离打量它了：真是一只了不得的鸽子。

秋虎只有一个念头：抓住它！

他的目光暂且离开了鸽子，在街上寻找着。他看到一个人家的门口放了一个梯子，立即跑了过去。可是，当他扛着梯子再回到院墙下时，那鸽子仿佛知道了危险，身子矮了几下之后，居然又飞了起来。它没有飞远，而是选择了离它最近的屋顶。它只是飞到了屋顶的边沿，并且差一点儿掉了下来。秋虎下意识地伸出双手，做出一个要接住它的动作。见鸽子稳住身体转而一个劲儿地沿着坡面逃向屋脊时，他失望地用双手拍了一下屁股，并叹息了一声。

已经到达屋脊的鸽子虽然还神色紧张，但显然知道了自己已经脱离了危险，向四周张望了一阵之后，蹲了下来。

屋脊风大，它的羽毛被掀动起来——那黑色羽毛的根部却是灰黑色的。

天色渐渐暗淡下来。

鸽子想到了家，一时忘了自己的翅膀已经折断，飞了起来——当然很快掉在了屋顶上。但天色和晚风让它回家的欲望变得十分强烈，再度飞起，这一回，它勉强飞到了另一户人家的屋顶上。

秋虎就跟着，忘记一切地跟着。他想得到这只鸽子，一心想。

鸽子挣扎着，带着受伤的翅膀，从这个屋顶飞向那个屋顶。当路灯开始亮时，它已经飞到了这座小城的城边。房屋不再是一幢连着一幢了。天虽然已晚，但因为今天天气晴朗，月亮又出来得早，加上东一盏西一盏的灯放射出的光芒，它还能看得见。

前面是一个很大的墓园。

鸽子站在一户人家的房顶上，犹豫着：还飞不飞呢？

秋虎在想：它还飞不飞呢？

鸽子还是飞了，但它怎么也无法飞过墓园的上空，很快掉了下去。

秋虎冲进了墓园。他在灰暗的天色下，小心地寻找了好长一阵时间，才终于看到鸽子的身影：它落在一块竖着的墓碑上。

秋虎没有惊动它：它要是再飞起来，这样的天色下，他就可能再也找不到它了。

他藏在一块墓碑后面，毫无声响地看着它。

它现在只是一团黑黑的身影。

到处是高高矮矮的墓碑。很远处才有灯光，墓园一片暗淡。那种墓园特有的安静，让秋虎感到害怕。但同时，他也感到庆幸：这里，这么黑，又这么静，它不会再飞了。

鸽子真的不打算再飞了。它在墓碑的顶部站了一会儿，竟然慢慢地蹲了下去。

现在，秋虎心中只想一个问题：怎么才能抓住它？

他累了，倚着墓碑坐了下来。他不再看鸽子，只在心中制订着捕捉方案。

最后，他决定：用网子网住它！

他觉得，这是所有捕捉方案中最可靠的方案。

这样决定之后，他轻轻地离开墓园，回到了路灯下的街上，然后撒腿往家跑去。

他家有一张打鱼的网。

取了网，他又马不停蹄往墓园跑。一路上，他都在担忧：它还在那块墓碑上吗？

当秋虎潜回墓园，看到那块墓碑上的那团黑影时，他用手不住地轻轻拍打着胸口。他将网轻轻地放在草丛里，然后轻轻地坐了下来。他告诫自己：绝对绝对不可鲁莽，一定要在绝对绝对有把握时，才可以撒网！

现在，他需要的是耐心。他要安静地等待——等待鸽子不再有警惕，等待它熟睡。

小城越来越安静。

秋天的夜风吹着墓园的树和草，已经失去水分后的树叶和草叶，发出干燥而单调的声音。

等待中，秋虎居然有一阵时间忘记了鸽子，忘记了自己到这墓园干什么来了，在心里想着一些与此事毫不相干的事情。

这时刻，孩子们早已待在家中了，而他却还在阴森森的墓园里。他没有急切要回家的念头，也不用担心有谁会来寻找他、呼唤他。爸爸是一个不可救药的赌徒，这时候还不知道坐在什么阴暗地方的一张赌桌前呢！

秋虎想起了妈妈。

爸爸因赌博住过牢房，出来后，却一如既往，还是成日坐在赌桌前。妈妈只好走了。妈妈把他留给了爸爸，自己则带走了妹妹。妈妈对他说，妹妹小，她不带上她，她就会饿死。

秋虎觉得这墓园，并不比他的家差到哪儿去。

他当然想到了夏望，夏望家的鸽舍、鸽子。

他抬头去看夜空：一个秋天的夜晚才会有的夜空，又高又干净，月亮和星星都很亮。

晚饭还没有吃，天气又凉，加上墓园的清冷，秋虎在不住地打战，他禁不住将身子缩成一团，后来把渔网也裹到了身上。

夜深了。

秋虎借着月光——那时，月亮已经偏西，他看见鸽子一动不动地蹲在墓碑的顶上。秋虎毫无根据地觉得，这时的鸽子，眼睛是闭着的。

是时候了。

他开始慢慢地、极其细心地理顺渔网，等确定网子一定能抛出他想要的样子之后，他将它像围脖一样围在脖子上，然后，匍匐于草丛中，一寸一寸地爬向墓碑。在爬行过程中，他会不时地停住，抬头观察一下鸽子的动静。

在到达最理想的距离后，他屏住呼吸，缓缓爬起——一边爬起，一边从脖子上取下渔网。他用了很长的时间——好像是一百年的时间，才从草丛中站起来。

鸽子就在眼前，是尾巴冲着他。他甚至闻到了鸽子身上发出的气味。

他看了一眼月亮，忽地一声吼叫，将手中的网抛了出去。网十分完美地张开，在月光下，就像一颗硕大的蘑菇。网落下了，秋虎听到了咕咕咕的鸽叫声，并觉得网在激烈地颤动。那颤动，使他想起一次在城外的大河里网到了一条十几斤大鱼的情景——就是那样的颤动。

毫无疑问，他网住了那只鸽子。

他没有将鸽子从网中取出，而是将网慢慢收紧，最后拴了一个大疙瘩，然后背着网，迅速地跑出墓园。网在其中的鸽子不住地咕咕咕地叫着，并挣扎着。

当他走到街上，踏上回家的路时，已不见一个行人。

好寂静，好空旷！他的身体微微一抖唱了起来，用的是夸张到扭曲的腔调，听上去更像是号叫：

一去二三里，
先生去买米；
烟村四五家，
先生米到家；
亭台六七座，
先生米下锅；
八九十枝花，
先生铲锅巴。

一扇窗子忽地打开，随即传来一声吼叫：“深更半夜的，号什么号！谁家的小神经病！”

三

夏望上学，常常会把一只鸽子带到学校。那鸽子被一方手帕不紧不松地包着，无法动弹，但看上去却又很舒服。不用笼子，只用一方手帕，就可以轻松自如地带上鸽子，这个看上去很简单的事，不是谁都会的。

夏望家几乎是请了一个常年帮着养鸽子的用人。这个用人玩了一辈子的鸽子，样样在行。他每天都会来一趟夏望家，除了清扫鸽舍，还负责安放鸽子下蛋的草窝等事情。用手帕包住一只鸽子，就是这个用人教给夏望的一个简洁的方法。

上课前，夏望会解开那方手帕，然后双手抱住鸽子，轻轻往天空一送。那鸽子都早习惯了这一套，马上打开翅膀飞了起来。也许是觉得自己解放了，也许是向小主人告别，鸽子会在空中，发出响亮的扇动翅膀的声音：噼噼啪啪！

在将鸽子抛向天空之前，夏望会煞有介事地往套在鸽子腿上的环里塞一封信。那上面写着：今天晚上我想吃红烧肉。或是：放了学，我要在外面玩一会儿。这些话没有多大意思，而且很无聊。但夏望愿意当着他的同学这么做。他只是告诉同学们，他家的鸽子腿上是有环的，这环上有编号，是专门的机构制作并发放的；他家的鸽子不是一般养养玩玩的鸽子，是能放飞的，是可以送信的。

同学里头，有养鸽子的，有不养鸽子的。养的，不养的，都很羡慕夏望。

这一天，当夏望又用一方手帕将他家的一只鸽子带到学校时，一直在旁边看着的秋虎忽然说："我也有一只这样的鸽子！"

秋虎的声音微微有点儿发颤。

立即，一张张面孔转了过来，吃惊地、疑惑地看着秋虎。

"我也有一只这样的鸽子……"在那么多的目光之下，秋虎的声音变小了，仿佛自己在说一个谎言。

孩子们看了一阵秋虎，一句话也没说，又一个个将脸转过去看夏望手中的鸽子了。

"你们不相信吗？"秋虎嘀咕着，"不相信拉倒！反正，我有一只这样的鸽子……"

没有人掉过头来。

秋虎觉得这些同学很可笑，更觉得自己很可笑：明明有一只这样的鸽子，为什么不能大声地告诉他们呢？

“我也有一只这样的鸽子！”

秋虎的声音特别大。

孩子们不得不再一次地回过头来看他。

秋虎用手指着夏望手中的鸽子：“我也有一只这样的鸽子！”一副理直气壮的样子。很长时间，这个动作好像固定在了那儿。

夏望看也没看秋虎，正解开手帕。就在大家还在疑惑地望着秋虎时，天空传来了响亮的扇翅声。那扇翅声就像有人在晴空里拍出的清脆的掌声。

孩子们的目光一律转向了天空。

那鸽子在学校的上空盘旋了两圈儿，往城南飞去了。

孩子们开始往教室走去。一路上，有同学三三两两，交头接耳地议论着：

“他净吹牛！”

“他家都穷成那样了，怎么可能会有那样的鸽子？知道这种鸽子多少钱一只吗？”

“他爸赌钱，把老婆都赌输了。”

“这是你胡说！人家妈妈是离婚，好不好！”

“这有什么差别吗？反正，他不可能有那样的鸽子！”

…………

第二天，秋虎用手帕大小的一块布，包了那只鸽子来到了学校。他早已留心夏望用手帕包鸽子了，并多次在自家鸽子身上做了试验。现在已包得很好看，并且很可靠了。

一个懂鸽子的孩子看到了秋虎的鸽子，一阵惊愕，随即跑开，来到一群孩子中间："秋虎真的有那种鸽子，很棒！"

孩子们犹豫了一阵，立即向秋虎跑过来。

当有几十个孩子围住秋虎时，他把鸽子举了起来。

那只鸽子的头形十分优美，鼻孔上的两块肉瘤，几乎有蚕豆瓣那么大，颈上的一圈儿细毛，发出似蓝似紫似金的光泽，两只眼睛琉璃一般亮。

秋虎一声不吭，就这么举着，慢慢地转动着身子，好让所有孩子都能看清楚他的鸽子。

他的脸上写着：我骗你们了吗？我是不是有这样一只鸽子？

夏望只瞟了一眼秋虎手中的鸽子——瞟一眼就够了，就知道了那是一只什么样的鸽子。他没有恼火，也没有忌妒，但有点儿失落。

"能放飞吗？"有孩子问。

不知为什么，秋虎举得硬邦邦的胳膊，显得有点儿软弱了。最终，他把举在空中的鸽子放了下来。

"能放飞吗？"有孩子追问。

秋虎答道："现在不能。"

"为什么？"

秋虎答道："我才得到的，它还没认家呢。"说完，他往校门外走去。他要把鸽子送回家。路上，他的心一直发虚：那天晚上，鸽子在网中拼命挣扎，使那只本来还没有彻底折断的翅膀彻底折断了，不知道还能不能飞上天呢！

四

秋虎得到了一只相当不错的鸽子，这一消息一传十、十传百，没过几天，几乎传遍了这座小城。

城西边上的邱叔听说了，就来到了秋虎家。养鸽子的人，都想见识见识那些不一般的鸽子。但秋虎不让看。

“你到底有没有这样一只鸽子呀？”邱叔拍了拍秋虎的脑袋问。

“我有！”

“有，为什么就不能让邱叔看一眼呢？”

秋虎不知道怎么回答邱叔了。

就在这时，从里屋传来了鸽子的叫声。

这叫声正是那只鸽子发出的。它现在被关在一只笼子里。

邱叔一听，点了点头：“还真有。”他是小城里最懂鸽子的人，只要听听鸽子的叫声，就能知道是什么样的鸽子。

“只是看一眼，怕我抢你的呀？”

秋虎犹豫了一下，但最终还是摇了摇头，拒绝了邱叔的请求。

邱叔拍了拍秋虎的头，一笑，走了。但刚走出门，又回过头来，看着秋虎的眼睛说：“莫非，这只鸽子是只有毛病的鸽子？”

这句话一下子击垮了秋虎。他把头低下了。

邱叔重新回到屋里：“还是让邱叔看看吧，也许，邱叔有办法呢。”

秋虎往里屋走去。

邱叔跟着。

秋虎把放在地上的笼子提给了邱叔。

邱叔一看到那只鸽子，顿时两眼放光。他盯着它看了半天，又打开笼门，将它抓住，仔细察看了它的眼睛、鼻孔，又扯开它的翅膀、尾巴，看了半天，点了点头：“这只鸽子，不得了啊！”他又看了看它腿上的环：“你知道这是哪里的鸽子吗？”

秋虎只看清了那环上的编号，并没有太注意它的归属地，朝邱叔摇了摇头。

“这不是写着吗？台湾的。”邱叔在心里估算了一下这里与台湾的距离，“相隔几千公里呢！我猜测着，是那边的人，将它带到这边放飞的。敢这么远，又隔着大海放飞，可见这鸽子的主人心里很清楚它的本事。”他早看到了它耷拉着翅膀，“八成，遭鹰打了，不然，这样的鸽子，怎会落在你手里呢！”

秋虎点了点头。

邱叔叹息了一声：“是只好鸽子，只可惜残了。”他检查了一下那只折断的翅膀，“要想让它再飞到天上……”他没有再往下说。

邱叔离开时，秋虎对他说：“邱叔，不要对人说它不能飞了。”

邱叔不明白，可又有点儿明白，点了点头。

从这一天开始，邱叔隔几天就来看一次这只鸽子，目光里有欣赏，也有惋惜。

这一天，邱叔对秋虎说：“孩子，你把这只鸽子让给邱叔吧。”

秋虎稍微吃惊了一下。

“你留着它，没有什么意义。它飞不起来了——永远飞不起来了。就是能飞起来，你也难让它认你的家。这种鸽子的秉性，你也不是不知道，你养它三年五载，以为认你家了，放到了天上，即使今天不飞走，过些日子也要飞回原先主人家的。你又没有配得上它的鸽子跟它配对下蛋孵小鸽子。你留着它，有什么用处？我知道秋虎心里想有这样的鸽子，你看这样行不行？这是一只公鸽子，我那里正好有一只落单的母鸽子。我那里不缺公鸽子，而且都是一些不错的公鸽子，可是，那只母鸽子实在太不一般了，那些公鸽子不配。就是配对成了，它们的后代也不能放飞太远的路。你这只公鸽子，太配了！我答应你，配对成了，生下的第一对蛋给你。你让你家的那些鸽子去孵，不出多长时间，你就会有一对上上等的鸽子。而且，是打小养起的，长大了，只认你的家。行吗？”

秋虎不知道该怎么决定这件事。

邱叔说：“你就闭着眼睛想一想吧。你有了两只那样的鸽子，说不定就可以无休止地繁殖下去，一窝一窝的，多少年以后，说不定你就是这座小城的‘鸽子王’了。你那个同学夏望，嘻！……”

秋虎马上答应了。

邱叔从口袋里掏出一块手帕，将鸽子包起来，放到了怀里：“我不会对任何人说这只鸽子已在我那儿了。”他出门后，又回头来：“你就等着两只蛋吧。”

五

仅仅相隔三个月，邱叔就给秋虎送来了两只鸽蛋。

鸽蛋放在一只小小的纸盒里，里面填满了锯末。

邱叔说："这么好的一对鸽子，我只想它们多多地孵小鸽子，我就给你蛋了。要是让它们孵出小鸽子来给你，下一窝蛋就要拖很久。我取了这两只蛋，用不了几天，它们就会又下两只蛋。再说，我给你小鸽子，你万一不会养，就可能死掉。而若是等它们大了再给你，恐怕又不认你的家了。你赶紧看看你们家有哪对鸽子这几天正要孵蛋，把它们的蛋撤了去，换上这两只蛋。"

秋虎家有一对鸽子，前天生下第二只蛋，刚刚开始孵蛋。

自从秋虎换了上邱叔送来的两只鸽蛋后，就开始时时刻刻地关注那对鸽子孵蛋的情况。一切正常：公鸽子一早上出去觅食，上午十点钟左右回来换下孵了一夜蛋的母鸽子，继续孵蛋；母鸽子出了窝就直接去觅食，大约在下午五点钟光景，又替换下公鸽子；公鸽子再出去觅食，直到傍晚回来，然后就站鸽笼上为笼中的母鸽子守夜。周而复始，两只鸽子，就这样轮换着。

按照预定的日子，两只小鸽子一前一后出壳了。

秋虎十分兴奋。即使爸爸在外赌博一连几天不管他，他也不生气不伤心。他有两只小鸽子，两只足以让全城人羡慕的小鸽子，其他的事情也就不在乎了。他几乎忘记了爸爸的存在，整天沉浸在快乐之中。

过了几天，邱叔送来了从信鸽协会申请来的两只锡环，编号分别是 0508、0509。

邱叔说："再过一个星期，你就可以给它们戴上了。"

两只还是两小团肉的小鸽子，使秋虎经常陷入让他陶醉的想象：它们长大了，成为一对，就会下蛋孵小鸽子……一代一代的，用不了几年，我就会有很多很多这样的鸽子，它们飞满了这里的天空……一只一只的，都能拿出去放飞，一千公里、两千公里、三千公里……总是我的鸽子第一个归巢……我要拿一个一个的头等奖，柜子上、窗台上，到处都放着奖杯，还有奖金，一笔一笔的奖金……

不知为什么，秋虎总要想着想着，最后思绪拐了一个弯儿，想起妈妈和妹妹。那时，就会有眼泪挂在眼角。

过了七八天，秋虎发现，不知为什么那只母鸽子变得有点儿心不在焉，出去觅食，常常迟迟地不回来。公鸽子在笼中护着小鸽子的时间越来越长，有两回，甚至连出去觅食的时间都没有了。紧接着，秋虎就发现，不知是谁家的一只白色的公鸽子，总是飞到他家的屋顶上，拖着张开的尾巴，围着他家的母鸽子，不住地叫唤。母鸽子虽然不搭理，但却在该它喂小鸽子时，站在屋脊上不动弹。

那只白色的公鸽子很漂亮，声音也十分洪亮，它不屈不挠地围绕着母鸽子叫唤，好像在倾诉衷肠。终于，母鸽子开始点头了。

过了两天，母鸽子跟着那只白色的公鸽子飞出去之后，就再也没有回来。

留下公鸽子独自哺养两只小鸽子。最初两天，公鸽子还尽心照料小鸽子，但到了第三天，它飞出笼子，站到屋脊上，只是一个劲儿地伤心地叫唤着。其间，几次回到笼子里照料小鸽子，但时间不长，又飞了出来。

终于，它完全陷入了悲伤和痛苦，再也不管那两只小鸽子了。

十分焦急的秋虎赶紧去看笼中的小鸽子，发现，有一只小鸽子，不知是因为饥饿还是寒冷，已经死了！

秋虎哭了起来。

公鸽子再也没有回到笼中。

现在，只有靠秋虎自己了。他要喂养这一只小鸽子。它是他唯一的希望了。要是它也死掉，他就什么也没有了。这样小的鸽子现在还只能喂它细食。正常情况下，鸽爸爸、鸽妈妈先吃了食，然后在嗉里消化成糊状再喂给小鸽子。秋虎清楚这一切。他要做鸽爸爸。他把豆子、玉米或麦子放在嘴里反复咀嚼，直到这些粮食与他的唾液融合成糊状，再喂给那只小鸽子。

接下来，好多天，他的嘴巴总是不停地在咀嚼。

他把小鸽子放在一堆棉絮里，上学前喂一次，中午放学回来喂一次，晚上喂一次，睡前再喂一次。

小鸽子居然活了下来，并且一天一天地很快长大了。

粉红色的肉身，因羽毛的生长，开始转为青色。它认识了秋虎，一看到秋虎，就叫唤，就朝他摇摇晃晃地走过来。

不知不觉，它竟然长成了一只羽翼丰满的鸽子。

是一只母鸽子，但样子却竟然与它的父亲一模一样。不同的是，它的父亲，折断了一只翅膀，已与天空无缘，而它却有一双年轻而有力的翅膀，蓝天正在召唤着它。它已经开始不住地扇动翅膀，在做飞上天空的准备。

它与秋虎的关系极其亲密，一看到秋虎，就会显出十分高兴的样子。而秋虎上学后，它就会在家中跳上跳下地寻找秋虎。

秋虎呢，则时时刻刻地惦记着它。晚上，秋虎睡觉时，它就蹲在秋虎的床头。

秋虎给它起了一个名字：凤。

秋虎的妹妹叫凤……

六

凤第一次飞上天空，就令人惊叹不已。它是那么的喜欢天空！它优美地拍着翅膀，一个劲儿地向高处飞去，仿佛要飞到云层深处。这不免让秋虎有点儿紧张：它不会飞走吧？它居然飞得无影无踪。可就在秋虎感到绝望时，它又出现在了秋虎的眼前，先是小小的一个黑点儿，然后，形象渐渐地鲜明起来。它在天空飞了一圈儿又一圈儿，就是不想落下来，仿佛它等待这一天，已等待上百年了。

在秋虎的记忆里，没有一只鸽子，飞得有凤那么漂亮。

终于落下，一直落到秋虎的肩上。

秋虎感觉到了它的小小心脏在剧烈跳动。他伸出手去，轻轻地拍着它的背，心疼地说：“谁让你第一回飞，就飞那么高，那么久的呢？”

秋虎把凤带到学校。他没有用手绢包着它——没有必要，他只需时不时地叫一声“凤”，它就会飞临到他头顶的上空，或干脆落在他的肩上。

当秋虎以这样的形象出现在校园里时，立即吸引了无数的目光。孩子们居然没有看出来，这只鸽子并不是他上回用手帕包着的那只鸽子，都以为就是上一回他带到学校的鸽子呢！

秋虎站在那里不动，而凤则站在秋虎的肩上不动。上一回，孩子们见到的，只是鸽子的一个脑袋和一个尾巴，而现在见到的是一个没有一丝遮掩的鸽子。

凤的形体、颜色以及机敏而高贵的神态，镇住了所有的孩子。他们只是静静地看着，谁也不说话。

秋虎看到了夏望的目光——夏望也在出神地看着。夏望已经是一个很懂鸽子的孩子。秋虎知道，夏望明白了此时此刻站在他的肩上的是一只什么样的鸽子！

上课铃响起前的一刻，秋虎从肩上抱下凤，说一声“回吧”，然后将它轻轻抛向天空。

孩子们一直看到凤已经消失，还在仰望天空。

没有过多少日子，孩子们就有了一个共同的结论：夏望家的鸽子，一只一只都是好鸽子，但却没有一只赶得上秋虎的那一只。

秋虎不再去想象他的鸽群——他本来就有鸽群，虽然这一鸽群不是由凤这样的鸽子组成，但，也是鸽群。鸽群，加上凤，就足够了——凤这样的鸽子，一只就行。

秋虎心满意足。几乎所有的夜晚，秋虎都是一个人度过的。爸爸，不，赌徒，他天天在外面赌，赌得昏天黑地，哪里还记得秋虎？无所谓，秋虎现在有他的鸽群，有凤——每天夜里，凤都陪伴着他。

一年后，凤第一次参加小城组织的放飞比赛，五百公里，得了第二名。邱叔对秋虎说：“你就等着它给你拿奖杯、拿奖金吧。第一回飞，就得了第二名，往后还了得呀！”

夏望不再总拿着他的鸽子来学校向孩子们展示了。

秋虎终于发现，原来，他的个子是比夏望高出一头的。

就在凤给秋虎拿回第一只奖杯半个月，这天，秋虎放学回到家，发现凤不见了。他立即屋里屋外地找开了，并不住地叫着：“凤！凤！……”

没有找着。他想，现在只有一个可能：它飞到远处觅食或是和别人家的鸽子玩耍去了。他站到街上，仰望着天空，等它回来。

天色渐晚，空中已不再见到有一只鸽子飞翔，只有几只觅食的乌鸦从城外往城里飞着——它们要在城里公园中的树上过夜。麻雀们叽叽喳喳，这是它们夜宿檐下、枝头前的最后喧哗。

天黑了。

秋虎叫着“凤”，已是哭腔。他反复找着已经找过数遍的地方，知道凤确定不在这些地方后，他神情恍惚地找了两条街。他不住地呼唤着：“凤！凤！……”到了后来，呼唤变成了自言自语一般。

街上早已空无一人了，他才回到家中。他衣服没有脱，甚至连鞋都没有脱，死人一般睡到床上。夜风在窗外呼呼地吹着，熟睡的鸽子偶尔叫唤一声，知道现在是在深夜，没有叫唤完一声，就半途停止了叫唤。他睡着了，很不踏实，像漂浮在水面上。不知是什么时候，他听见了凤的叫声，立即爬起来，只见月光正从窗外照进屋里：床头上空空的，并没有凤的影子。

秋虎再躺下后，一直睁着眼睛。他又开始想念妈妈和妹妹……

第二天下午，他终于从别人那里知道：爸爸输了一大笔钱，以一千元的价格，趁秋虎不在家时，把凤捉住卖到夏望家了。

秋虎愤怒地跑回家，见什么砸什么，不一会儿工夫，就把家毁得一塌糊涂。他完全发疯了，一边毁坏，一边大声哭喊。

爸爸面容憔悴，垂头丧气地从外面回来了，见秋虎在不顾一切地毁坏，闪到了一边。一块裂了缝的菜板飞了过来，差一点儿削到他的鼻子。

见家中已再无什么可毁坏的，秋虎一头跑出家门。

爸爸在身后说："不给人家钱，人家就要拆我们的房子……"

秋虎头也不回直奔夏望家。

夏望家养鸽子，不只是因为夏望喜欢玩鸽子，他爸爸也喜欢玩鸽子，酷爱。他早盯上了秋虎的凤，而秋虎的爸爸也早知道他喜欢秋虎的凤。秋虎的爸爸赌输了钱，无法还人家，人家扬言要拆房子，他就找到了夏望的爸爸。夏望的爸爸二话没说，照秋虎的爸爸开的价，只用了一个小时的时间，便做成了这笔交易。

秋虎来到夏望家门口，从门缝里看进去，就见夏望的爸爸正和他的两个朋友在院子里欣赏凤。

凤被关在一只漂亮的鸽笼里。也许是它感觉到秋虎来了，便一个劲儿地扑棱着翅膀，拼了命要往外挣，并咕咕咕地叫着，就见细软的羽毛纷纷从笼子里飞了出来。

秋虎心疼不已，猛地一推门——那门没有闩着，哗地打开了，秋虎往前踉跄了几步，终于扑倒在夏望家的院子里，把几个人吓了一跳。

秋虎爬起来时，擦破皮的面颊正在流血。

两只大狗凶猛地扑了过来，秋虎居然无所畏惧，一步一步地走向凤。

两条大狗见小小的秋虎竟然根本不理睬它们的警告，一时愣住了，但随即又扑上来要咬秋虎。这时，只见夏望不知从哪里冲了出来，拦住了两条大狗，并迅速地，一手一条抓住了系在两条大狗脖子上的皮扣。两条大狗十分凶猛有力，但夏望用尽全身力气，死死地抓住皮扣，就见受阻的大狗不断地跃起，身子悬在半空里。

秋虎指着鸽笼中的凤："这是我家的鸽子！"

两个朋友看了一眼秋虎，转而看着夏望的爸爸。

夏望的爸爸笑着朝秋虎说："可这是我花一千块钱从你爸爸手里买来的呀。"

"这是我家的鸽子！"秋虎大叫着，冲上来就要夺夏望爸爸手中的笼子。

夏望的爸爸一转身，用后背抵住了秋虎，那两个朋友，一人抓住了秋虎一只胳膊。

凤在笼子里要死要活地往外挣着，咕咕咕地叫个不停。

夏望一直没有面对秋虎。他背朝秋虎，身子向前倾着，死死地拉住两只大狗，还不时地腾出脚来狠狠地踢那两条大狗。

眼见着凤的头上羽毛被撞光了，并开始显出血印，秋虎心疼至极。他蹲在了地上，不再上前去争夺。

夏望的爸爸赶紧将笼子拎到了屋里。

那两个朋友走过来，对秋虎说："鸽子原来是你的，没有错。可现在是人家的了。人家不是偷的，是买的。小朋友，可要讲道理。"

夏望的爸爸走了过来，对秋虎说："这鸽子，我可以给你。但我要我的一千块钱。你什么时候拿来一千块钱，我就什么时候把这鸽子给你——任何时候。"

两个朋友也都蹲在地上劝秋虎："人家都这么说了，你还是回去吧。"见秋虎不动，他们就一人抓着秋虎一只胳膊，将他从地上拉了起来。然后，他们就轻轻地拉着、推着，将秋虎引向门外。

秋虎只是小声呜咽着，没有赖着不走。

夏望的爸爸大声说："你什么时候给我一千块钱，我什么时候给你鸽子。我说话算数，我的两个朋友做证。"

"我们做证！"那两个朋友说。

秋虎走了。

两个朋友关上了大门。

夏望的爸爸说："那孩子的爸爸是个往死里赌的赌徒，

是不可能拿一千块钱来赎这只鸽子的。那孩子，又怎么可能有一千块钱！”

整个过程中，夏望一直没有面对秋虎，听到关门声后，他松掉了两只大狗，猛地跑进屋里，跑到他的房间，一屁股坐在椅子上，趴在桌子上呜呜呜地哭了起来……

七

秋虎一连三天没有上学。再上学时，人瘦了一圈儿。

夏望不但不再带鸽子进校园，甚至不再说关于鸽子的话题了。

从此，秋虎除了上学读书，其余的时间全都用在了捕鱼上。只要有时间，他就拿着渔网往城外走。这座小城四周都是河流。他要打鱼，然后卖鱼挣钱。他一定要赎回他的凤。它是他一点儿一点儿养大的。它几乎不再是一只鸽子，而是他的一个亲人——妈妈、妹妹都走了，现在，它就是他的唯一亲人。

可，这个亲人，被爸爸出卖了。还好，妈妈和妹妹是永远也不可能再回到他的身边了，而它，还是可以回到他身边的，只要他能挣到一千块钱。

他根本不去想他一个孩子能否挣到一千块钱。

他只有一个念头：挣钱，从夏望家赎回凤。

打到鱼，他就拿到集市上去卖。他把一只瓦罐藏在他的床底下，把挣到的钱全都放到里面。那天，他渴了，路过卖冷饮的摊子，很想吃一根冰棍儿，钱都从口袋里掏出来了，但最后还是放回到口袋里。

他没有再去夏望家看凤。看了，他伤心，凤也伤心，不如不看，不如专心致志地挣钱，早点儿把凤赎回来。

钱攒得很慢。照这样的速度攒下去，得有十年——没有十年，也得七八年。但秋虎并不焦虑，很有耐心地攒着。时间长了，他几乎忘记了自己攒钱干什么了。他不停地打鱼、卖鱼，仿佛这是他的一个兴趣、一个习惯。

渐渐地，他忘了凤。

凤只是偶尔飞到他的梦里。

邱叔又给了他两只蛋，但不是那对鸽子生的蛋。不过，生这对蛋的鸽子还算不错。

就在这对小鸽子飞上天时，不知为什么，夏望不来上学了。

不久，秋虎听到了一个消息：夏望的爸爸被抓进牢房了，原因是他四处宣扬要集资办一个超大的工厂，拿高利息诱惑，骗了几乎半城人，现在终于穿帮了。人被铐走了不算，那么大一个家，一个早上就被成百上千的债主哄抢一空，现在夏望家什么也没有了。

秋虎听到这个消息，心里有点儿难过。上课时，不时地看一眼那空着的座位，那时，注意力就走开了，老师讲了什么，就像一阵风从耳边刮了过去。

这天，放学后，他直接去了夏望家。

夏望家的那对大门不在了，只剩下一个空空的门洞。秋虎往里面看，院子里空空的。那个闻名于整个小城的鸽舍也已经不在了。

那一大群鸽子呢？秋虎只看见屋顶上还站着三四只没精打采的鸽子，都是一些不很值钱的鸽子。

现在，秋虎很关心凤的命运。但秋虎已经有了心理准备：凤怕是被那些债主捉走了。他想：我就是有钱，也赎不回凤了。

看着眼前的一番凄凉，秋虎的眼睛模糊起来，也不知是为了凤还是为了夏望。

他怕看见夏望——看见了，说什么呢？就走开了。

大约过了一个月，夏望又来上学了。现在的夏望，看上去变矮了，眼睛也没以前亮了，整个看上去，灰土土的。上课时，夏望睁着一双无神的眼睛，仿佛一个很疲倦的赶路人，坐在一片荒草中的石头上。

原先，夏望上学时，隔两三天，就会换一双名贵的新鞋，可现在，一连许多天，就穿那一双鞋。鞋头已经破了，鞋带已经断了。那天，书店里的人来校门口摆摊卖书。放在往日，夏望看都不看一下究竟是一些什么书，一买就是一大摞，可现在，他站在一旁看着，手在口袋里不停地摸索，最终只摸索出几枚硬币，连一本最便宜的书也买不起，只好低着头走到一边去了。

秋虎总不时地看一眼夏望，夏望也会不时地看一眼秋虎。

这天，夏望守在秋虎回家的路上，等秋虎走到他面前，说："那只鸽子还在。"

"凤？"

夏望点点头："他们来抓鸽子时，我把它藏了起来。"

秋虎听了，情不自禁地长出了一口气。

"给你吧。"

"我还没攒到一千块钱，差很多呢。"

"我不要你钱。"

秋虎抬头看了看天空，又扭头看了看四周："你留着吧。"

"给你吧。"

"我已有两只了，它们马上都要孵小鸽子了。"

两个人没有再说什么，分手了。

过了半年，秋天，到处金黄，金黄的草，金黄的树叶，阳光已不再像夏天那样刺眼，但十分明亮，世界变得金灿灿的。

秋虎得到一个消息：信鸽协会要举行一次放飞比赛，这一回的赛程比较长，三千五百公里，是一次大赛，有人出钱赞助，哪只鸽子最先归巢，可以获得两万块钱奖金。

秋虎明明知道，这么远的路程，他的两只鸽子是飞不回来的，但还是想去试一试。这天，他用笼子装了那两只鸽子，来到指定的地点。工作人员查看了脚环上的编号，并做了登记。

这里已经收了很多只鸽子，一片咕咕声。它们将运送到三千五百公里以外的某个地方，然后一起放飞。秋虎看了看这些鸽子，心里想：能有几只还能飞回家呢？哪一只会是最先飞回来的呢？

出了门，他去附近上厕所，走出厕所时，看到了一个背影：夏望！

夏望提着一只鸽笼，正走进秋虎刚才进去过的屋子。

秋虎没有叫夏望，回家了。一路上，他心里杂七杂八的，思绪乱糟糟的。

接下来的几天，他请了假，天天在家守候着。“没准儿，它们能飞回来。”他心里存在一份侥幸。在等待他的这两只鸽子时，他总是想到凤：凤能飞回夏望家吗？凤在夏望家已经快三年了，凤已经有新家了。想到这一点，他心里酸溜溜的。

这天早晨，秋虎还在睡梦中，隐隐约约地听到了鸽子的叫声——不是那群鸽子的叫声，一惊，坐了起来。侧耳细听，又听到了鸽子的叫声。“回来了！”他立即蹦下床，直往后院跑——那些鸽笼都挂在后院的墙上。

开了通往后院的门，那鸽子的叫声立即变得异常清晰——他愣住了，随即浑身哆嗦起来：是凤的叫声！

他一步一步地向前走去，双腿一直在颤抖。

凤就在鸽笼里。

那鸽笼就是凤原先住的。它走后，其他鸽子数次要占据这个鸽笼，都被秋虎轰开了。

凤显得有点儿紧张和不安，见秋虎走过来，显出要飞离鸽笼的样子。

“凤……”秋虎叫着，“凤……”

凤不再叫唤，有点儿困惑地看秋虎。

“我是秋虎呀，我是秋虎！……”

凤往笼子深处退了几步，脑袋却不住地向前探着。

秋虎觉得凤很瘦很瘦，瘦得几乎只剩下了一副骨架。但眼睛却还是那么闪闪发亮。也许，是因为它日夜兼程飞了三千五百公里！秋虎明明知道，鸽子其实是无法夜间飞行的，但他还是觉得它夜间也飞了——夜里不飞，怎么这么快就飞回来了呢?

凤好像知道，它应当要让主人立即捉住它，好赶去让人家验证。它蹲了下来，不住地抖着翅膀，并且咕咕咕地叫着。

秋虎捉住了凤，将它关进一只笼子里，赶紧打电话给主办这次放飞大赛的办公室：“报告，0508号已经归巢，颜色，黑色。”

对方的声音有点儿颤抖：“是真的吗？你确定0508号已经归巢了吗？”

秋虎说：“我确定。”

对方告诉他：“如果是真的，那么，它就是第一只飞回来的鸽子。你赶紧带着它过来验证吧，赶紧，孩子！”

秋虎拎了笼子就往外跑，但跑了几步，脚步渐渐慢了下来，到了后来，他几乎站住了。他低头看着凤，后来竟然在马路牙上坐了下来。

凤很安静地待在笼中，有时，会歪着脑袋看着秋虎。

风大了起来，吹得落叶满街跑。

秋虎抱着脑袋，不知坐了多久，他忽地使劲摇了摇脑袋，突然起身，提起鸽笼，沿着街拼命向夏望家跑去。

夏望也没有去上学，这会儿，正坐在门槛上。门洞很大，他人显得十分瘦小。他偶一抬头，直见秋虎正往他这儿跑，慢慢站了起来。

秋虎老远就向夏望招手：“快！快！……”

夏望不明白秋虎要干什么，愣在那里不动。

“快呀！快呀！……”秋虎一个劲儿地向夏望招手，并做出要转身往回跑的样子。

夏望跑了过去，当他看到笼中的凤时，他一下子变成了一个傻子，站在那里光眨眼睛，仿佛在回忆什么。

秋虎跑过来，猛地一拉他："飞到我家去了。你快跑呀！……"

夏望还愣着，秋虎狠狠踢了他一脚，不理他了，转身向前跑去。

夏望终于醒过来一般，撒腿追了过去。

一路上，他们轮流提着鸽笼，肩并肩地跑着。

秋天的阳光，十分干净……

小尾巴

一

珍珍是个奇怪的女孩儿。

珍珍早在妈妈肚子里蜷成一团的时候，就已是一个奇怪的女孩儿了：该出生的日子都过去一个多月了，她还赖在妈妈的肚子里，说什么都不肯出来。又等了一个半月，直等到全家人的心揪得发紧，她才“哇”的一声，滑到了这个世界。

奶奶对妈妈说：“你等着吧，这个丫头，十有八九是个黏人的丫头。”

被奶奶言中了，珍珍从出生的那一天开始，就像一张膏药黏上了妈妈。无论是白天还是黑夜，一分钟都不能离开妈妈的怀抱，一旦离开，就哭得翻江倒海、天昏地暗。那哭声，世上罕见，着实让人受不了、挺不住——是往死里哭呀！就见她两眼紧闭，双腿乱蹬，“哇哇”大哭，有时哭声被噎住，那一口气好似一块石头从高山顶上滚向深不见底的深渊，直沉下去、直沉下去……最后声音竟归于一片死寂，让人觉得从此不能回转了，可就在人几乎要陷入绝望时，那哭声终于又回来了，先是小声，好似在遥远的地方，然后一路向高，最后大悲大哀、波澜壮阔。

在高潮处这样地哭了一阵，那哭声再度被噎住，直吓得奶奶一个劲儿地颠动她，不住地拍她的后背，嘴中连连呼唤："宝宝！宝宝！……"

最后，大人几乎要累垮了，她也没有力气再哭了。或是在奶奶怀里，或是在摇晃着的摇篮里，抽抽噎噎地睡着了。以为她是睡着了，但，过不一会儿又再度哭泣起来，仿佛哭泣是她一辈子要做的事情，她必须得去完成。

妈妈不在时，珍珍的哭泣总是将全家人搞得提心吊胆、心烦意乱。奶奶急了，会在她的小屁股上轻轻地拍打几下："哭！哭！哭不死呢！"

等妈妈终于回来了，还要有一次小小的高潮：她一个劲儿地钻在妈妈的怀里，不是抽泣，就是大哭，想想哭哭。妈妈紧紧抱住她，轻轻地抖动着，用手拍打着她的后背："妈妈不是回来了吗？妈妈不是回来了吗？妈妈回来了呀！"妈妈把乳头塞到她嘴里，她一边抽泣着，一边吮吸着。可是刚吮吸了几口，把奶头吐了出来，又很委屈地哭起来，好像在向妈妈诉说："你怎么能丢下我呢？"

珍珍会走路了。

但珍珍不像其他会走路的孩子，一旦会走路了，就觉得了不起，就兴奋得到处跑，让大人在后面不住地追撵，而总是抱着妈妈的腿，要么就牵着妈妈的衣角。即使被什么情景吸引住了，也是走几步就回头看一眼妈妈，生怕自己走远了就看不见妈妈，生怕妈妈在她走开时趁机走掉。

再大一些时，珍珍虽然不再总抱住妈妈的腿、牵着妈妈的衣角，但却总是跟在妈妈的身后，形影不离。妈妈去茅房，她跟着去茅房；妈妈去河边洗菜，她跟着去河边；妈妈下地干活儿，她跟着到地里；……妈妈一走动，她就跟着走动。无论妈妈怎么哄她、吓唬她，甚至要揍她的屁股，都无法阻止珍珍的跟路。

珍珍是妈妈的小尾巴——甩也甩不掉的小尾巴。

二

田家湾是个穷地方。

当年，妈妈要嫁到田家湾时，外公外婆很不乐意。但妈妈坚持要嫁到田家湾。外公外婆拗不过妈妈，只好随妈妈，但外婆却把话说在了前头："吃苦、受罪，日后可怪不得别人。"

田家湾虽然穷，但是个漂亮的地方。到处是水，到处是树木，有船，有桥，有鱼鹰。天空的鸟都比别的地方多，比别的地方美丽，叫得也好听。

妈妈在田家湾过得很开心。

回外公外婆家时，外公外婆总会在与妈妈说到田家湾的情景时，禁不住叹一口气。外婆还会说到妈妈出嫁前同村的那些“如今日子都过得很好”的姐妹们：“前些天，玲子从苏州回来了，是和她男人开车回来的。玲子有福气，嫁了一个好地方，嫁了一个好男人。”“秀秀去南方了，听说是在一个鞋厂里做工。她男人做茶叶生意，很有本事，在那边买了大房子，说要接她娘老子过去住呢。”“还有芳芹……”

每逢这时，妈妈总是笑笑，起身道：“天不早了，我该回田家湾了。”

路上，妈妈总是想着这些姐妹们的昨天与今天，想着想着，妈妈感到有片浓厚的云，从心里沉沉地飘过。当她终于走回田家湾，看到田家湾的河流、树木时，心头才是清爽爽的淡蓝天空。

爸爸去遥远的南方打工去了。

妈妈在家种庄稼。妈妈对爸爸说，她要种出这世界上最好的庄稼。

可是，妈妈现在却被珍珍死死地缠住了。珍珍是缠在妈妈身上的藤蔓。妈妈走到哪儿，珍珍就跟到哪儿，轰不走，撵不走，哄不走，打不走。妈妈总不能很快地下地干活儿——珍珍在她身后跟着呢！妈妈快走，她就快走；妈妈慢走，她就慢走；妈妈停住脚步，她也停住脚步；妈妈回过头来撵她回家，她就赶紧掉头往回跑，可等到妈妈再往前走时，她又掉转头跟上了。

妈妈当然可以猛跑，那样，她是可以把小尾巴甩掉的，可是她又担心珍珍被甩掉后掉到河里。这地方到处是河，横七竖八的河，大大小小的河。还有，珍珍见不到她了，就会哭，哭得背过气去。

妈妈伤透了脑筋。

奶奶，还有姑姑们，本来都可以帮助妈妈带珍珍，可珍珍只愿意跟着妈妈一个人，妈妈才是她要缠的树。妈妈若是在家中，珍珍能看到妈妈的身影，倒还可以跟着奶奶和姑姑们，可是，妈妈只要一出门，就谁也留不住她了，仿佛妈妈这一出门就永远也回不来了似的。

那就带上吧，带上就是麻烦，她一会儿说饿了，一会儿说渴了，一会儿说身上痒痒，一会儿说要屙屁屁，一会儿又耷拉下脑袋要睡觉了，弄得妈妈总不能聚精会神地干活儿，动不动就要停下手中的活儿来对付她。

有只蜻蜓飞来，落在了草叶上。

“妈妈，”珍珍跑到妈妈身边，“那边，有只蜻蜓。”

“知道了。”妈妈正在埋头锄草。

“我要。”珍珍指了指那边。

“自己捉。”

“我捉不住。”

“那就拉倒。”

珍珍掉头向那边看了看，又看了看妈妈，见妈妈只顾埋头干活儿，根本不理她，只好自己走向那边。

一只很漂亮的蜻蜓，深红色的，像玻璃做的，正安静地停在草叶上。

珍珍蹑手蹑脚地走上前去，同时伸出手，大拇指和食指捏成像要一口啄下去的鸡嘴巴。

距离蜻蜓还只有一根筷子长的距离了，珍珍的心“扑通扑通”地跳，跳得能让她听得清清楚楚。她慢慢地掉头看了一眼妈妈：妈妈头也不抬地在干活儿。她又把头慢慢转回来，面对着蜻蜓。

“鸡嘴巴”一寸一寸地伸向蜻蜓。

眼见着就要捏住蜻蜓尾巴了，它却轻盈地飞了起来。

珍珍仰望着它。

它在空中像一片柳叶飞舞着，忽高忽低，忽近忽远，却总在珍珍的眼前。

不一会儿，它又落在了草叶上，并且就是刚才它落下的那片草叶。

珍珍又掉头去看妈妈：妈妈根本不抬头。

只有这样，妈妈才能种出这世界上最好的庄稼。

珍珍再一次将手指捏成鸡嘴状，开始了新一轮捕捉。

蜻蜓还是在“鸡嘴巴”离它的尾巴只剩一根筷子长的距离时飞上了天。

接下来，这样的情况重复了四五次。蜻蜓很淘气，一直没有飞远。珍珍看到，飞在天上的蜻蜓好像有两次歪了一下脑袋在看她。那样子仿佛在对珍珍说：“小姑娘，你是捉不到我的。”

当蜻蜓再一次落在草叶上时，珍珍没有再去捉，而是跑到了妈妈的身边。她揪住妈妈的衣服：“妈妈，给我捉蜻蜓。”妈妈不理她，她就不停地说——说的时候，不时地向蜻蜓歇脚的那边看一眼。

“你烦死人了！”妈妈生气地扔下锄头，拉着她的手，“在哪儿？”

“那儿！”

珍珍指引着妈妈向蜻蜓走去。

可是，这一回，蜻蜓却早早起飞了，并且头也不回地飞过庄稼地，飞过芦苇丛，往大河那边飞去了。

珍珍还死死地抓住妈妈的手。她想，蜻蜓还会回来的。

妈妈惦记着那一地的活儿呢，扒开她的小手，转身干活儿去了。

珍珍连忙追了上去："我要蜻蜓嘛！我要蜻蜓嘛！……"

妈妈理也不理。

珍珍停住了：她看到池塘里有一只深绿色的青蛙蹲在一小片淡绿色的荷叶上。那情景很生动，这才暂且放过妈妈。

田野上的珍珍，就这样纠缠着妈妈，打扰着妈妈，让一心一意想干活儿、想种出这世界上最好的庄稼的妈妈分心、分神、分力。妈妈很烦恼，妈妈很无奈。妈妈心里说："我怎么生了这么一个怪孩子呢？"

最让妈妈烦恼的是，珍珍在田野上，玩着玩着就睡着了。妈妈不得不停下手里的活儿来照料她。若是太阳光强烈，天热，妈妈得抱着她找块阴凉的地方让她躺下。若是风大，天凉，妈妈就得找块可以避风的地方让她躺下，还要将自己身上的外衣脱下，给她做褥子，做被子。珍珍一旦睡着，就像死过去一样，软手软脚，怎么折腾她，也不能使她醒来。妈妈说，这时把她扔到大河里，她也不会醒来。那么，妈妈就趁珍珍熟睡时专心致志地干活儿吧，可是妈妈的心里总是担心着：她会不会着凉呀？会不会有蛇钻到她的衣服里呀？会不会被蚂蚁咬呀？……珍珍香香地睡着，但妈妈却始终心神不宁。

若只是这样，也就罢了，可她总是因为睡着了给妈妈带来更大麻烦、更大烦恼：

她坐在田埂上看水渠里几条小鱼在游，看着看着，瞌睡虫侵袭她来了，她身子开始摇晃、摇晃……忽然，一头栽倒在水渠里。随着“扑通”一声水响，传来珍珍惊恐的哭声。妈妈一惊，扔下工具就往水渠跑。妈妈把珍珍从水渠里捞了上来，然后紧紧地抱在怀里，不住地说着：“珍珍别怕呀！珍珍别怕呀！……”妈妈撩起清水给珍珍洗去脸上、手上的烂泥后，只好暂且丢下地里的活儿，抱着她往家走：全身衣服都湿了，得赶紧换下。

路上，妈妈不时地回头看一眼庄稼地：一地的活儿呢！

妈妈不禁狠狠地抱紧珍珍：我的小祖宗啊！

有一回，珍珍因睡在大树下着了凉，发了两天高烧，害得妈妈不得不整日整夜地守着她，而那时，平整好的水田，正等着妈妈插秧呢！

妈妈日夜惦记着的就是这世界上最好的庄稼。妈妈用手指戳着珍珍的鼻子：“妈妈真的不想要你了！”

可，珍珍死死地揪住了妈妈的衣角……

三

地里的活儿不忙时，比如麦子、稻子成熟之前，比如万物沉睡的冬季，妈妈还会到离家不远的地方去打工。妈妈对爸爸说，多少年后，她想在田家湾盖一座最好的房子，她想时不时地将外公外婆接过来住些日子。

但珍珍怎么可能让妈妈痛痛快快地出去打工呢？下地干活儿带上也就带上了，外出打工时总不能也带上吧？

眼见着珍珍一天一天地长大，却不见她有能离开妈妈的意思，丝毫也没有。

村里的孩子们，总是不肯受父母的管束，四处游荡，看到珍珍却总是跟在妈妈身后，就会停止玩耍，有节奏地叫喊着：

珍珍是条跟路狗，
妈妈走，她也走，
妈妈回头，她回头，
嗷！嗷！
狗狗狗，狗狗狗，
刮个鼻子，羞羞羞，
羞！羞！
羞羞羞！

珍珍扯了扯妈妈的衣角。

妈妈扭头看着她。

珍珍指了指又蹦又跳的孩子们："妈妈，他们羞我！"

妈妈说："知道羞呀？知道羞就别跟着我呀！"

珍珍松开了妈妈的衣角，站在那里，一副困惑的样子。

妈妈往前走去了。

珍珍扭头一看妈妈已经走出去很远，立即追赶了上去。

妈妈只能长长地叹息一声。

现在，妈妈有了一个很好的打工机会。距离田家湾七八里地的油麻地中学要利用暑期学生不在校的时间，翻修四十间校舍，工程队需要几十个杂工，而揽下杂活儿的是田家湾的乔三。妈妈肯吃苦，干活儿不惜力，田家湾尽人皆知。妈妈对乔三一说，乔三立即答应。只一件事让乔三有点儿担心："你走得开吗？你们家珍珍怎么办？"妈妈想了想说："会有办法的。"乔三说："那好吧。能挣不少钱呢！"

出发的头天晚上，妈妈和奶奶小声商量怎样才能躲过珍珍的眼睛，悄悄离开田家湾，奶奶说："躲好躲，躲过了，她会号呀！"

妈妈说："号就号吧，号也号不死！"

奶奶摇了摇头："我就怕她号呢！她号得你心发慌。那可怜劲儿，让人吃不消。"

"狠狠心。"

"我就怕狠不下心。"

"这份活儿是份好活儿。"妈妈说，"我舍不得丢了。"

奶奶说："那你就去吧，我哄她。她也该离得开你了，总不能到该找婆家了，还傍着你吧？"

妈妈笑了起来："世上少有。"

妈妈在珍珍面前装成若无其事的样子。可是她发现珍珍的眼睛深处闪动着疑惑。妈妈已试验过许多次了：只要她一有出门的心思，珍珍马上就会感觉到，结果是，几乎没有一次能够顺利摆脱掉她的。

上床睡觉之前，珍珍一直紧紧地跟在妈妈的身后，仿佛妈妈马上就要出门似的。

上床睡下之后，珍珍一直搂着妈妈的脖子，迟迟没有入睡。夜里，还惊醒了几回。醒来时，更紧地搂着妈妈的脖子，要过很长时间，双手才慢慢地松开。

天刚亮，妈妈开始小心翼翼地将压在珍珍脖子底下的胳膊抽出，小心翼翼地下了床。妈妈要趁珍珍还在熟睡的时候上路，去油麻地。

奶奶起得更早。今天，她要和妈妈密切配合，保证妈妈能够顺利上路。奶奶已做好一切准备，最糟糕的情形也都想到了。

妈妈很快完成了上路之前的一切事情，蹑手蹑脚地走到卧室门口，探头往床上看了看，见珍珍一动不动地睡着，对奶奶一笑，蹑手蹑脚地离开了。

妈妈立即上路。她回头看了一眼，见路上空无一人，心情从未有过的轻松——在此之前，她只要走在路上，后面必定有个小尾巴跟着。

可是，刚走了一里地，她就听到了珍珍的哭喊声，回头一看，只见珍珍只穿一件小裤衩，光着身子向她跑了过来。

妈妈决心不理珍珍，大步流星地往前走，但坚持没有多久，还是禁不住掉转身去，朝珍珍大步走来。

这回，妈妈真的生气了，很生气。

珍珍一见妈妈向她走来，扭头就往回跑。

妈妈不但没有站住，还向珍珍大步追来。

妈妈与珍珍之间的距离在不住地缩短。

珍珍听见了妈妈“吃通吃通”的脚步声，撒丫子往回跑着。

妈妈还是没有罢休。妈妈有着强烈的想狠狠揍一顿珍珍的欲望。

眼见着妈妈马上就要一把抓住珍珍，珍珍被一块凸起的土块绊了一下，摔倒了，未等妈妈反应过来，她就骨碌骨碌地滚到了河里。

妈妈大吃一惊，刚要准备下河去捞珍珍，只见珍珍已经从水里冒出，并双手死死抓住了一丛芦苇。妈妈熟知这里的河滩并不陡峭，较为平缓，断定她能自个儿爬上岸来，狠了狠心，丢下她，掉转头走她的路去了。

爬上岸的珍珍，并未因妈妈如此决绝的态度从而放弃跟路，依然不屈不挠地向妈妈追去。

妈妈坚持着，决不回头看她。

走了一阵，路过一片林子，妈妈禁不住从一棵大树的背后回头去看了一眼：珍珍像一只水淋淋、亮闪闪的兔子。

那一刻，妈妈的心软了。

奶奶抓着珍珍的衣服追赶了过来。

妈妈朝珍珍走来。

珍珍没有掉头逃跑，而是站在那儿，望着走过来的妈妈哭泣着。

奶奶已经跑到了珍珍身边，一边给她换去湿漉漉的小裤衩，一边心疼地说："你这个死丫头呀！"她看了一眼妈妈："我就去喂猪食这一会儿工夫，她下床跑了出来。也不知道，她怎么能跑这么快！也怪了，她怎么就知道你往北走呢？怎么就不往南追你呢？"

妈妈给珍珍撩了撩黏在额头上的头发，对她说："跟奶奶回去吧。"

珍珍摇了摇头。

奶奶拉了拉珍珍。

珍珍扭动着身子。

妈妈估计今天难以让珍珍妥协，叹息了一声，对奶奶说："要么，我今天还是带上她吧。"

奶奶对珍珍说："妈妈要干活儿，你不能碍手碍脚的。"

珍珍乖巧地点了点头。

奶奶轻轻拍了拍珍珍的后脑勺："我这辈子，就没有见过这种孩子！"

珍珍高高兴兴地跟在妈妈身后，一口气走了八里地，没吭一声。

“谁让你跟着的呢！”妈妈在心里说。

一天下来，快收工时，工程队的头儿问：“那个小女孩儿是谁家的？”

妈妈说：“是我的孩子。”

工程队的头儿说：“这工地上，是不能有孩子的。”

“我们家珍珍很听话的。”

“听话也不行，不耽误活儿是不可能的。”他对筋疲力尽的妈妈说，“今天，你陪她上了三趟厕所；她在那边树下睡着了，你至少跑过去看了她两回。还不包括你给她喝水、挠痒痒、脱衣服。我大概没有说错吧？还有，你看看，这工地上有推土机、搅拌机，到处都是危险，绝不是孩子能来的地方。”工程队的头儿看了一眼珍珍，“这小丫头，长得倒是很体面。”

第二天，妈妈没有再到油麻地中学的工地上打工。再说，路也稍微远了点儿……

四

秋天，稻子成熟了，铺天盖地的金黄，天空很干净，阳光也是金色的，天上地上，金色与金色辉映，整个世界都金光闪闪的。

珍珍家的庄稼是不是这个世界上最好的，难说，但一定是田家湾长得最好的。沉甸甸的稻穗，狗尾巴一般藏在稻叶里，一副不显山露水的样子。走过珍珍家稻田的人，看到这片稻子，都会禁不住停下脚步观看一番，然后在嘴里或是在心里说一句："这稻子长得——好！"

在远方打工的爸爸，每个月都会将一笔钱寄回家中。

在妈妈的心中，早有了一座房子——田家湾最漂亮的房子。

妈妈虽然黑了、瘦了，但妈妈总是唱着歌，声音不大，仿佛只是唱给小尾巴听的。

小尾巴听不懂，常问："妈妈，你唱的是什么呀？"

妈妈忙，没空搭理她，只是敷衍她一句："你长大了，就懂了。"

开镰收割，稻子捆成捆运回打谷场，脱粒，晒干，拿出一部分运到粮食加工厂去，将稻子变成银光闪闪的大米。

第一袋大米，送给了外婆家。

新米，很香。一碗新米粥，在村东头端着，香味儿能飘到村西头。

外婆很高兴，端着新米粥，在村里到处走。人们嗅着鼻子，最后把目光落在外婆手中的碗上。外婆笑了："新米粥，是闺女家长的稻子，第一袋新米先送给我们老两口儿了。听闺女说，她家今年的收成好得很。”外婆的眼睛眯成缝，脸上放着光。

妈妈留下足够的稻子之后，决定把剩余的稻子统统卖给粮食收购站。

粮食收购站在油麻地。

这一回，妈妈顺利地摆脱了珍珍。这一天，妈妈起得更早——天还黑着，妈妈就悄悄起床了。妈妈走的是水路。她撑了一只船，装了自家的稻子，从河上往油麻地去了。

卖粮食很麻烦，船上船下，跑来跑去的。遇到人多，要排队，还不知排到啥时候。说什么，也不能带上珍珍。

真的被妈妈估计到了：粮食收购站的码头上，停了无数只大大小小卖粮的船，上百号人在排队。看着长不见尾的队伍，妈妈想掉转头回去，可是转念一想，今天好不容易甩掉了珍珍，就坚持了下去。

卖完粮食拿到钱，已是下午四点多钟。

妈妈将钱数了又数，满脸的喜悦。她决定到镇上商店给珍珍和奶奶买件衣服。就在她准备往镇上商店走时，姑姑匆匆赶来了，一脸惊慌，满额头汗珠滴答滴答往下流，上气不接下气地问妈妈：“珍……珍珍……来……来了吗？”

妈妈一惊：“没有呀！”

姑姑说：“她……她人不知跑……跑到哪儿去了？”

“啥时候的事？”

“吃……吃完中午饭，她一上午，都……都在哭，一直哭……哭到中午，才总算不……不哭。奶奶以为，她……她总算过……过去了，就……就没有紧……紧看着她。一转眼的工夫，她……她人就不见了……”

“找了吗？”

“到处都找了。连她外婆那边都……都去过了……”姑姑快要哭起来了。

妈妈急了，竟毫无道理、没头没脑地在粮站周围找了起来。

早蒙了头的姑姑就跟着她。

妈妈又要往镇上跑，姑姑脑袋稍微清醒了一些：“嫂，看样子，她没有跑到油麻地。”

“没有准儿。”妈妈说，“我不管去哪儿，她好像都能知道。”

在油麻地镇上，妈妈和姑姑逢人就问：“见过一个小姑娘吗？六岁，大眼睛，双眼皮，长睫毛，缺了一颗牙……”她们还比画着珍珍的身高、脸形。

被问的人都摇摇头。

眼见着太阳一点儿一点儿地落下去，姑姑说：“我们还是赶紧回田家湾吧。说不定，那边已经找到她了呢？”

妈妈和姑姑轮流撑船，以最快的速度回到了田家湾。

船还没有靠岸，就有许多人站在了岸上。见船上只有妈妈和姑姑两人，一个个神情沉重起来。

“找到珍珍了吗？”妈妈的声音有点儿颤抖。

岸上的人都摇摇头。

船一靠岸，妈妈就跳上了岸，发疯似的往家跑。一路上，她不住地呼唤着：“珍珍！珍珍！……”

奶奶因为奔跑，加上极度的恐慌，已经瘫坐在院门口的地上。

很多人宽慰奶奶和妈妈，说不要着急，总能找到的。但人们在说这些宽慰的话时，显得很没有底气。他们已经四面八方地找过了，把估计珍珍可能会去的地方都找过了。这一带，到处是河流，每年都会有不少的孩子落水身亡。谈论孩子落水而亡的事，几乎成了家常便饭。珍珍不会游泳。人们的眼前总是平静而诡谲无情的河流。如果珍珍是往粮站方向去的，那么——有人在心里计算了一下，一共要走十一座大大小小的桥，其中还有一座独木桥，万一，掉下桥去呢？

天说晚就晚了。天一晚，人们的心情更加沉重、愁惨起来。

出去寻找的队伍一拨一拨地回来了，没有一拨带回好消息。

妈妈一直在哭泣，到了这会儿，声音已经嘶哑，渐渐变弱。好几个妇女一直抓住她的胳膊，尽说些安慰的话。

“也许，她走远了点儿，被别人家暂且收留了。”

这句话，也许是对妈妈最好的安慰了。

夜渐渐深了，人们一一散去，珍珍家，就剩下了珍珍一家人和一些亲戚。所有的人都没有吃饭，甚至没有喝一口水，天又凉了起来，一个个都累了，蜷着身子、东倒西歪、很不踏实地睡着了。

到了后半夜，歪倒在椅子上的妈妈忽地醒来了。她愣了一会儿，走出了家门，不一会儿就消失在了茫茫的黑夜里。

她沿着去往油麻地的路，深一脚浅一脚地走着，一边走，一边小声地呼唤着：“珍珍！珍珍！……”

其实，这条路，已经至少有三拨人找过了。

不知为什么，妈妈还是在心里认定：珍珍是往油麻地镇上去了，也许走在半路上迷了路。

离油麻地镇三里路，有一大片黑苍苍的芦苇，去油麻地镇的路，正是从这片芦苇中间穿过的。

一牙清瘦的月亮挂在西边的天空，清凉的夜风吹得芦苇“沙沙”作响。妈妈有点儿害怕，但妈妈没有犹豫，还是继续往前走着，呼唤着。

走到一半路时，妈妈隐隐约约地听到芦苇丛深处好像有个小孩儿在哭。声音很细弱，好像是一种在梦里发出的哭声。妈妈的左手，一下子捂在了心脏“怦怦”乱跳的胸前。她侧身静静地听着——

哭声却没有了。

妈妈朝着哭声传来的地方，提高声音叫着："珍——珍——！"

歇在芦苇丛里的小鸟，受了这声音的惊吓，扑棱棱地飞上了夜空。

"妈妈……"

声音很小，但很清晰。

"珍珍！珍珍！……"妈妈用了很长的时间，才止住了身体的颤抖，然后一头扑进芦苇丛，发疯似的向那个声音冲去，芦苇"哗啦哗啦"地响着。

"妈妈……"

是珍珍的哭声，真真切切。

"珍珍！……"妈妈的声音十分嘶哑，但却很大。

当妈妈在朦胧的月光下见到泪光闪闪的珍珍时，"扑通"在珍珍面前跪下了，双手将珍珍紧紧地搂抱在怀里。

抱着珍珍往田家湾走时，妈妈问："你怎么走到芦苇丛里去了呀？"

珍珍已说不清楚了。当时，她看到有一条斜路闪进了芦苇丛，犹豫了一会儿，便走到了这条斜路上。越走越深。她害怕了，想往回走，可是再一看，那条路不知在什么时候消失了。她在芦苇丛里迷路了。不知是从什么时候开始的，她又走到了离主路不远的地方，而就在这时，她听到了妈妈的呼唤声。

一路上，妈妈抱着显得有点儿呆头呆脑的珍珍，哭哭笑笑，不时地用被泪水打湿的面颊用力地去贴珍珍凉凉的脸庞……

五

经过这件事，珍珍忽然有了自己的世界。

妈妈再出门时，她就不再不屈不挠地跟在妈妈身后了。看到妈妈上路，她依然会用眼睛盯着。妈妈走了，她会显出犹豫不决的样子。一旦跟了上去，只要奶奶在后面喊一声："珍珍！"她就会慢慢停住脚步。奶奶说："珍珍回来吧！妈妈要做事情呢！回来吧！回来跟奶奶待一块儿。"珍珍看着妈妈——妈妈回头了，向她做出一个让她回去的动作或表情，珍珍就会走几步看一眼妈妈地走向奶奶。

妈妈渐渐走远，直至消失。

珍珍不一会儿就将妈妈忘了——不是完全地忘了，会玩着玩着，突然想起妈妈，于是朝妈妈走去的路上张望一会儿。但过不多久，她又会投入她的玩耍。

她竟然开始喜欢独自一人往田野上跑。

田家湾的田野有树、有花、有草，还有很多种昆虫和小动物。所有这一切，珍珍好像都很喜欢。珍珍也不管它们喜欢不喜欢听她说话、能不能听得懂她的话，总是不住地跟它们说话，一说就是很久。见一只青蛙，她会说；见一株向日葵，她会说……究竟说了些什么，大人听不懂，大人们也没有心思要去搞懂。

大人们在地里干活儿，她就在田野上独自玩耍，十分专注，并总是兴致勃勃，有时还会在开满野花的草地上又蹦又跳。

她能远远地离开妈妈的视线。

看着在远处疯跑、旁若无人的珍珍，妈妈会深深地叹一口气："孩子说大就大了。"

四月，玲玲从苏州城里回来了，而在南方打工的秀秀也恰巧回来了。两个人碰了面，一说话，就产生了一个共同的愿望：将从小一起玩到大，而如今都嫁了人的好姐妹们都叫回来，大伙儿聚一回吧！

除了玲玲和秀秀生活在远处，其他的五六个好姐妹，家都不远，或者在县城，或者在油麻地镇上。

妈妈得到玲玲和秀秀托人捎来的信儿时，正在庄稼地里施肥，心里好大的喜悦。

妈妈立即想象着见面的情景，想着想着，心里有点儿发虚了。她看了一眼庄稼地：她家的麦子长势旺盛，明显地要高出周围人家的麦子两寸。

妈妈叹息了一声："也不能把这片麦地带给人家看。怎么带呀？这是一块地。"妈妈觉得自己能产生这个念头很好笑，于是，就独自笑了起来。

"再说，人家也不一定稀罕看呢！"妈妈在田埂上坐下了，心里很泄气。

妈妈踌躇着，都有点儿不想去了。

远处，珍珍正沿着水渠追一条不住地往前游动的小蛇。一边追，一边不时地发出惊恐的叫声。

妈妈看着她，看着看着，笑着站了起来：我带珍珍回去！

妈妈生了一个漂亮的女儿，这谁都知道。在妈妈眼里，珍珍是这个世界上最漂亮的女孩儿：白嫩白嫩的脸，乌黑乌黑的头发，又大又亮的眼睛，笑起来却又眯成一道黑线，鼻梁高高的，小嘴四周整天荡漾着甜杏一般的笑容。无论是笑，是哭，还是说话，硬是让人疼爱。

有时，妈妈抱着珍珍，会做出要在珍珍脸上狠狠咬上一口的样子，弄得珍珍"咯咯咯"地笑。

妈妈不干活儿了，对珍珍喊道："珍珍，再玩一会儿就回家了！"

珍珍答应了一声。

妈妈去了油麻地镇，给珍珍买了新衣、新裤、新鞋、新袜，还买了一个漂亮的发卡。

妈妈要把珍珍打扮成一朵花，一朵鲜艳的花。

珍珍本来就是一朵花。

妈妈将新衣、新裤、新鞋、新袜给珍珍都穿上，再将发卡往她那头乌黑的头发上一别，整个世界变得亮亮堂堂。

“妈妈，要过年了吗？”珍珍问。

“胡说呢，离过年还远呢。”

珍珍不懂了：“那干吗穿新衣呢？”

妈妈说：“后天早上，妈妈要带你去外婆家。”

珍珍还是不太懂：去外婆家，为什么要穿新衣、新裤、新鞋、新袜呢？

妈妈怕珍珍把衣服弄脏，赶紧给她脱了下来，叠好，放在衣柜里。

可是，等到要去外婆家时，珍珍却说，她不想跟妈妈去外婆家了。问她为什么，她说：“昨天，我跟一只野兔说好了的，今天要给它送菜去。”她指了指地上的一只用柳条编成的篮子：那里面是十几棵青菜。

一旁的奶奶听明白了：“这死丫头，一大早就拿了篮子到菜园里去拔菜，原来是送给兔子吃的。”

妈妈说：“从外婆家回来再送吧？”

珍珍摇了摇头，向妈妈描述着这只兔子：“是只老兔子，都跑不动了……我昨天跟它说好了今天给它送菜的。”

奶奶说：“尽胡说呢！兔子哪儿会跟你说好了？早不知道跑哪儿去了！”

珍珍急得满脸通红："就是说好了的！"

这几天，她总能和一只灰黄色的、衰老得不成样子的老野兔见面。那野兔一点儿也不害怕她，只要她出现在田野上，就会不知道从什么地方钻出来，吃力地蹦跳着来到她脚下。

妈妈只好说："那你现在就去吧，妈妈在家等你。"

珍珍同意了。

妈妈在家等着，左等右等，眼见着要到中午了，也不见珍珍回来，只好拿了新衣、新裤、新鞋、新袜、发卡，到田野上呼唤珍珍。

珍珍从草丛里站了起来。

妈妈说："珍珍，我们该走了！"

可珍珍向妈妈坚决地摇了摇手。

妈妈只好走向珍珍。

珍珍一脸的担忧：不知为什么，直到现在，那只野兔也没出现。

妈妈对珍珍说："你把青菜放在田埂上就行了。说不定，过一会儿，它就来吃了。"

珍珍摇了摇头："我们说好了的。"

珍珍一直在想着昨天那个情景：当时，她正和那只野兔在谈话，一只个头儿特别大的黄鼠狼从一座土坟那边出现了，野兔一见，立即钻进了草丛里。

这一情景总在珍珍眼前晃动。

无论妈妈怎么劝说她，她就是不肯离开这儿。

妈妈生气了。

生气了也没有用。珍珍十分执拗地坚持着。闹到最后，妈妈愤怒地在珍珍的屁股上打了一巴掌。

珍珍哭了起来："我跟它说好了送青菜的……"

奶奶赶来了，劝走了妈妈："由她去吧。"

妈妈说："以为多大个事呢！就为了一只兔子！"妈妈看了看天上的太阳，把珍珍的新衣、新裤、新鞋、新袜、发卡统统交给奶奶，情绪一下子变得十分低沉："我该走了。"

四月，温暖的阳光照着到处绿油油的大地，妈妈一个人，只带着她的影子走向外婆家，觉得天很大，地很大，河很大，树很大，心空空的，一路上只有寂寞跟着……

第五只轮子

这是十一年前的情景——

秋天。青羊村，无论是平地还是山坡，都色彩斑斓。深黄，淡黄，淡淡的黄；深棕，浅棕，浅浅的棕；深红，浅红，浅浅的红……一道道，一抹抹，一块块，一团团，一点点。没有规则，却似乎又有规则，随意，却又像是精心的布置。但不管怎样，都只有一个词：自然。

青羊村的秋天，静得让人不敢大声说话。

却在这天下午的三点钟光景，这满地满谷满村满人心的静被打破了——

四五个警察，加上四五个身强力壮的山民，正在追一个人贩子。

那人贩子偷了一个不足一岁的男孩儿，不久被发现了。当警察和山民追过来时，他居然舍不得丢下怀里的男孩儿，拼命逃窜。追与被追，已不知持续多久了，等追到青羊村时，双方都已经筋疲力尽。

青羊村的村民们听到了吼叫声："站住！"

但那贼胆不小的人贩子居然还是没有被喝住，抱着孩子，穿过村后的一片高粱地，逃到了村后一座不高不矮的山上。

山上有山楂树、核桃树、海棠树、李子树、苹果树，满山都是树，人一跑进去，转眼就不见了。

人贩子的消失，丝毫没有影响警察和山民们追上孩子并抓获人贩子的决心。警察们一边追，一边号召青羊村的村民们加入他们的追拿行动。

秋天的天空下一片喧哗声，还有杂乱的脚步声。

数不清的人，一会儿在山坡上显现出来，一会儿又消失得无影无踪。只有此起彼伏的叫喊声一直在山坡上回荡。

终于有人再次看到了人贩子的身影：他往后山跑去了。

"那边！那边！"有人高声叫喊。

很多人看到了人贩子的身影。

人们继续追赶着，呐喊声渐渐远去。

过了两个多钟头，参与追赶的几个青羊村的村民，疲惫不堪地回到了青羊村。

"追到了吗？"

"没有。那人贩子脚底下可有功夫了，跑得比兔子还快。"

“就见远远地有他的身影，可怎么追也追不上。”

“那些人，那些警察，还在追。看样子，怕要一直追到天边了。”

青羊村的平地和山坡又安静了下来，就像一块大石头扔进平静的河水，激起水花和波纹，过了一会儿，那水又恢复了平静，好像什么事情也没有发生过。

人们虽然还在心里惦记着那件事，但该干什么干什么去了。

在山坡上放羊的村民吴贵，在人们追赶人贩子时，他正在一棵巨大的黑桃树下睡觉。他放羊时，身边都要带一瓶酒，一边放羊，一边喝酒。喝多了，迷糊了，就倒下来睡。那时，羊们也不远走，就在他身边吃草，或者干脆也都卧在地上休息。他一觉都要睡很久，常常要睡到太阳落山，山风已凉飕飕的。

吴贵今天醒来还算早，那太阳才刚刚碰到远处的山头。

他呼吸了几口山上特有的空气，又把浓浓的酒气吐向空中，伸了伸懒腰，一甩手中的鞭子，对他的羊们说：“回家了！”

羊们很听话，将脑袋都冲着山下，开始不急不忙地下山。

吴贵的一天马上就要过去。晚上如果再喝一顿，这一天就美好地结束了。他心情很好，缓缓地跟着他的羊，一路上哼着小曲。

不知为什么，本来一直前进的羊群突然停住了，并且一只只显出吃惊的样子，“咩咩”叫起来，甚至有掉头往回跑的。

“看见鬼了不成！”

吴贵用鞭杆拨开羊群，身子后倾，晃晃荡荡却速度很快地向前走去——孩子！

一个孩子在草丛中爬着。

吴贵就像看到了鬼，不由得倒退了几步。

孩子不爬了，抬起头来看着吴贵，还冲吴贵笑了笑，然后坐在了那里。

吴贵向四周寻找着，却不见一个人影。

吴贵从未见到过这个孩子，显然不是青羊村的。

“谁的孩子？”

吴贵大声地问着，向东问，向西问，向南问，向北问。

“谁把孩子扔在这山上了？”

他听见的，只是远远的山脚下，青羊村的狗叫。

他四处寻找着，只有满山的树和草。

那孩子也知道天晚了，坐在那里哭了起来，并且声音越哭越大。

吴贵心都乱了。他走过来抱起孩子。那孩子立即用双手抱住了他的脖子。

就这会儿工夫，太阳落尽了，天色很快暗下来。

吴贵必须要赶着羊群下山了。他抱着这个孩子，一边和他的羊群往山下走，一边还在不停地大声问着：“这是谁的孩子，谁把孩子扔在了山上？”

只有越来越大的山风呼呼响着。

“也不怕这孩子被狼吃掉，这山上是有狼的。”吴贵见过狼。

吴贵抱着孩子走进村巷时，村里人问他这孩子是哪里来的，他说是在山上捡到的。村民们一下子就明白了：那人贩子其实是扔下孩子之后跑掉的，山上树多草多，追赶的人竟然没有发现。

吴贵问村里人：“这可怎么办？”

“你捡到的，你就先养着吧。”

后来，一连几天过去了，也不见有人来寻找孩子。那些警察，那些山民是哪里的人，无人知道。他们的身影再也没出现，可能是从另外一条道上返回了。这孩子究竟是哪里的，没有一点儿线索。

“怎么办呢？”吴贵问村里人。

有人说：“吴贵呀，你就不觉得这是天意吗？你整天喝酒，喝得东倒西歪，分不清南北，不会有女人愿意做你老婆的。可你现在白得了一个孩子。是男娃对吗？吴贵，你这个喝不死的酒鬼，不费劲就有了一个儿子！”

吴贵觉得很幸福。他收下了这个孩子，取名磨子。

吴贵将羊奶挤到碗里，然后用勺舀，一勺勺地喂磨子。

磨子喝着这绝对新鲜的羊奶，一天一天地长大了。等他能跑能跳时，就不用吴贵用勺喂他羊奶了，而是自己端着碗喝。碗很大，有时两只小手捧不住，就会掉在地上。那羊奶突然就像一朵白色的花开放在地上。磨子摔了碗，洒了奶，却一点儿也不害怕，还朝吴贵笑。他知道，吴贵不会骂他，更不会打他。吴贵只是用鞭杆轻轻地敲敲他的脑袋："小子，这么白的奶，糟蹋了！"

两三岁之前，磨子基本上整天跟着吴贵。吴贵走到哪儿，他就跟到哪儿。吴贵每天都会喝醉。倒下时，磨子照样玩他的，但并不走远，就在距离吴贵十几米的范围里玩。有时也会走远，但一旦自己觉察到走远了，就惊着了一般，会立即跑回来。

长到四五岁时，磨子再也不满足跟着吴贵，早上一醒来，就往村里跑。

吴贵的屋子在村子后面，离村子有一小段路。因为他养着一群羊，羊的气味很臊，难闻得很，村里人很讨厌这种气味，吴贵只好带着他的羊，在距离村子有一段路的地方住着。

村里有很多大大小小的孩子。

磨子很想和他们玩，可是那些孩子总不愿意与他一起玩。在他们眼里，磨子好像不是他们村里的孩子。他身上总有一股羊臊味儿，十几米远就能闻到。闻到了，就会皱起鼻子，或者干脆当着磨子的面，用手捏着自己的鼻子，把厌恶直接而明了地写在脸上。还有，他们都知道他爸爸是个酒鬼。吴贵走过来了，他们不说“吴贵来了”，而说“酒鬼来了”。对于青羊村的孩子们而言，看到吴贵喝醉了倒在地上的情景，简直就是家常便饭。看他倒在路边或倒在随便一个什么地方，他们甚至没有半点儿惊讶，看也不看地就走开了。

村里的大人都用冷淡的目光看吴贵，而看磨子时，目光里也有点儿冷淡。

大人们的目光，孩子们都看到了。

他们总是做各种各样稀奇古怪的游戏，磨子很想参与，可是孩子们都没有让他参与的意思。磨子只好在一旁呆看着。此后的许多年里，磨子总是这样：一旁待着看。

孩子们玩得兴奋时，会又蹦又跳，还大呼小叫。

磨子有时也会跟在他们屁股后面，又蹦又跳，大呼小叫。

孩子们侧过脸来看他，觉得他很奇怪：你又没有参加我们的游戏！

像得到了统一命令似的，孩子们都不蹦不跳，不呼不叫了。可磨子却还在又蹦又跳，又呼又叫，仿佛就他一个人没有得到停止的命令。他终于觉察到孩子们已不蹦不跳，不喊不叫了，这才停下来——不是立即停下来，就像一团烧到最后的火，慢慢地熄灭。

孩子们“呼”地如旋风一般，又转到别处去玩了。

留下磨子独自一人站在那里。他用手不住地挠着腮帮子，看着孩子们蜂群一般远去。然后，他蹲在地上，看着搬家的蚂蚁们。小家伙们用嘴衔着什么白色的东西，匆匆忙忙地爬行着，很有趣。

远处，传来孩子们快乐的叫喊声。

没过一会儿，他又站起来，蹦跳着，喊叫着，追孩子们去了……

磨子在这个世界上，好像是多余的，处处。

即使孩子们不是存心不要他，也常常多出他一个。比如分拨打仗，一边十个人，两边二十个人。现在加上磨子，一共是二十一个人，磨子自然就是多余的那一个。

那次，村里用船送一群孩子去镇上看电影，孩子们争先恐后地往船上爬，驾船的大人一看船吃水的情况，说：“不能再上人了，上一个都不行。”而那时站在岸上的，还剩一个孩子——磨子。磨子要往船上爬，那大人大声地阻止着：“不行了不行了，只要再爬上来一个，船立马就要沉掉！”看那样子，这事是真的，不像是那个大人存心不让磨子上船。磨子只好站在码头上。船以一副很危险的样子，缓缓地走了。

磨子一人在岸上跑着。那大人心里有点儿过意不去，很想将船靠到岸上，让磨子上来，但看了看一船的孩子都紧张着脸，只好对磨子叫道："磨子，真的不能让你上来，水眼见着就要漫进船舱了。"

磨子上学了。

教室里放着二十张课桌。

两个人一张课桌。

谁和谁一张课桌呢？

老师采取了孩子们自己组合与老师分配相结合的方式。

最后发现全班有四十一个孩子。其中一个孩子没有课桌。

孩子们都坐定了，磨子却还站在那儿。

老师想让磨子与其中两个孩子挤一挤，但孩子们都不愿意。那课桌也确实太小了一点儿，三个人合用一张，不免有点儿紧张，没办法，老师领着磨子去找林校长。

学校是个穷学校，不能单为磨子专门去买一张或做一张课桌，但林校长是一个有办法的校长。他对磨子说："林校长给磨子单独做张桌子。"

林校长亲自动手，用砖头和水泥给磨子在教室的最后面砌了一张课桌。林校长为了让桌面光滑一些，抹上水泥之后，找来了几块碎碗片，像熨衣服一样，在没有干的水泥上非常细致地抹着。林校长一边抹，一边对磨子说："磨子呀，你的这张课桌，比他们的任何一张课桌都结实。"

教室的最后面，就一张课桌，是磨子的，并且由始至终都是磨子的。

夏天。

青羊村的孩子们终于又可以玩他们最喜欢玩的游戏——“鱼鹰抓鱼”了。

人分两拨，一拨为“鱼鹰”，一拨为“鱼”。鱼鹰若是抓不到鱼，角色就掉个个儿，鱼成了鱼鹰，而鱼鹰则成了被抓的鱼。

磨子很想参加，无论是让他当鱼鹰还是鱼，他都愿意。可是，孩子们依然没有这个意思。

公路边是一条河，水是从东边的山沟里流出来的，流到西边山沟里去了。流到青羊村时，水面变得开阔起来，水流也不再湍急。这是孩子们的河。尤其是在夏天，他们喜欢整天泡在河里，玩各种各样的与河水有关的游戏。即使不玩游戏，光在这清凉的水里泡着，也已经是一件很惬意的事情了。

玩鱼鹰抓鱼的游戏，很紧张，很刺激。鱼在哪儿，鱼鹰就追过去，或一只，或几只。那鱼有弱有强，弱的，三两下就被鱼鹰抓住了，强的，还会挑衅鱼鹰：“来呀！抓我呀！”鱼鹰猛地游过去时，鱼却不慌不忙地潜到水中。鱼鹰判断着鱼露出水面的地方，可是，十有八九，判断是不准确的。以为是在东面露头，赶紧游过去等着，但结果发现，鱼从西边露出了湿淋淋的脑袋。有时，既没有在东面露头，也没有在西边露头，那鱼则是潜入深水，根本没有往别处潜去，估摸着鱼鹰游远了，又从原地冒出来。也有不上当的鱼鹰，就在原处浮着，那鱼刚一露出水面，就被死死地揪住了脑袋。

这游戏玩起来，总是风云变幻，涛声四起。

磨子对野树说："带我一个吧。"

野树说："人够了。"

磨子对山田说："带我一个吧。"

山田说："不缺人。"

磨子说："你们都带瓦菊玩了，她可是一个女孩儿，就不能带我玩吗？我是男孩儿！"

野树想了想，说："你先帮我们看会儿衣服吧。"

山田说："过一会儿，看谁不玩了，就让你玩。"

磨子坐在一堆堆衣服旁看着。

河上，形势变化无常。不时地水花四溅，其情形比真鱼鹰逮着真鱼还让人热血沸腾。惊叫声，欢呼声，此起彼伏。有时，水面上一片安静，只有一对对敌对的目光互相对望。也有鱼和鱼鹰同时潜入水中的情形，那时，在岸上看着的人就只能在心里想象水下的情形了。

河里的孩子玩得痴迷，没有一个人再记得磨子还在帮他们看衣服。

磨子在岸上心急火燎地等了很久很久，也没有得到下河游戏的机会。他终于生气，站起身来走了。离开时，他还在一堆衣服上重重地踩了一脚。

现在，他很讨厌河里的欢叫声，头也不回地往本村后面走去。后面是他的家，还有山。

吴贵和羊群都不在家。

磨子就往山那边走。刚走了几步，就看到了吴贵。

吴贵又喝醉了，死人一般倒在杂草丛中。不远处，是一只歪倒在地上的酒瓶。

磨子在吴贵的身旁坐下。

羊们正在吃草，见了磨子，有几只羊“咩咩”地叫了起来。

一只小羊羔甩着短短的尾巴走过来，一直走到磨子的身旁，并把身子埋在了磨子的怀里。

磨子先用手给小羊羔梳理它的毛，过了一会儿，双手抱住羊羔的脖子，眼泪扑簌簌地掉在了羊羔的毛丛里。

河里的喧闹声随着从河边吹来的风，传到了磨子的耳朵里。

磨子轻轻推开了羊羔，扭头看了一眼露着肚脐眼儿的吴贵，起身回到家中，双手提了一桶凉水，摇摇晃晃地走了过来。

走到吴贵身边时，磨子把水桶放在地上歇了一会儿，然后用双手高高举起水桶，将桶里的水“哗啦啦”冲浇在吴贵的脸上……

来了一阵大风，把野树和山田的背心吹到了河里。

游戏正处在高潮，没有孩子注意到两件背心随水流漂向了远处。

游戏终于结束，野树和山田发现背心不见了，再找磨子，根本不见他人影，都很生气。后来，再见到磨子，理都不理他。

野树和山田还告诫其他大大小小的孩子："不要和他说话！"

有个五六岁的孩子问："为什么？"

野树说："你没有鼻子吗？闻不到他身上的羊屎蛋子味儿吗？"

山田补充说："他是个小酒鬼！"

那个五六岁的孩子不明白："磨子不喝酒。"

山田说："他爸是个老酒鬼！老酒鬼的儿子，就是小酒鬼！"

在野树和山田看来，让磨子给他们看衣服就已经很不错了，他居然还跑掉了！跑就跑呗，看谁以后还理你。

磨子很快就感觉到，青羊村的孩子们在一个早上都变成了瞎子和聋子。他明明就站在他们面前，可他们一个一个装着看不见。他叫他们，没有一个答应的。有几个孩子在玩玻璃球，一个玻璃球骨碌碌滚到了他的脚下，他连忙捡起来，讨好地送了过去，却被一个孩子一把将玻璃球夺了过去：“狗拿耗子！”然后把玻璃球放在鼻子底下闻了闻，鼻子上立即皱出好多道皱褶。然后把球放在地上，用鞋底在泥地上来回搓擦，仿佛那玻璃球沾满了肮脏的东西。

反抗的代价是：磨子从此只能更远地看着孩子们玩耍，他彻底成了一个人。

许多天过去了。这天，野树他们在村前的一块平地上玩“瞎子抓贼”的游戏，磨子就在远处看着。他虽然不能参加游戏，但却看得津津有味。

作为“瞎子”，一个孩子被一块布蒙住双眼；作为“贼”，其他孩子在不同的地方站住。瞎子摸索着过来时，贼不可移动脚步。如果哪一个贼被瞎子碰到了——哪怕碰到了一点点，他就要去做瞎子，而瞎子就揭掉蒙在眼睛上的布而成为贼。磨子在一旁，一会儿为瞎子着急：往左！往左！再往左一点儿就抓住贼啦！瞎子终于没有再往左一点儿，却摸索着往右去了。一会儿又为贼着急：身子使劲向右偏！使劲向右偏呀！他把两只拳头捏得紧紧的，甚至还往空中蹦跶了几下。

瓦菊跑了过来：“磨子，野树他们叫你！”

磨子十分疑惑地望着瓦菊：叫我？

“他们叫你过去玩‘瞎子抓贼’。”

磨子站着不动。

“不骗你！骗你，我就是小狗。”

磨子疑惑了一阵，立即向野树他们跑去。

见磨子一路跑来，野树向山田挤了挤眼睛，转过身去问磨子：“你愿意当‘瞎子’吗？”

磨子点点头。

野树从山田手上拿过一块已经脏兮兮的布，向磨子勾了勾手指，让他走过去。

磨子走到了野树面前，然后转过身去。

野树在用那块布给磨子蒙上眼睛之前，又诡异地向山田等几个孩子笑了笑。

磨子的双眼被布蒙住了，刚才还很明亮的世界，顿时变得一片黑暗。不知是因为突然地从光明跌入黑暗，还是因为野树把那块布扎得太紧，磨子有天旋地转的感觉。

游戏开始了。

磨子听到了一阵“吃通吃通”的脚步声，然后，很快就静了下来。

磨子猜测着：那些贼已经一个一个地站定了。

野树说：“我们都已经站好了！”

磨子伸开双臂向贼摸索过去。他摸呀摸呀，却怎么也摸不到一个贼。他只好不停地改变方向。

四周静悄悄的，没有一声人语。远处，不知是谁家的狗叫了两声。河里好像有鸭子游过，公鸭的叫声传进了磨子的耳朵。好像是来到了一棵大树下，因为，他听到了树叶在风中发出的“沙沙”声。他怕自己一头撞在树干上，便掉转头去。

他的双臂始终展开着，两只手始终张开着，像一只要飞未飞的鸟。

不一会儿，他就晕头转向了。他很想扒掉蒙在眼睛上的布看一看，但他不能。这是游戏。这是野树他们好心，才让他参加的游戏。他要做得很认真，并且要特别守规矩。

他走呀走呀，摸呀摸呀……

他在心里说着：“你们可不准耍赖皮挪动脚步！”

他不停地走呀走呀，摸呀摸呀，不知走了多久，摸了多久。四周只有空气，空气里没有贼，没有一个贼。

他心里疑惑着：这是怎么一回事？摸了这么久，总会摸着一个的呀！

他有点儿晕，并有点儿恶心。他的身体开始摇摆，并且越来越激烈。他的双脚不时地互相别着，几次要把自己别倒。他踉跄着，伸开的双臂开始发沉，已经不能再保持平衡，渐渐耷拉下来，像折断的翅膀。

他踉踉跄跄地走着。他甚至忘记了游戏，忘记了自己是在扮演一个抓贼的瞎子。蒙着双眼，往前走，好像是他一生的事情。

他突然摔倒了，并且身子控制不住地骨碌骨碌地滚动起来。他感觉到自己的身子好像滚动在一个斜坡上。也未等他明白为什么会这样，就听“扑通”一声，随即连呛了好几口水。他从水中拼命挣扎出来，用手使劲扯掉蒙在眼睛上的布，发现自己已滚到了河里。

他有点儿发蒙。

他吃力地爬上了岸，向前看去，眼前的平地上空空的，没有一个人影。

他看了很久。这世界上好像一个人也没有了，只有他一个人。他转过身去，湿漉漉地坐在河边，“呜呜呜”地哭了起来……

从此，磨子除了默不作声地坐在那张水泥课桌前上课，再也不想和青羊村的孩子们待在一起。他远离他们，并且不想再看到他们。他们的嬉闹，他们的欢呼再也不能让他的心涌起浪花。他对他们一点儿也不感兴趣，就像石头对风不感兴趣一样。

现在，他最喜欢去的地方是路边的一个露天汽车修理厂。

这条经过青羊村的公路，是一条比较繁忙的公路，白天黑夜，总有车辆驶过，没有人知道这些车从哪儿来，又驶向何方。几年前，一个外乡人在路边的一块荒地上开了一个露天汽车修理厂。这是一个中年人，会修理汽车，原先在另外的地方开过一家汽车修理厂，生意不好，就把修理厂开到了这儿。从这里往东五十里，往西五十里，都没有汽车修理厂。在这儿开了修理厂之后，黑天白夜的，总有生意。车总有坏的时候，而且常常是坏在半路上。

这个中年人不久便和青羊村的人混熟了，青羊村的人都叫他老高。

虽然叫修理厂，但除了老高，就是他的妻子，再也没有一个工人。活儿就这么多。

老高干活儿的时候，磨子就在一边看。这个外乡人和他的妻子并不讨厌磨子，他们甚至还有点儿喜欢磨子，因为他从不多嘴多事，他只是静静地看。

磨子一有空就往这儿跑，仿佛这儿是他的家。

他看着老高拆卸轮胎、修补轮胎、安装轮胎，一连串麻利的动作，很好看，很迷人。

发动机死了。

老高掀起盖子，拿一把改锥，这里捅捅，那里捅捅，过不一会儿，发动机“突突突”地轰鸣了一阵，又能转动了，很神奇。

有时，老高会把机器大卸八块，稀里哗啦地摆了一地。磨子看了很担心：还能装回去吗？等老高把它们一件一件地又组装好，机器“突突突”地轰鸣起来时，他会长长地舒一口气，然后咧嘴笑着。那时老高也会朝磨子笑笑，那笑里有几分得意。

开始时，磨子看老高修车，总保持着一定的距离。一天一天过去，距离越来越短，到了后来，老高掀起盖子，趴在那里看发动机时，磨子也趴在那里看，好像要与老高一起解决问题。而老高呢，一边修车，一边给磨子讲解着，仿佛新收了一个徒弟。老高还会使唤磨子："把那把扳子递给我。""去，给我到工具箱里找一把'十'字改锥。"

每天，天很黑了，磨子才回家。

这一天，对于磨子来说，是十分重要的一天。因为，从这一天开始，磨子找到了一种让他特别喜欢的游戏。这个游戏，只需他一个人，就可以玩得痛快淋漓。从此，他对这个游戏非常着迷，它使他忘记了一切。

这个游戏从此也成了青羊村的一道风景。

这一天，一辆中型卡车的轮胎坏了。这只轮胎是在离修理厂大约五公里的地方开始漏气的。司机坚持着，将车歪歪扭扭、摇摇晃晃、勉勉强强地开到了修理厂。

老高把这只轮子卸下之后，推到了不远处的敞棚下。一个多小时之后，老高把它修好了。打足了气之后，就将它推向那辆卡车。

富有弹性的轮子在老高一次一次的推动下，骨碌骨碌地滚动着。这一形象十分生动，磨子睁大了眼睛，禁不住走上前去。

老高从磨子的眼睛里看出了喜欢，示意磨子：你来吧！

磨子还疑惑着，老高却已不管那只轮子了。

轮子失去了推动力，滚动了一会儿，开始放慢速度，并开始摇摆。

磨子一见，立即冲上前去，用双手推了一把，那轮子得到了力量，又开始劲头儿十足地向前滚动。

磨子回头看了一眼老高。

老高向他示意：推吧推吧。

磨子紧跑几步，赶上了轮子。

他用双手不住地推着，越推越有感觉。

越推越快，轮子在那块平地转着圆圈。

不一会儿，磨子推得满头大汗。

老高叫道："小子，好啦！我们该把它装上去啦！人家还要赶路呢！"

磨子又推了一圈儿，才把轮子推到那辆卡车旁。

修理厂有的是废弃的轮子，有带毂的，有不带毂的，大大小小，到处乱放着。现在，磨子小部分时间看老高修车，大部分时间用在了玩耍轮子上。老高夫妇并不阻止，任由他去玩儿。老高的妻子曾对老高说："村里那帮孩子，好像都不愿跟他玩。"

磨子推动着轮子，轮子就转动着，那时，轮子就成了有生命的东西。磨子说不清楚是一种什么样的快乐，就是快乐，荡彻全身的快乐。轮子在前面滚动，他跟在后面，很像是一个孩子，在赶着一头牲口。可它不是牲口，是轮子，黑色的轮子。

推着推着，磨子忘了，那蹦蹦跳跳滚动着的只不过是一只轮子，他竟然把它当成了一辆车——他不是在滚动轮子，而是在开车呢！他不时会从嘴里发出汽车的喇叭声："嘀！嘀嘀！……"

越推越熟练，越推花样越多。可以是两只手推，也可以是一只手推，还可以抱着胳膊，用脚一下一下地蹬动那只轮子。

可以从轮子的后面推它，也可以站在它的侧面去推它。

玩累了，他就坐在躺倒的轮子上，或者躺在地上，将头舒舒服服地枕在轮子上。

一有了力气，他会马上起来继续他的玩耍。这是一种没完没了的玩耍，是一种兴趣永远不减——不仅不减，而且越来越上瘾地玩耍。他沉浸在、陶醉在与轮子的游戏之中，进入了他在青羊村生活得最快乐的时期。

玩着玩着，他不再满足在修理厂那块地上玩耍了。他要让轮子上路，去各种各样的地方。他应该带着它去各种各样的地方。如果能够周游世界，那就更好了。

老高夫妇由他去，反正都是一些没用的轮子。

他把轮子推到了公路上，推到了学校的操场上，推到了村巷里。

现在，轮到青羊村的孩子们看他玩耍了。

他知道他们在看他，但他装着他不知道他们在看他。

他一会儿跑动着，一会儿又摆出一副溜达的样子。他会做出不少奇怪的、惊险的、有趣的，或潇洒的动作。

有一个动作最牛气烘烘：他走在一个很大的轮子的侧面，两肩端着，胸脯挺着，两腿不住地交叉着往前走，不时地，很有节奏地用手推一下轮子。当轮子以均匀的速度向前滚动时，他可能暂时停住不走了，在那里站着：端着双肩，双臂互抱，两腿交叉，挺直的身子微微后倾。见轮子马上就要停下了，他会恰到好处地赶上去，及时地给轮子一个力量。

大孩子们，比如野树、山田、瓦菊，站在一旁，侧目看着。而小小孩儿就会跟着磨子和轮子往前跑。

有小孩儿情不自禁地要去推轮子，磨子就会立即将他们与轮子隔开。

到处转到了，他就开始推着轮子回修理厂。

后面跟了不少孩子。

到了修理厂，他会突然发力，给轮子最后一个力量，只见轮子飞快地向前滚动——最后倒下的地方，正是磨子希望它倒下的地方。

紧接着，磨子一个转身，面对着孩子们，用他的神情告诉孩子们：这是修理厂，可不是你们玩耍的地方，去吧，到别的地方玩去吧！

孩子们看了看那些轮子，然后一个一个地走开了……

老高还允许磨子随便将哪一只轮子推回家去。

这些轮子，有时躺在修理厂的地上，有时则躺在磨子家的院子里。

磨子只要想玩轮子，随时都可以。

他不仅白天玩轮子，晚上也玩，并且好像更喜欢在夜晚玩，在有月光的夜晚玩。那时，道路隐隐约约，轮子也隐隐约约，很神秘。有时，都已深夜，他还在玩轮子。这种时候，他十有八九都是在村子里玩。他从孩子们夜晚捉迷藏开始玩起，一直玩到孩子们被大人一个个唤回家中，还不回去。

那时，他的身体其实已经很疲倦了，但他的兴致依然很高。

轮子骨碌骨碌地滚动在村巷里，地在震动，屋里的人听来，简直隆隆作响。轮子从南滚到北，再从北滚到南。月光洒在村巷里，他和轮子投照在地上的黑影，在不住地移动——更像是飘动。

整个村庄终于彻底睡去，他还要在村巷里推一会儿。在离开村子之前，他一定会有一个短时间的疯狂：他把轮子推得飞转，并把自己跑动的脚步声搞得很大，仿佛有战鼓响彻于村巷。

然后，他顶着一轮明月，迷迷瞪瞪地推着轮子，推出村庄，往村子后面的家推去。

那时，羊群都在安睡中。吴贵在他的酒乡里做着糊糊涂涂的梦，这些梦在他醒来后，就再也记不得了……

深秋，各种各样的叶子都落了，鸡呀，鸭呀，也都掉毛了。一夜秋风吹过，芦花也已飘尽，剩下光秃秃的秆。世界疏朗了，透光了，看得远了，看得清了，总在枝叶间欢唱的鸟，现在只能羞答答地暴露在人们的眼前欢唱了。

变得清瘦的磨子，这一天，居然推着一只巨大的轮子上山了。

青羊村的人，一辈子也没看过这样一个情景，也许全世界的人都没有看到过这样一个情景。

几乎全体青羊村的人——当然包括野树、山田他们，都在向山上望着。

青羊村的狗们和羊们、牛们也都在看。

巨大的轮子就在他的前面。

他用双手推着，胳膊绷得笔直。他的身体向前倾着，仿佛要用肩去顶沉重的轮子。

轮子的转动非常缓慢，转一圈儿，仿佛要用几年的时间。

有时，人们觉得那轮子是停在那儿的。也许，那一刻它确实是停在那儿的。

但，人们还是看到，轮子在不断地滚向山顶。

当磨子那样吃力但决不罢休地将轮子向山顶推去时，在山下看着的人心里着急，会情不自禁地也伸出双臂，将身子向前倾去，做出推动轮子的样子。

轮子终于滚到了山顶。

磨子用手扶着那只巨大的轮子，站在它的身旁。

那时，是下午五点钟的光景，太阳已经低垂到山的那边，万丈光芒从深处射到了山顶上时，磨子和轮子成了黑色的影子，并且影子被大大地拉长了。

无数的目光在向山顶仰望。

到此，游戏并没有结束。大约过了半个钟头，人们看到，磨子走到了轮子的那一边，将脸冲着青羊村，突然猛一推，只见轮子快速从山头滚向了山坡。随即，磨子也跟着冲了下来。

轮子的滚动越来越快，并不时地弹跳到空中。

磨子紧紧地追赶着，最后跌倒了，但，他并没有爬起，而是顺势与他的轮子一起往下滚动着……

这是三天以后的事情——

一辆破旧的中型面包车，歪斜着开到了汽车修理厂。

车上是一些孩子，还有几位老师。

车门打开后，第一个走下车的是林校长。他大声问道：“老高在吗？”

老高的妻子走了出来：“老高进城了。”

“他啥时回来？”

“他去城里买零件，要买不少零件，要到明天才能回来。”

“这可完蛋了！”林校长说着，跺了跺脚。

“校长，咋啦？”老高的妻子问。

“这是跟乡里借的一辆破车，你看呀，左前轮没有气了！刚刚开出去不久，就发现了，这不，又开回来了，想请老高整一整，可他人……这可如何是好呀！”

“有急事呀？”

林校长懒得回答。他朝车里喊道：“还一个个坐在里面干什么？车又开不了！”

老师和孩子们都下了车。

这是学校文艺宣传队的孩子们。

不久前，由林校长导演的一出小戏去参加乡里的比赛，得了奖，选拔到县里去比赛，又得了奖。今晚上，得了奖的剧目要在城里剧场公开演出。

现在，一只轮子瘪了，去不了了。

有老师去路上拦车，那些车连停一下都不停，“嗖嗖”地开了过去。

林校长问老高的妻子：“你会修吗？”

老高的妻子说：“我哪里会修呀！”一副焦急的样子。

这时，公路上，磨子推着一只卡车的轮子，骨碌骨碌、呼啦啦一路玩过来了。

他马上看到了那辆面包车歪斜在那里，蹲下来看了看，不知为什么转身跑了。

他没有推走那只轮子。

几乎没有人注意到他。

看着磨子的背影，林校长想起了一张面孔——一张贴在活动室后玻璃窗上的面孔。

林校长领着孩子们在活动室排练节目时，磨子的面孔常常出现在后玻璃窗的背后，出神地朝里面看着。活动室的后面是阴森森的竹林，没有孩子会去那儿。

没有过多久，磨子却又回来了，还是推着轮子——另一只轮子。

依然没有人太注意他，因为，他总是推着轮子。

磨子一直将这只轮子推到修理厂，然后就在修理厂的那块空地，围绕着那辆无法动弹的面包车，一圈儿又一圈儿地转动着，有时慢，有时快，后来越推越快，看得老师和孩子们眼晕。

老高的妻子叫道：“磨子，你发什么疯呢？”

开车的是学校的丁老师。他看着看着，忽然激动地叫起来：“磨子！”

磨子没有应答，依然玩那只轮子。

丁老师指着磨子推着的轮子，兴奋得结结巴巴地对林校长说："磨……磨子，推……推的那只轮……子，与我们这辆车的轮……轮子，是……一……一个型号……"

磨子滚动的圈儿越来越大了。

林校长看着磨子推动的那只轮子，叫道："磨子！"

磨子慢慢让轮子停下了。

"你推着那只轮子过来。"林校长说。

磨子没有过来。

丁老师见磨子不过来，就向磨子小跑过去。

磨子一见，却推起那只轮子，飞快地离开修理厂的空地，朝公路上滚过去。

"磨子！"林校长叫了一声，声音充满威严。

磨子双手一按那只轮子，在修理厂通往公路的道上停住了。

林校长把丁老师叫回头，看了看手表，对老师和孩子们说："时间还很富余，你们且在这里耐心等着。"说完，走向磨子。

林校长没有立即让磨子推着那只轮子回到修理厂，而是和磨子一起，一边走，一边轻推着那只轮子，往河边去了。没过一会儿，他们和那只轮子，一起消失在了一片林子里。

不知过了多久,他们才又一起推着轮子出现在众人面前。

路上，磨子一直在抽泣，不时地用手背擦着漾出眼眶的眼泪。显然，这已经是被控制了的哭泣，在此之前，他在林校长面前一定有过大声的哭泣。

林校长不时地拍一拍磨子的头。

来到那辆面包车跟前时，磨子已经不哭了，但潮湿的泪痕依然还在鼻梁的两侧闪着亮光。

磨子把那只轮子推倒在坏了的车轮旁。

丁老师一脸欣喜：“正是同一型号。”

半个月前，一辆中型面包车与一辆卡车相撞之后，踉踉跄跄地开到修理厂大修，临走时，把一只备用的轮子遗落在了修理厂。老高对磨子说：“这只轮子，不大不小，你要是玩，它最合适。”从那一天起，这只轮子，就成了磨子玩耍的许多轮子中的一只。

磨子轻车熟路地，很快拿来了千斤顶和一把弯形扳手，交给了丁老师。

丁老师懂得一点儿修车的知识。他在车盘下找到了放置千斤顶的位置，然后将千斤顶放到下面，不断地加压，车慢慢被顶了起来。

车轮离地后，丁老师开始用那把弯形扳手卸轮子，可是怎么使劲也拧不动螺母。

看的人都很焦急。

这时，磨子走上前来，推开了丁老师，高高地抬起右脚，突然猛劲地蹬向扳子的弯把，只一下，螺母拧动了。

那个动作非常熟练、老到，目睹了这一瞬的人，都十分惊讶。

轮子换好了。

林校长对孩子们说："大家一起说一声：谢谢磨子。"

"谢谢磨子！"

野树和山田都在文艺宣传队。

林校长说："野树、山田，难道你们不应当对磨子再说一声谢谢吗？"

野树和山田满脸通红地说："谢谢磨子！"

车马上就要开动时，本已上了车的林校长又从车上走下，走到磨子面前，把手放在他的肩上说："我们刚才在河边说好了的，还要排一出小戏，也让你演一个角色。林校长知道磨子喜欢演戏。"

眼泪一下汪满了磨子的眼睛。

车越开越远。

磨子蒙蒙眬眬地望着远去的车子，泪水沿着刚刚被风吹干的泪痕，向嘴角流去……

六十六道弯

这个山村叫枫林口。

大大小小，一群孩子里头，有三个读小学的孩子，整天玩在一起，是形影不离的好朋友。他们的名字分别是：王树魁、金小尊、柳芽子。

这天，他们在村头玩一种叫“一睁眼就死定了”的游戏，那游戏虽然很土很土，但似乎并没有影响他们的兴致。三人正玩得起劲，一辆中型轿车从城里方向开过来，在村前的公路边停住了。

原先，这条公路很繁忙，但几年前却废弃了。一条更宽并且距离大大缩短了的新公路取代了它。但这条废弃了的公路，曾是一条质量很高的公路，即使现在还很光滑，几乎没有一点儿破损。只不过不再车来车去，但还会有一些牛车、马车、手扶拖拉机在上面开过，偶尔也会有一两辆汽车驶过。

车门打开，下来十几个城里的孩子，看上去与王树魁他们年纪差不多。

他们穿着一身紧身的运动衣，头戴五颜六色的安全帽，每人都有一块滑板，或抓在手上，或抱在怀里，或夹在腋下。

过了一会儿，那辆车又继续往前开去了。

不一会儿工夫，枫林口的孩子们都围了过来，甚至还过来了许多大人。这是枫林口的大人小孩儿从未见到过的情景。

有一个长得黑黑的年轻男老师，也穿一身紧身运动衣，头戴一顶安全帽。他把一块更大的滑板放在路面上，然后用右脚踩着。

在他和那群孩子的对话与呼唤声中，枫林口的孩子们知道了这个老师姓马——马老师。

马老师大声地对那群孩子说："从这里向前五十多公里，到一个叫海棠峪的地方，全程始终是在下坡状态。前些天，我、刘老师，还有米老师，前后驾车沿路考察了四次，觉得这条路简直是举世无双的进行滑板练习和比赛的场地——绝佳场地。这是一条废弃了的公路，仿佛当初，并不是要把它做成一条路，就是为了日后做一条滑板跑道。在上面滑起来，非常过瘾，痛快。为什么？一是，这路一直在下坡；二是，我们仔细数了一下，这五十多公里的路程，一共有六十六道弯。你们一个个去想象一下，当滑板飞行在弯道上时，是一种什么样的感觉！还有，也许是最重要的一点，这条路——我们从现在起，干脆直接称它为跑道好了，它的两侧，并无悬崖与峡谷，不是森林就是平缓的坡地。当然，你们一个个还是要特别注意安全的！万万不可掉以轻心、得意忘形……”

马老师又说了一通滑行要领与注意事项之后说：“刚才刘老师他们开车直接去了海棠峪，他们在那儿等着你们冲击终点线，给你们掐表计算成绩。好，仔细准备一下吧。”他看了一下手表：“一刻钟以后，冲击终点线，这是我和刘老师他们约定的时间，枪声一响，看谁第一个滑出去。”

那帮城里孩子，并没有去做什么准备，因为都已准备好了。在无数乡下孩子与大人的目光下，他们站在人群中间，仿佛是一些高贵的展品在展览，在接受观赏。城里孩子长得白，腿长，浑身上下都显得干干净净。他们的出现，仿佛满河的鸭子正游着，忽然游来一群没有一丝杂色的白鸭子。他们就是那群白鸭子，与周围这个世界分得清清楚楚的一群白鸭子。他们聚拢在一起，显然，他们都清楚自己是谁。他们目光明亮，微微仰头，目光向上看，透着自信、自得，还有一丝淡漠。

“各就各位！”马老师叫了一声。

城里的孩子，以非常迅捷的速度“一”字排开，一脚站在地上，一脚放在滑板上，抬起头，身体前倾。

一片寂静，只有风从树梢走过时的“沙沙”声和不远处的小溪流淌的水流声。

突然，一声枪响。

还未等枫林口的大人孩子反应过来，那些城里孩子就蹬着滑板迅疾地滑了出去。这里的坡度较大，那些小小的滑行者，身上的衣服被气流吹得颤颤抖抖，全都展开双臂以保持平衡，那样子，让几乎所有枫林口的孩子都想到了在天空滑翔的鹰：双翅展开，羽毛在气流中不住地颤动。前面就是一个弯道，当他们一个个侧身拐弯时，更像是滑翔的鹰。

已是深秋，满眼红透的枫叶。

当滑行者驶过那个弧度很大的弯道时，恰赶上一阵较大的秋风，就见枫叶从高处纷纷向弯道上空坠落，一时间，那些鹰是在枫叶的红雨中飞行了。

这情景只停留了片刻，就消失了——他们滑过弯道后被林子挡住了。

能看到的，只是开始稀落的枫叶。

王树魁、金小尊、柳芽子一直在最高处的一棵巨大的枫树下看着。眼睛里满是神往和痴迷。滑行者们明明已经消失，他们却依然凝神远眺，仿佛那些鹰一直在他们的视野里悠然滑翔。

那一刻，永远地烙在了他们的灵魂里。

不知何时，大人和小孩儿都已散去，只有秋风走过林子和田野的声音，在安静地响着。

他们三人再也无心去玩还没有玩完的游戏。那游戏简直无聊透顶。

他们，几乎是在同时，身子顺着那棵枫树的树干滑溜下去，双腿伸直，上身靠着树干，软绵绵地坐在树下。

远处，苍蓝的天空下，有两只鹰相隔遥远，寂寞地在云下翱翔。

他们在这棵枫树下一直坐到天黑，分手时，各自伸出右手，叠在一起，发誓：我们一定要买一块滑板！

他们不再玩耍，而把所有的空闲时间都用在了攒钱上。他们不仅要买一块滑板，还要买一块稍微像样一点儿的滑板——像城里那些孩子玩的滑板。

星期天，他们一起去山上捡榛子。早晨上山，中午都不回家吃饭，随便捡些野果充饥，天黑了才回家。

没过几天，他们就捡了一百多斤榛子，然后一起去集市，将它卖了。

这是他们的第一笔钱，虽然距离购买滑板的钱数还很遥远，但他们有了希望。他们相信，他们是可以攒足这笔钱的。

这天傍晚，他们各自背着装满榛子的口袋下山时，柳芽子因天色暗淡，脚踩空摔倒了，骨碌碌从山坡上滚了下去。口袋被荆棘钩破，榛子撒了一路，胳膊被一块石头锋利的一角划破了，血流了一胳膊，痛得满额头冷汗，终于忍不住，哭了起来。

王树魁、金小尊急忙赶过来。

王树魁撕掉自己一只袖子，赶紧将柳芽子的伤口包扎起来。

柳芽子还在哭。

金小尊说："等买了滑板，先给你玩。"

柳芽子哭着点点头。

天已黑下来，三个人手拉手，摸索着下了山。一路上，都在胡吼乱叫地唱着一辈一辈传下来的歌。这些歌在王树魁、金小尊、柳芽子看来，很古怪，但却十分有趣——

大麦秸，小麦秸，
那里住个花姐姐。
十几咧？
十五咧，再过两年该嫁咧。
妈呀妈呀陪我啥？
大铜盆，小铜盆，
陪我姑娘出了门。
爹呀爹呀陪我啥？
叫木匠打柜箱，
叫裁缝做衣裳。

哥呀哥呀陪我啥?

金镯子，翠坠子，

尽心尽力陪妹子。

嫂呀嫂呀陪我啥?

破盆子，烂罐子，

打发丫头嫁汉子，

前门顶，后门闩，

永不让死丫头进我家……

他们唱得十分快活。

他们说不明白，为什么会那样迷恋上他们甚至连碰都没有碰过的滑板。

走到那条公路上时，他们停了下来，往下面的路看了看。那时月亮初上，清澈的月光洒在柏油路面上，那路像一条正向下流淌着的弯弯的河。

他们要乘滑板去远行……

他们决定打鱼。

村后有条长长的溪，或窄或宽，水流或急或缓，不知从哪里流来，也不知流到哪里去。

拿了网，拿了鱼篓，三个人来到溪边。小鱼网网有，但大鱼却总打不到一条。小鱼不值钱，只有打到大鱼，才能卖个大价钱。

大鱼在哪里呢?

三对眼睛盯着溪水看，水有深有浅，浅的地方，那鱼清清楚楚，连透明的尾巴都清清楚楚，但都是一些小鱼。深的地方才可能有大一点儿的鱼，但深的地方看不清楚。

只有撒网，让网告诉他们。

不撒浅水，专门撒深水。

一网又一网。

网在空中张开时，经阳光一照，银色的，很好看。

三个人很喜欢看，但，三个人更喜欢看的是大鱼。

十网二十网，也没能打到一条大鱼。

三个人不服气，样子很凶，还在嘴里骂骂咧咧。一网一网地撒，渐渐地，离村子越来越远了。

临近中午时，奇迹终于发生!

网还没有被拉出水面，就看见水中翻腾起汹涌的浪花，网绳紧绷绷的，不住地颤抖。他们一起拉着网，分明觉得，那网中有一个力大无比的生命被网住了，正在竭力挣扎。

三个人兴奋得简直想咬自己一口。

鱼在网中拼命挣扎，网里仿佛有一只大车轱辘在滚动——来回有力地滚动。

网终于出水了，一片耀眼的银色在网中闪烁着。网子被搅成一团，一会儿低落下去，一会儿鼓胀起来。

好大的一条鱼，大得出乎他们的意料。

大鱼还没有完全拉到岸上时，他们三个人就情不自禁地扔下网绳，扑向了渔网，而就在这一刹那，那大鱼一个蹦跶，又将网拖回水中，并终于撞开一个豁口逃跑了。

逃脱了的大鱼没有钻进深水处，而是箭一般顺着小溪向东逃窜而去。

三个孩子立即追赶过去。

向前看去，前面的小溪水虽然有深有浅，但基本上无大鱼藏身之处。

大鱼足有三尺长，它向前穿行时，水面像一块绸子，被一把巨大的剪刀，以超乎想象的速度在剪开。它的身后，是一道长长的伤口——一时不能愈合的伤口。

他们拼命地跟随在它的后面，三双脚踩起的水花，在空中碎成无数的水珠。水珠在阳光下散开，坠落，五光十色。

他们曾在学校的操场上一起看过一部海战的电影。那疯狂逃窜的大鱼，使他们想起了从一艘舰船上发射出的在水上“嗖嗖”穿行的鱼雷。

他们一次又一次地跌倒，浑身上下早已湿淋淋的。体力在迅速被消耗，而那条鱼似乎还在以最初的速度向前逃窜。他们与鱼之间的距离在不住地拉长。那大鱼身后的水缝越来越细。然而，那条大鱼却还没有露出停止逃窜的迹象，仿佛要一直游到太阳升起的地方。

他们一个个先后跌倒在水中。他们挣扎着爬了起来。他们没有向前跑，已没有力气跑了。但他们不想放弃那条大鱼，手拉着手，眼睛盯着前方，向前走去。

他们显示出来的是同样的决心：一直走到太阳升起的地方！

不知是因为终于耗尽了全力，还是因为觉得已经逃出灾难性的追捕，大鱼终于在一片水草丛里停止了逃窜。

大鱼仿佛突然消失了，这使三个孩子感到无比失望，但却同时激起他们的活力。他们松开手，像三匹小马，朝大鱼消失的地方冲去——不是冲去，是冲刺。

气息奄奄的大鱼，听到了动静，又开始了逃窜。

三个孩子猛扑过去。

小溪忽然变宽，水一下浅了许多，大鱼一下处在了半搁浅的状态。

三个孩子大声喊叫着，最后一个冲刺完成后，一齐扑到了大鱼的身上。

他们一直趴在水中，直到身体下的大鱼不再动弹。

当他们把这条沉重的大鱼抱上岸时，他们已经没有力气往回走了，只好躺在岸上层层叠叠、厚实而柔软的落叶上。

鱼躺着，他们也躺着，后来都在流水声中睡着了……

王树魁拿出了本来要买一双旅游鞋的钱。金小尊拿出了本来要买一条运动裤的钱。柳芽子呢？卖掉了他心爱的两对鸽子。

现在，他们共同拥有五百五十元钱。

他们可以进城买滑板去了。

一个晴朗的星期六，他们来到了城里。这是一座不大不小的城市。他们像三条鱼游进了一条陌生的大河，有点儿兴奋，又有点儿惶恐和不适。这是一座十分喧闹的城市。司机有事无事，都喜欢按喇叭，而那些骑自行车的人，仿佛感到十分寂寞，总是不住地按铃。骑自行车的又特别多，满街“叮铃铃”的声音。街上做买卖的，用一些很奇怪的腔调在不住地吆喝，非常投入，非常卖力。

长久生活在安静山村里的三个孩子，在这一片声音中，显出没有主张的样子。他们生硬而紧张地躲避着行人和车辆，即使这样，还是不停地撞到人身上。被撞到的，或是瞪一眼，或是说：“小家伙，长眼睛了吗？”

他们用了一两个小时的时间，才差不多适应这座城市。又过了一阵，这才放松，并且开始变得自由自在起来。他们这里看看，那里看看，并不着急要去完成他们的事情，反正买滑板的钱都准备好了，剩下的问题就是选上一块。

比起王树魁和柳芽子来，金小尊玩得有点儿放不开。因为，买滑板的钱全都在他衣服里面的口袋里放着呢。

又逛了一阵，他们决定不再逛了。赶紧去买滑板，买了滑板就回家，好几十里路呢。他们向路人打听到了一家卖滑板的店后，就按人家指引的方向走去。

三人正走着，就见路边有一大群人，里三层外三层地围成一圈儿，最里面，好像有什么特别的风景，在外面怎么看也看不清楚。

充满好奇的三个孩子停住了脚步，他们想钻到里面看个究竟。

那个人群的中心好像很小，但引力极大。它将那么多人牢牢地吸引住，那人墙密不透风，仿佛被用力夯实过，炮弹都不能打穿的样子。

这就越发刺激了这三个孩子的好奇心。他们又暂且忘记了滑板，而只剩下一个念头：钻进去！钻进去！

他们像三只要进入鸡舍的狐狸，在人群外面寻找着可以钻入的缝隙。或许是因为他们机灵，或许是因为那人墙的紧密和牢固程度并没有想象中的那么厉害，不知是在什么时候，他们分别从不同的地方，都钻了进去，并且还钻到了最里面。

现在终于看清楚里面的风景了：一个留着短胡须的小伙子蹲着，在他面前的地上，放了一只反扣着的碟子，碟子的旁边散落着一些葵花子；最里面的一圈儿，那些人也都蹲着，一个个手里紧紧地攥着一把钱，神色紧张、不安而又焦渴地在等待着那小伙子的什么动作。

小伙子看了看这些攥着钱的人，一手掀起碟子，一手从地上捡起两颗葵花子，说了一声："诸位一个个都看清楚了！"随即，在众目睽睽之下，他把那两颗葵花子扔到了碟子下，并迅捷将碟子扣在了上面。

那些手中攥着钱的人，纷纷将钱放在了自己的面前，就听见他们在说："有！""有！"……也有说"没有"的。

三个孩子都跟着喊："有！""有！"

他们清清楚楚地看到了两颗葵花子被那小伙子扣在了碟子底下。

那小伙子并不着急揭开碟子："我再问一遍：你们一个个都认定了没有？"

"有！""有！""有！"……

小伙子指着那些押钱的人一一落实着："有！有！没有！有！……"落实完毕，他依然没有立即掀起碟子，而是先把喊"有"的那几个人面前的钱一一收入他的口袋，这才掀起碟子。

人群发出一片惊讶之声。

三个孩子立即傻掉了：那碟子底下空空的。

后来，他们就见大大小小、花花绿绿的钱，在小伙子与那些押钱人之间来来去去的。一忽儿赢了，一忽儿输了，看得人心惊肉跳。明明看见葵花子扔到了碟子底下，掀起碟子，却没有，而明明没有见到有葵花子飞到碟子底下，掀起碟子，却有。几次之后，三个孩子从心里反着来了，明明看见有葵花子飞到碟子底下，却说“没有”，可这一回碟子揭起来时，碟子底下却分明躺着那两颗葵花子。

情形永远与他们的判断相反。

他们终于从人群中挤了出来之后，一路还在琢磨着那人墙里面的情景，百思不解：“明明看见他把葵花子扔到了碟子底下的，可掀起碟子来一看，愣是没有葵花子——葵花子哪里去了呢？”

他们说出了无数的猜想，但最终也没有一个肯定的答案。

他们来到一家滑板专卖店。

很大的一个店，五颜六色、长长短短的滑板看得人眼花缭乱。也有便宜的，不到一百块就能买一块，而贵的呢？三个孩子看了价格之后就只有吐舌头的份了：好几千元呢！

他们只能买一块五百元左右的滑板。

经过仔细挑选，三个人决定买下那块蓝色的滑板。那滑板看上去很灵巧，两头翘翘的，像一条瘦长的小船。那深蓝色也很好看，像傍晚天空的颜色。价格是五百一十元。

他们算了一下，进城的时候，路费花了十五元，回家还得十五元，总得吃点儿东西，剩下的十元钱可以买点儿面包和水。

“肯定买这一块滑板吗？”金小尊一边问王树魁和柳芽

子，一边将手伸向怀里。

“就是它啦！”王树魁和柳芽子肯定地说。

他们回答金小尊时，只见金小尊刹那间脸色变得十分苍白。

金小尊的手在怀里不住地、极其慌乱地掏着。

“怎么啦？怎么啦？”王树魁和柳芽子问道。

“钱……钱没有了……”金小尊哭丧着脸说。

王树魁和柳芽子一听，两人同时把手伸进金小尊怀里：那里面的口袋空空的。

“是放在这……这个口袋里的吗？”王树魁问。

“是，是放在里面的口袋里的。你，你们不都看见我放的吗？”

王树魁和柳芽子不死心，还一个劲儿地在金小尊的怀里掏着，掏到后来，他们索性把那件衣服从金小尊的身上剥下来。明明是个空口袋——口袋都翻出来了，他们还不相信这是一个事实。到了后来，就恨不能把金小尊身上的衣服全部剥光了翻找。

金小尊像忽然没了生命一般，木桩一般站在那儿，任由王树魁和柳芽子在他身上胡乱地翻找着。他没有用眼睛看王树魁和柳芽子，也没有看城市，而是望着天空。他看到天上有一群鸽子正在翱翔。

当他们终于承认了这一事实时，都垂头丧气地走出了滑板专卖店。

他们忽然想到了刚才街头的围观，立即认定那钱就是在那儿被人掏去的，便一起向那边猛跑过去——

那外三层里三层的人群已不复存在，甚至连一丝痕迹都没有留下，仿佛不久前根本就没有过什么围观一样。

他们四下寻找着那些人，眼前走过的没有一张面孔曾是他们看到过的。

他们有点儿明白了：这可能是一个圈套，那人群里一定有他们的人。这些人，就是趁拥挤和混乱，趁人的注意力完全集中在了那只碟子上而下手掏钱的贼。

他们感到浑身没有力气，成了一团团棉花，在马路牙子上坐了下来……

下午四点多钟，太阳已经偏西时，王树魁说："我们回家吧。"

三个孩子脸色灰灰地往车站走去。他们走得很慢，脚有点儿沉重，抬不起来，总是在地面上拖着，发出摩擦声。不知走了多久，他们路过一个巨大的玻璃橱窗，人都走过去了，可又站住了，一起掉过头来看着。那又宽又高的玻璃橱窗里，什么也没有摆放，而只有一块滑板。这块滑板斜斜地悬吊在半空中，吊着它的四根尼龙绳是透明的，几乎看不见。在蓝色的背景下，这块白色的滑板明明是静止着的，但在三个孩子的眼里，它却在飘飘滑行。

他们在这个玻璃橱窗前停留了很久，才慢慢离去。三个人谁也没有说不去车站，可谁也没有说他们想要干什么，却都没有往车站方向走，而是走到了马路斜对面一棵大树下坐了下来。他们很容易就能看到那个橱窗，但却都不朝那橱窗看，而扭过身去坐着，朝毫不相干的地方看着。

天色渐渐暗淡下来。

他们起身去路边的一个小店买了面包和水，重新回到那棵大树下坐下。他们吃着面包喝着水，说一些与滑板毫无关系的话。仿佛，那让他们魂牵梦绕的滑板，早已从他们的心野上滑走了。

天黑了，路灯亮了。

他们只是坐在大树下，仿佛他们是大树的一部分，是大树露出地面的树根。茂密的枝叶遮去了路灯的灯光，不仔细看，都不能发现那大树下坐着三个孩子。

夜渐渐深了，车辆、行人开始稀落起来。到了后来，除了一两辆汽车以极快的速度从街上开过去以外，街上几乎没有一个人了。

先是王树魁站了起来。他的腿脚都麻木了，差点儿摔倒，赶紧用手扶住树干。而后站起来的金小尊和柳芽子，同样也因为腿脚发麻而用手扶住了树干。

王树魁颤颤抖抖地问："你们害怕吗？"

金小尊和柳芽子颤颤抖抖地回答："不怕！"

过了一会儿，三个人走进黑暗，从一条用砖头铺的小路上，一人搬起一块沉甸甸的砖头。

他们又回到了那棵大树下。并没有奔跑，却已经开始喘气。他们在大树下歇了好一会儿，等终于不再急促地喘气，王树魁说："上！"

三个人像三匹小狼，拿着砖头向那玻璃橱窗猛扑过去。

几乎是在同时，三块砖头猛地砸向了玻璃——

随即，他们却转身，拼命地逃进了黑暗，并一路往远处狂跑。那面巨大的玻璃所发出的可怕的粉碎声，远远超出了他们的想象。还有那玻璃粉碎后倾泻而下的样子，真的要把人的胆给吓破了。夜深人静，大街空空，这声音被大大地扩大了。不仅如此，那声音还大大地被延长了。那些粉碎的玻璃先后落下时，仿佛用了很长的时间，一粒粒的，灯光下，仿佛是一只只闪烁的眼睛。

他们没有再敢回去……

等再也跑不动时，他们发现，已经跑进了一个很大的公园。

月光清朗地照着一块面积很大的草地。

他们三个人都躺下了，望着城市上空的月亮。他们不再去想滑板的事了。他们现在只想歇一会儿，等有了力气，就往家走。早已没有去枫林口那边的车了。他们只能走着回去。也许走到天亮，就能到家了。

他们甚至睡着了，是树上一只大鸟受了惊动，扑棱棱飞了起来，惊醒了王树魁。他推醒了金小尊和柳芽子："起来起来，我们该往家走了。"

三个人迷迷瞪瞪地穿越着公园——从另一个门出去，就是回家的路。

刚刚走了一会儿，三人几乎同时站住了：草坪上，安静地停着一块蓝色的滑板！

不知是谁，将这块滑板遗忘在了公园里。

又几乎是同时，他们扑了过去——三个人将整个身子扑在了地上，就像那天扑在那条大鱼的身上一般。

是一块足有八成新的滑板，而且还是他们喜欢的那样子和那种蓝色。

不知是在什么时候，天空下起了淡淡的雾。他们更觉得现在是在朦朦胧胧的梦里。

他们轮流抱着滑板，极其迅速地走出了公园。

一路上，他们欢快地唱着，并在月光下做着十分夸张的蹦跳和双臂挥舞的动作。

离村子只有两三里地时，他们疲倦不堪地倒在了路边的一个大草垛下睡着了。

第二天，太阳都已很高了，他们也没有醒来。他们头挨着头睡着，滑板放在他们的胸前，各自用双手抱着……

从此，他们除了上学，把所有的时间都用在了对滑板的玩耍上。

滑板是一种具有神奇魔力的玩意儿，一旦沾上，便着了魔一般，无法脱身。就听他们三人不停地嚷嚷着：“给我玩一会儿！”“给我玩一会儿！”“该轮到我了！”“该轮到我了！”

滑倒了，撞倒了，摔倒了，咧咧嘴，龇龇牙，爬起来再玩。三个人都受了伤，而且不止一处受了伤，现在，三个人不是在脸上就是在胳膊上，要不就在下巴上，都包扎着纱布，就像是从前线撤下来的伤兵。

但鲜血与疼痛并没有使他们对滑板生畏、失去兴趣，相反，越玩越勇，越玩越有激情。当稍稍能够掌控它，飞一般向前滑行时，他们除了欢喜与大声喊叫之外，就再也不知道有什么其他事情值得去做了。他们根本没有想到，这世界上居然有这样一种让人神魂颠倒，让人感到全身心刺激而愉悦的玩具。

弓着腰，两眼看着前方，树木与山向后迅速倾倒，风在身边“唰唰”作响，也许只有在天堂才有这种感觉。

欲罢不能。

三个人很快不和了，都说自己玩少了，指责对方很自私，不停地发生争执，后来都不愿说话，而是冷冷地看着对方玩着滑板。终于吵了起来，并打了起来，不是两个打一个、一个打一个、一个打两个，而是互相打，直打得鼻青脸肿，鼻子和嘴角都流血，最后，一起滚落到路边的庄稼地里。

没有了主人的滑板，仿佛在说："也该轮到我自己滑了！"

那滑板"嗖嗖"地向前滑去，直到在一个弯道处冲了出去，撞在路边一棵树上，跳到空中，翻了几个跟头之后，跌落在地，躺在了树下。

打累了，三个人一起去把滑板找回来，商量出一个公平的办法：轮流玩，一人玩三天；如果这三天里刮风下雨玩不成，活该；可以借用他人的时间，但一定要如数还上，不还上就是狗屎！

虽然，那一天是一个人独玩，但还没有轮上的另外两个人，并不会在家中待着，而是来观看与呐喊，并对那个玩滑板的人加以指点。不过这种指点，绝不是好话好说，而是挖苦、嘲笑和讽刺："咳！咳！会不会玩呀？不会玩，就别占着了，让我们玩会儿呀！""咳！咳！吃了豹子胆啦？拐弯的时候不悠着点儿，还加速！甩出去，我们可不会伸手去拉你的！"

玩着，切磋着，细心体会着，三个人越玩越好，越玩越潇洒自如，也越玩越快乐了，是一种与刚玩时的快乐很不一样的快乐。

现在，三个孩子看对方乘滑板远去时，会说一句这样很有水平的话了：“滑得真好看！”

滑板吸引了全村的孩子，都来观看，甚至还有大人也来观看。那时，王树魁、金小尊、柳芽子就会生出表演的欲望，在滑板上做出一些优美的或惊险的动作来，令孩子们惊叫或是欢呼。

三个人的花样还不太一样，都是各自练出来的。

王树魁病了，但王树魁这几天滑得正来劲，心里不想跟金小尊或柳芽子换时间。

可能是发烧，脑袋很沉重，像顶了一块石头。但王树魁还是早早起来，勉强吃了点儿饭，夹着滑板来到了公路上。

天下着雨。

路的颜色变新了，变深了，亮闪闪的，像抹了一层油，很吸引人。

王树魁觉得，自己如果能在弯道那儿，更大胆一点儿倾斜着身体，会更快更好看。王树魁对自己说：“你就不能胆大一点儿吗？也摔不死！真是的！”他对自己有点儿生气。“出息点儿！”他提醒自己。

当他横着身子，双脚站在滑板上向前滑行时，他感觉到今天的路面，阻力大大减小，滑行速度加快了很多。他又担心起来：越近弯道，速度会越快的，能控制得住吗？他觉得，今天的四肢好像锈住了似的，很不好使唤。

第一个弯道，眼见着就要到了——过了第一个弯道紧接着就是第二个弯道，两者之间的过渡只有很短的时间。

“身子怎么这么沉呢？”一时间，他感到对滑过弯道一点儿把握也没有。

弯道闪电般来到了滑板之下。速度之快，他之前从未体验过。而就在这时，他因发烧，加上紧张，眼前一阵发黑，滑板仿佛被人用力从他的脚下抽去，他人从滑板上飞起，重重地甩到了路边的荆棘丛里。

滑板随即也冲出了弯道。

王树魁用了很长的时间，才从荆棘丛里挣扎起来。他的衣服多处被钩破，脸上手上，也被荆棘划破了。他找到了滑板，抱着它往回走去。回路都是上坡，加上他在生病，因此，在蹲在高处的金小尊、柳芽子看来，王树魁简直是蛤类动物在缓慢爬行。

王树魁爬上来了。他完全可以和金小尊或柳芽子商量，对调一天时间——他们两个正迫不及待呢！但王树魁舍不得，歇了歇，还是强打起来精神向下滑去。

金小尊和柳芽子看到，这一回，王树魁顺利地通过了弯道，一忽闪就被林子挡住了。他们想象着：王树魁又顺利地过了第二个弯道，正向第三个弯道滑行。

六十六道弯呢！

三个人说好了，万一滑倒，就一定抱着滑板往回走，走到上一个弯道处再接着滑。虽然，滑倒了也没有人看见，但三个人都相信，不管是他们中的哪一个，都会恪守诺言的。

滑完六十六道弯之后，这条路从此就一路向上了。

总有马车或拖拉机往枫林口方向走。今天玩滑板的那个，或是王树魁，或是金小尊、柳芽子，就会搭乘马车或拖拉机回到出发点。

没有轮到玩滑板的那两个，一定会守在高处的那棵枫树下等着。

他们是朋友。

等了很久很久，王树魁搭乘一辆马车回来了。

赶马车的看到金小尊和柳芽子说："你们赶紧过来帮忙，把这个孩子扶回家吧。他病了，倒在了路边。"

金小尊和柳芽子连忙从高处冲了下去。

王树魁像死人一样躺在车斗里，但双手却死死地抱着滑板。

金小尊和柳芽子扶着王树魁往家走时，烧得迷迷糊糊的王树魁颤颤抖抖地说："我……我滑完了六十六道弯……"

那辆中型轿车又停在了村前的公路边。

那时，金小尊的胳膊夹着滑板正从下面往上走。他滑了六十六道弯之后，搭乘一辆手扶拖拉机往回走。但那手扶拖拉机的目的地离枫林口还有五六里地。这五六里地，金小尊是走着回来的。

城里孩子，见金小尊夹着滑板走过来，眼光里透着新鲜和疑惑，有表示惊讶的，也有显出很不在意的样子的。

还是上回见到的情景：那辆车继续往前开走了，城里的孩子们准备了一会儿，马老师喊了一声“各就各位”之后，一个个都站到各自的位置上；枪声一响，十几块滑板，飞一般蹿了出去；马老师将枪塞进裤兜，也上了滑板，向孩子们追去。

王树魁、金小尊和柳芽子你望望我，我望望你，没有交换心中的念头，也没有喊一个统一口令，同时把右手藏到身后，又同时忽地伸了出来：王树魁和金小尊是手背，而柳芽子是手心。

“手心手背”——这是他们三个人进行抉择的一种方式，也是永恒的方式。

三个人互相击了一下掌，柳芽子接过金小尊递过来的滑板，放在路上，左脚踩在上面，右脚猛地连蹬了几脚，滑板飞快地滑行在了路上。那时，城里的孩子们乘滑板，已过两个弯道，正逼近第三个弯道。

柳芽子很沉着，并没有一下子把力气都拿出来追赶。他按他平常的方式滑行，略微多使点儿劲儿。在第十个弯道处，他追上了那些城里孩子。

当柳芽子“嗖”的一声从马老师身边滑过时，马老师一惊，差点儿从滑板上掉下来。

柳芽子掉过头来朝马老师笑了笑。

接下来，柳芽子便开始一个又一个地超越城里的那些孩子。每超越一个，他都会在心里说一句：“我又超了一个！”对被超越的和在他身旁滑行的孩子，他不做任何动作和表情，仿佛，这大道上只是他一人在滑行，与旁人毫无关系。

城里的孩子们发现了柳芽子，都感到惊愕。有两个孩子，看着柳芽子快速向前的背影，竟忘了自己的滑行，差点儿冲出公路。

柳芽子一边滑，一边还在嘴里小声地念着语文老师教给他们的儿歌——

墙顶开朵小红花，
墙下蜗牛去看花。
这条路程并不短，
背着壳儿向上爬。
小小壳儿好藏身，
不愁风吹和雨打。
爬一程，歇一会儿，

抬头不动好像傻。

爬爬歇歇三天半，

才到墙顶看到花。

许多花开朵朵红，

一齐笑脸欢迎它。

…………

他根据他滑行的速度，改变了当初老师教他们的这首儿歌的节奏。现在的节奏是：欢快，急促而有力。他先是小声地念，但越念声音越高，到了最后，几乎变成了喊叫。

城里的孩子们都好奇地看着他。

柳芽子是第二个滑完六十六道弯的。

那时，村前的枫树下，王树魁和金小尊在心里焦急地想着：柳芽子到了吗？他是第几个到的？

暑假到了。

秋后，六年级学生王树魁、金小尊、柳芽子将读初中了。学校在三十三道弯处的秋水镇。他们决定，这个暑假暂时不玩滑板了，而是集中精力去挣一笔钱，再买两块滑板。以后，就乘滑板一起去上学。

这天下午，有一辆小轿车停在了村前的路边，下来的是那个马老师。马老师下了车就打听柳芽子家住哪儿，他是来找柳芽子的。

有孩子说：“柳芽子不在家。我知道他在哪儿——他跟着王树魁、金小尊去溪里抓鱼了。”

马老师就让那个孩子带路。找到柳芽子时，他们三个人刚刚抓到一条大鱼，正高兴着呢。

马老师见到那条大鱼，很惊讶：“好大的一条鱼呀！”

马老师把柳芽子叫到了一边，对他说了一通话。柳芽子听着听着，蒙了。但大体上，他听明白了：

马老师所在的学校，是一所特色学校，而特色就是这所学校有一支水平很高的滑板队。过些天，全省将会举行一次中小学生滑板比赛，他们学校本来是有实力去争取拿第一名的，没想到，恰恰在这个关键时刻，一个核心队员去美国读书了——这孩子的母亲早在美国了，那边等着他呢。学校想让柳芽子从今以后到城里读书，住校，学费全免。

柳芽子回头看了一眼王树魁和金小尊：“可是，我们三个人呢！”

马老师也回头看了一眼王树魁和金小尊：“可我们只能增加一个招生名额。就这一个名额还是争取到的呢。”

柳芽子为难了，支支吾吾地不知道该怎么决定。

马老师说：“这也没有什么难决定的。你滑板滑得好呀！”

柳芽子说：“王树魁、金小尊滑得和我一样好。”

马老师满脸的疑问。

“真的，他们和我滑得一样好。”柳芽子说。

“可我们真的只争取到了一个招生名额。”马老师也感到为难了。

柳芽子走回到王树魁和金小尊跟前，把马老师的话说了一遍。

王树魁和金小尊听了，高兴得蹦跳起来，但那份高兴随即又鸟一样飞走了。

三个人你看我，我看你，不知道究竟该如何对待这个既让他们高度兴奋又让他们感到十分为难的消息了。三个人的心，轱辘一样转动着，一时无法停顿下来。

马老师没有走过来，在一旁等着他们的决定。

三个孩子坐在地上，都双手抱着双腿。

小溪在淙淙流淌。远处山上，有只鸟叫得特别好听。因为离得远，反而听得清清楚楚。而正是因为听得清清楚楚，世界就显得特别安静。

三个孩子心里却好像有几个人在喊叫，在争辩。

马老师走了过来，但他没有说话。

不知道在什么时候，王树魁叹息了一声，站了起来。

随即，金小尊和柳芽子也站了起来。他们三个，先是将头碰在一起，接着各自往后退了一步，把右手藏到了身后，三双眼睛互相看着，忽地伸出右手：金小尊和柳芽子是手心，王树魁是手背。

但王树魁并没有高兴，在嘴里小声嘀咕了一句："要么，再来一遍。"

没有得到金小尊和柳芽子的响应。好几年了，也不知有过多少次的"手心手背"了，可从来也没有重新来一次的。

柳芽子告诉马老师："我们定下来了，是王树魁。"他指了指王树魁。不知为什么，王树魁往后退了一步。

金小尊和柳芽子过来，一起将王树魁推到了马老师的面前。

"你们三个是好朋友！"马老师点了点头，心里一阵感动。

但过了一会儿，马老师说："我只知道你……"他指了一下柳芽子，"滑板滑得好，可不知道你……"他指了指王树魁，"滑得怎么样。"

金小尊和柳芽子说："他滑得好。"

"可我没有见过。"马老师说，"这样吧，过几天，我还要带滑板队过来训练，王树魁，你就滑给我看吧。我看你能滑第几名。"

马老师走后，三个孩子再也没心情打鱼了，各自回家了……

过几天，那辆中型轿车再次停在了村前的公路边上。

几天过去，三个孩子的心情都已平静下来。金小尊和柳芽子都为王树魁能有进城读书的机会而高兴。而王树魁心里也不再纠结，一心一意地准备着，好让马老师看他的滑板功夫。

这一天，差不多全村人都来到了村前的公路边。

枫树下，不知为什么拴着金小尊家的那匹黑马。

现在，王树魁与城里孩子站在了同一起跑线上。

一声枪响，城里的孩子同时滑了出去，而王树魁却愣在那里。

金小尊和柳芽子同时大叫一声："王树魁！"

王树魁一惊，"唰"地滑了出去，不一会儿就追上了前面的孩子。

等王树魁消失在第一个弯道那边时，早已把缰绳握在手中的金小尊爬上了马背，随即一弯腰一伸手，将柳芽子也拉上了马背。还未等柳芽子坐好，金小尊一收缰绳，再用脚后跟猛敲一下马的肚子，黑马就"嘚嘚嘚"地向前跑去。

滑板比马的速度还要快，不过这没关系，金小尊可以骑马抄近路抢在滑板队前头到达六十六道弯。

在那条公路上跑了几十道弯后，金小尊收紧右手边的缰绳，马很快拐上了一条已经荒废的野道。

今天的天气特别晴朗，阳光明亮，但不灼人。处处是秋天的景色，斑斓多彩。

蜿蜒向前的公路上，十几个乘着滑板的孩子，看上去飘飘欲飞。

金小尊和柳芽子骑着马至少早十几分钟到达了终点。他们下了马，坐在路边等着。

远远地，公路仿佛是从高高的天空飘下的黑绸，飘动着垂挂到大地。

过了一会儿，黑绸上出现了更黑的点点。看上去这些点点既好像在移动，又好像停在了那儿。但仔细看，还是看到了移动。

点点越来越大。

金小尊和柳芽子慢慢站起来，并走向公路中央。

“哪一个是王树魁？”

“最前面的那一个是王树魁。”

“不像。”

“像！”

“就一点儿像！”

“就是王树魁！”

…………

过了最后一道弯，再往下，坡度是一路上最大的。

“王树魁！”

金小尊和柳芽子各自把一只胳膊放在对方的肩上，一个劲儿地蹦跳着。

王树魁弓着身子，双臂张开，纯粹就是一只飞翔的鹰。

王树魁把后面的孩子甩得远远的。见到金小尊和柳芽子，滑板刚刚冲过终点线，他突然起跳，脱离滑板，飞跑过来，和金小尊、柳芽子紧紧拥抱着。

滑板还在急速地向前滑行着，直到坡度向上，它才慢慢停住。

三个人流着眼泪，把三颗脑袋死死地抵在一起……

送走王树魁的第二天，金小尊和柳芽子也开学了。他们一人一块滑板。他们三个人共有的那块滑板在“手心手背”之后，属于王树魁了。他们的这两块滑板，是马老师他们学校送的，都是名牌，而且都还有八成新。

金小尊和柳芽子背着书包，乘着滑板向秋水镇滑行着。

现在，只有他们两个人一路了。只不过少了王树魁一人，却觉得路是那么的空，又是那么的长。

相隔着六七道弯，王树魁背着书包，乘着滑板，正一个劲儿地追赶着金小尊和柳芽子……

阿　雏

一

阿雏坚决地记住：他的双亲亡于他六岁那年一个秋天的夜晚。

那天，有路人捎来消息：五里外的邹庄要放电影。路远，父母怕阿雏睡沉了骨头软，难抱，便掏给他五分钱买糖嘣，软硬兼施，终于将他哄住，跟老祖母待在了家中。

看电影的人很多，田埂上行人缕缕行行，互相呼唤着，黑空下到处是远远近近的人声和小马灯闪烁的黄火。

要过渡。

河边站满了急匆匆的人，船一靠岸，逃难一般都抢着上，船舷离水面只剩两三寸了，还又爬上两个大汉来。船离了岸，船上人一个挨一个，挺直了身子，棍子似的立着，战战兢兢，全不敢看水。船歪歪地行至大河中心，远处一艘轮船驶过，把波浪一层层地扩大过来，人一摇，船一晃，翻了。

各人顾各人，赶紧逃命，河上一片呼爹叫娘。会水的，自然不在乎。半会水的，呛几口水，也翻着白眼上了岸，直着脖子吐水。阿雏的父母皆是“旱鸭子”，听见喊了几声，沉了。

上了岸的人忽然想起似乎该下河救人，无奈天阴黑得让人胆怯，几个下河的光在水面上乱喊乱抓，动作不小，却是虚张声势，没有一个敢往河水深处扎的。待有胆大的赶到，时间又太迟了。

出事后几日，大狗的老子在河边村头说，当时，船翻了，阿雏的父亲一把死死抱住他的胳膊，两人就一起沉到了河底。

他就又掐又拧，可阿雏的父亲任掐任拧死不撒手。他想自己的小命这回要玩儿完了。吃了一嘴河底烂泥，他突生一个大的智慧：拔出口袋里的手电筒，往阿雏的父亲手里一塞！灵！阿雏的父亲呛蒙了，以为一定抓住了什么救命的东西，松了他，却抓住那手电筒。他乘机一松手电筒，摆脱了阿雏的父亲，钻出水面，一人爬上了岸。

说这话时，大狗老子的脸很活，很有光泽，显得自己的智慧比别人优越许多。

而那些听的人都惊呼：“险啊！”很有些佩服大狗老子的聪明和狡猾。

“放在我，早就跟着去阴曹地府充军了。”

“那你就不能抱着你胖老婆睡觉了。”

“哧哧”的，有两个女人笑。

说到最后，大狗的老子不免有点儿惋惜，道：“那支手电筒，我是刚买的。”

夹杂在人群中的阿雏，一直无声无息地听着，后来就蹲在了地上。人群散了，也还蹲在地上。蹲不住了，就瘫坐在地上，目光呆呆地看着河水，看着河上漂过一段朽木、一只死鸡、一朵硕大的菊花……天黑了，还看。

过了三年，老祖母不在了，阿雏就一个人过，有时到外祖母家混几顿，有时就在村子里东一家西一家地吃。他固执地认为村里人都欠他的。他的吃相很凶，像条饿极的荒原狼崽，不嚼光吞，饭菜里一半外一半，撒一桌、一地，鼻尖上常沾着米粒在外面闲荡。

二

阿雏养得极壮实，比同龄孩子足高一头。天生一头又黑又硬的鬈发，像一堆强力螺旋弹簧乱放着。眼睛短而窄，目光里总是藏着股小兽物的恶气。

村里的孩子都怕他，尤其是小他两岁的大狗。

他上学时，很气派，前呼后拥地跟着一大帮孩子。他让他们用一张凳子抬他走，这几乎成为一种嗜好。一到雨天，他越发地爱这样做。他要看那些“小轿夫”们在泥泞中滑得东倒西歪，滑得“嘟嘟”放屁。要是把他摔了，他就一定用脚踢他们的肚子或屁股。他很少亲自做作业，他指定谁代做，谁就得做。从一年级到四年级，他几乎就没在家里吃过一顿早饭。他把谁的鼻子一点，说声“你！”谁就得带煮熟的鸡蛋。那回轮到大狗带鸡蛋，恰好家里刚将鸡蛋卖掉，他便只好去偷，被人家抓住，连拍了三个后脑勺。

这里没有敢不听他话的孩子。不听？他会刁钻古怪地惩罚你：把你诓到麦地里，扒了你的裤子，让你露出“小茶壶”，光腚儿蹲着，羞得没法出去；逼你沿着梯子爬上屋顶，然后一脚蹬翻梯子，让你去受太阳的烤晒。最狠的一招是让全体孩子都来冷落你，把你晾在一边，让你尝一份孤单，并不时受到各种各样的捉弄和各种各样的疼痛。你一天坚持不到晚，准要去偷家里的东西，低三下四地去讨好他。

谁也不敢告诉家里的大人，告诉了，除了他本人落个不自在，还有可能会殃及他一家。

大狗是阿雏的尾巴。

三

阿雏读五年级了，管他的是“杨老头子”——阿雏从不叫“杨老师”。杨老头子年纪大了，眼睛高度近视，在黑板上写字时，脸挨黑板很近，鼻尖差点儿擦着黑板了，像在嗅什么味道。

阿雏叫他“杨老头子”，甚至能叫得让杨老头子听见。杨老头子气了，要揪他的耳朵。可一般很难成功：阿雏只需溜出去十米开外，也就不在他视野之中了。

杨老头子梗着脖子，眼珠子鼓鼓地向校长韩子巷大声嚷：“不开除他，我不教了！”

于是，韩子巷就把阿雏叫了来，罚他半天站。

算起来，已罚站四次了。第四次罚站时，阿雏看见大狗在办公室门口晃过，眼睛里似乎有点儿嘲笑的意思。不是韩子巷拿眼盯住，他当时就想让大狗“吃生活”。

阿雏恨起杨老头子来。

杨老头子每天起得绝早，第一件大事就是抓张早过期的破报纸蹲茅房。这地方称解小便为“解小手”，称解大便为“解大手”，又称为“出恭”。出恭一般都是坐着出，那凳子叫“恭凳”。杨老头子坐恭凳极有功夫，一坐能坐个把小时。茅房前后都是青翠的竹林，早晨，有鸟立竹梢上叫，其声如水滴落入静潭那般清脆。杨老头子一边愉悦地听，一边翻来覆去“嗅”那最终要做手纸的一角废报纸，觉得浑身疏通。天天如此，“恭”是出得十分的认真。

这天，他照常起早，照常做他的功夫，开头平安无事，中途大概是因为人老便秘，用足气力一蹬脚下的板子，“咔吧”一声，未及明白过来，恭凳的凳脚已断，人“扑通”跌落于粪坑。

这事倒也让几个年轻教师乐了好几日。

放鸭的老周五路遇杨老头子，也是多嘴，向杨老头子要了根烟抽，就向他耳语：“那天，我在河里放鸭，见阿雏拿把锯子猫在您茅房里。”

杨老头子掉头往回走，查看了凳腿，果然为锯子所锯，顿时气得乱蹦乱跳，朝韩子巷大吼：“你去教！”

阿雏由人看着关押了一天。

杨老头子罢教一周，众教师像哄孩子似的，好不容易才把他哄上讲台。从此，杨老头子则以一种老人才有的冷目极讨厌地盯着阿雏。

四

从此，老周五的鸭一惊一乍，时不时嘎嘎乱叫，扑着双翅在水上仓皇四窜，划无数条白练，像是被什么惊着了。

正是鸭踊跃下蛋的日子，这使老周五大伤脑筋。此时的鸭，只能在河坎的芦苇丛里安静地歇着，惊不得。惊了，肛门一松，蛋就都滑脱到水中。

以往每天早上老周五要从鸭栏里拾溜尖一大柳篮子鸭蛋，乐得从嘴角流哈喇子。这几日早上，只能捡几枚，连篮底都不能被遮住。

他断定是黄鼠狼盯住了他的鸭。

当阿雏听到他狠狠地向人诉说黄鼠狼的罪恶时，乜斜他一眼，嘴角一撇，心里阴笑。此事当然是他所为：他抱了一只猫，悄悄潜在芦苇里，瞅准机会，突然地将猫往鸭群里一抛！

阿雏不想就此罢休，阿雏从没饶过人。

立秋了。此地有个风俗：立秋这天家家要吃瓜。至于为什么要吃瓜，谁也说不出道理，只知道立秋要吃瓜，吃就行。

早上，阿雏在河边钓鱼，见老周五搂着一个大西瓜回家去了。等人都下地干活儿了，阿雏便闪进老周五家。他用小刀在西瓜上挖了个小洞，寻来一把勺，掏那沙沙的红瓤一顿痛吃，直吃得肚皮如西瓜一般溜圆。

阿雏认定：周五爷特别可恶！

他蓄了一泡尿，想撒去，转眼一瞥空了腹的西瓜，那对短而窄的眼睛恶恶地盯住了它……

晚上，老周五拿出做上人的慷慨派头，大声叫，把儿孙们都唤了来，说是请他们吃瓜。一刀劈去，瓜顿成两半，黄汤四溅，流一桌子。

老周五气疯了，冲进厨房，抓着切板和菜刀，冲到巷子里，用刀在切板上一下一下地狠剁！这是这地方上最恶毒的一种诅咒人的方法，轻易是不用的。据讲，作恶者的灵魂会被剁死。老周五并不像一般人边剁边骂，而是默默地，一步一步往前走。他脸色发灰，冰冷，高高的眉棱下，一对微黄的眼珠卵石一般凝着。每刀剁下去，总要在切板上留一道深深的印痕。有时刀尖入木太深了，竟然要摇动几下方可拔出。

阿雏一动不动地坐在门槛上，只将目光从眼梢上射出去，盯着老周五往前挪动的曲腿，用白得发亮的牙齿咬啮着指甲，直把指甲咬成锯齿一般。

几天以后，阿雏在一座木桥头与老周五相遇。当时，老周五正把一担粪撂在桥头喘息，打算待积蓄了力量后再挑过桥去。

"五爷，我帮你一桶一桶抬过去吧。"

这使老周五十分震惊：阿雏也肯帮人忙？阿雏！阿雏帮过谁的忙呀？！

"来吧，五爷。"阿雏抓住他的扁担了。

"我可独一份呀！"老周五有点儿受宠若惊了，感动得想哭，“哎！”

一桶粪抬过桥去，老周五屁颠颠地欲要转身返回把另一桶抬过来，阿雏却立住不动了，狡猾地一笑：“是你告诉杨老头子的？”

老周五脑子一时转不过来，不知如何作答，眼眶里净是眼白。

“鸭还下那么多蛋吗？”

“你……！”

“西瓜好吃吗？”

扁担抡起来了。

阿雏并不躲让，侧身将两条胳膊交叉于胸前，双眼一闭。

老周五两脚后跟皆离地面，身体往前倾斜，脖子撑得很长，所有青筋都涨得又粗又黑，如一束管子，血往脑子里涌，那筋便突突地跳，眼角咧眦着，扁担在空中颤颤的：“我劈死你！”

阿雏无一丝惧色。

只有老周五的喘息声，风箱一般响。

“劈呀，怎么不劈呢？”阿雏微闭双目，用脚一下一下打着节拍。

扁担落下了，却落在地上，打出一口小坑。

阿雏走了，走了十步远，突然把小屁股冲着老周五高高地撅起，继而用手在上面有节奏地拍——这是这地方表示蔑视和“我怕你个老鬼”的一个专门性动作。

老周五本可以将一担粪挑过河的，现在粪桶一头一只，来去不能。他抓着扁担在桥上来回乱走了几趟，然后在桥中间呆呆地站住了。不知过了多久，他蹲下，望着河水：“不念他没娘没老子，我不劈死他！他知道这一点，这个坏种知道！”转而愤怒地说：“以为我不敢劈死他吗？不敢？”老周五的眼睛罩了一层泪幕，模糊起来。他这一辈子还未曾被人如此耍弄过。

五

阿雏守在路口：这是大狗放学回家的必经之路。

大狗从阿雏邪恶的眼睛里看出，阿雏心里起了什么念头。他像只小鸡子，探头探脑张望着往前蹭，见阿雏盘坐在路口，两条小腿发软了。他用求救的目光四下里寻找大人，可已近黄昏，人皆归家，路空空，田野空空。他想往后撤，却见阿雏已站起，一步一步地逼了过来。

大狗站住了，小脸黄唧唧的，眼睛里含着乞怜，望着阿雏。

“跟着我！”阿雏说。

穿过一块块田地，周围越来越荒凉。一群白嘴鸦从暮空里滑过，发出翅膀摩擦气流的干燥寂寞的声音。暮色渐浓，天色暗淡下来。绿色的田野已在身后，出现于他们面前的是一片荒丘。荒丘上孤独地立着一株长得七丫八杈、扭扭曲曲的老树。天光阴晦，那老树变成黑色的影子，竟像一只巨爪。东一座，西一座，荒丘上散落着老坟。

大狗感到寒冷起来，抬头望望天空，想寻一颗星星，然而天只光光的一片蓝。

"那天，我站在办公室里，你高兴了！"

"我……我没……没有……"

"没有？我瞧见你笑了。转过身去！"

大狗面对着朦胧莫测、似乎危机四伏的荒丘。

阿雏在田埂上坐下："你看见什么了吗？"

"没有。"

"没看见鬼火？我可看见了。蓝色的，有个绿莹莹的外圈儿，一跳一跳的，你没看见？"

大狗把眼睛闭得绝对严实。

"这里有鬼，村里的大人都这么说。老周五找鸭还碰到过，几个老鬼，都没面孔，光溜溜的一张板子脸。几个小鬼在坟上跳着玩……你听见了吗？"

"听……听见了……"大狗的声音跑调了，"阿雏哥，我们回……回家吧。"

"怕什么，我坐着陪你呢。"

大狗壮着胆偷看一下黑荒丘，又赶紧闭上眼睛。

夜风在荒丘上吹着，枯索的茅草瑟瑟抖动。一只野鸡在黑暗深处忽地鸣叫起来。这单调的声音，给四周又添了几分荒寂。

阿雏大概是累了，不说话了。时间一寸一寸地在荒野上走过。

“阿雏哥……”大狗觉得四下里空空的。

没人应。

“阿雏哥……”大狗觉得黑暗沉重地裹着他。

没人应。

大狗扭头一看，阿雏早没影了，顿时像一只受惊的兔子撒腿往回跑，一边跑，一边大声呼喊：“阿雏！阿雏！”呼喊了两声，觉着没有用处，又叫爹叫娘。恐怖的哭腔在夜空下传播开去……

六

大狗病了，连发两天高烧才渐渐好转。

照理，大狗老子完全可以抓住阿雏把他揍出一裤兜子屎来。可他自己就是不明白，一见到阿雏那对喜爱盯人眼睛的眼睛，心里就空空地发虚。

大狗上学后，不再充当阿雏的尾巴，离他远远的，并且脸上少了以往那种见了他畏畏缩缩的神气，甚至敢拿眼睛瞪他，这使阿雏大为恼火。

“明天，该你给我带两只鸡蛋了！”阿雏说。

第二天大狗上学时，见了阿雏伸到他面前的手，却往开一拨，昂首挺胸大踏步地走了过去。

这回轮到阿雏吃惊了，那只伸出去就没空着回过的手，好像不是他自己的似的，停在那里好一阵。眼见大狗就要踏进教室去，他连跑几步，揪住大狗的衣领，甩了几个浑圆，把他掼倒在地。

大狗爬起来，依然笔直地朝前走。

阿雏再度把他摔倒。

大狗爬起来，鼻孔流着血，一提裤子，还是朝前走，无比坚勇。

全体孩子都站立一旁看，一片寂静。

阿雏站到大狗面前，拦住去路。

大狗眼睛里噙着泪，眼珠灼灼地瞪着阿雏。他把书包掷出三米，没等众孩子反应过来，他已把脑袋往胸前一勾，牛一样对着阿雏冲过去。

阿雏一闪，大狗跌趴在地。半天，他慢慢抬起头来，嘴角流着血，歪着脸，狠巴巴地看住阿雏的眼睛。

阿雏站定了不动。

大狗从地上挣扎起来，再次反扑。这孩子不管不顾了，揪住阿雏的衣服，乱抓乱咬乱踢。

最弱小的大狗竟反叛了！

那些围观的孩子激动得脸红红的，心抖抖的，肩挤肩，手拉手，把圈子越缩越小。

阿雏恶狠狠一拳，将大狗打翻在两米外的地上。

许多老师来了。

大狗将脑袋高昂，满面尘埃的脸上两道泪流滚滚直下。

许多孩子跟着莫名其妙地哭起来。

这所学校的全体老师一起走向校长办公室，向韩子巷正式宣布罢教——除非立即开除阿雏！

韩子巷走到廊下，望着阿雏，凄惨一笑。良久，他说："把阿雏的作业簿找出来。"

一个老师去了。

"把阿雏自己带的凳子搬出教室。"

一个孩子去了。

他没有再看阿雏……

七

阿雏像一个幽灵，村里村外，成天游荡着。

跟随他的是无边无际的寂寞。

他百无聊赖地倚在柳树下，斜眼瞧一群蚂蚁来来去去，热热闹闹，顿生一股灭杀的欲望。他用瓦片刮起一层浮土，筑成土圩，将那群细腰小生灵全体囿在其中，然后站起，一拉裤带，让裤子一直掉到脚面。他把裤带晾在脖子上，随即，一泡又粗又急的尿一滴不落地全都注入圩中。他也不急着去将裤子提起，欣赏玩味着那些小生灵在水中翻滚挣扎的各种形象。他觉得它们很滑稽，太可笑。

他在柳树下似睡非睡地躺了半天，抓根树枝一边把空气抽得嗞嗞响，一边漫无目的地溜达。

不知是谁家准备砌房子，脱了满满一打谷场土坯，正一块块竖在那里晒。阿雏用脚一踢，一块土坯倒下去，压倒了另一块土坯，不一会儿，大约五十块一行的土坯就都“扑嘟扑嘟”倒了下去。这很有意思，阿雏很开心，又一脚，再一脚，一场的土坯皆趴在了地上。

他还是不能快活。

他甚至讨厌天上的太阳：“狗娘养的太阳，天天一样地晒人！”

不觉中，他已走到宽爷家院门口，往里一瞥，他又瞧到了墙上挂着的那面大铜锣。这几天，他老用眼睛瞟这面铜锣。

这里的规矩：锣是不能单敲的，尤其不能急促地单敲。因为这是这地方上的人一起确定下来的报火警的信号。这面锣是过去各家出份子钱铸的，一年四季挂在居于村中心的宽爷家。

他从宽爷家院门口走过去……

不知过了多少日子，一天下午，在地里干活儿的人，忽听村里的大铜锣“咣咣咣”不停顿地响起来了，纷纷扔掉手中的工具。不知谁发一声喊：“救火呀！”全体村民都呐喊起来，斜刺里穿过庄稼地，朝村里疾跑。

于是，邻近几个村子的铜锣也呼应起来。这里称“失火”为“走水”，因此到处在嚷嚷：“前村走水了！”他们拿着水桶、盆子、铁桶、瓦罐，浩浩荡荡地漫过来，气势磅礴而壮观。

这里是芦荡地区，房子皆用芦苇盖就，一家走水，周围的村子都得来救的。每个村子里都有一种救火的大型工具，这里的人称它为“水龙”。一个铜铸的喷水器安放在一个巨大的木桶里，由四个大汉抬着，到了走水的地点放下，立即会自动地有一条从河边往上递水的队伍排成。水倒进大桶，八个大汉分站两边，一递一下揿着水龙上的一根杠杆，杠杆带动活塞，水就从铜管里喷出，能喷出足五十米远。

现在，有四架水龙正往这里抬来，无数的人前呼后拥着它们。抬水龙的汉子打着昂扬的号子。

四下里一片足音。

一群“鼻涕猴”又惊又快活，到处蹦跳：“嗷——！失火啦！失火啦！”像是盼得很久了。

阿雏早扔下铜锣，攀到村头那棵老银杏树的枝叶里藏着。他可以俯瞰一切。见人流滚滚，人声鼎沸，鸡飞狗跳，他感到一次被开除后从未有过的满足，一心想在树顶上哼支关于小媳妇什么的歌。

“谁家走水？”互相急促地问。

谁也说不清谁家走水。不一会儿，就证实了谁家也没有走水。

按迷信，水龙来了没喷水是不能抬回去的，必须让它意思一下，证明火已被它所救，不然，什么地方一定还要走水的。人们一听说这里并没有走水，神经一松弛，全然再没有兴致递水和揿杠杆了。村里的老人们出来作揖，这才一个个老大不快活地排列到水边去。

四架水龙开始意思了，对着房屋乱喷。外村人忽然觉着今天被耍弄了，几个揿杠杆的汉子大声嚷：“上水！再上！”

管水管的几个，闭着眼睛，任意改变水管方向，有时径直朝人群喷去，于是人抱着头四下里逃散，不是把某家栅栏挤倒了，就是把院门挤坏了。不一会儿，就有许多人被浇成落汤鸡，一些人家的屋里也进了水，巷子里一片水汪汪的。外村人这才肯罢手，全体喉结一上一下地错动，“呼呼”直喘息。

村里如同遭了一场洗劫。

望望村外被践踏的庄稼地，再望望水淋淋的村子，一个老头儿用拐棍戳着地：“是谁敲的锣？”

没有声音。

“是谁敲的锣？！”许多人大声地喊，样子要吃人。

从草垛上跳下大狗：“我知道！”

八

上游发大水了，村里人很紧张：大坝一旦决口，大水就会将整个村子淹没。各户人家都做了往高地上撤的准备，河边上拴了许多船。

那些孩子不想这些，照常玩。

大狗趴在船边上，放芦叶小船玩。

阿雏早就盯住了他，趁他玩得入迷，悄悄解了缆绳，紧接着操起竹篙，将船推向河心，又将竹篙在河边一点，纵身跃向空中，然后落在了船上。

大狗惶恐地喊：“放我上岸！”

“上岸？跳水吧。你跳下去，我一定会像你老子当年一样！”阿雏说这话时，阴冷阴冷的，全然不像个孩子。

大狗不会水，只好听阿雏摆布。

阿雏闭口不言，将小船拼命撑出河口，进了无边无际的芦荡。阿雏扔下篙子，盘坐在船头上，任小船随波逐流往芦荡深处漂游。

远离人群，独自一人处在阿雏面前，又是在小船上，加之四周是白茫茫的水泊和一块块黑苍苍的芦苇滩，大狗真是发怵了。

船离村子已经很远了。

阿雏躺在船上，说："是你，我被学校开除了。是你，告诉了他们，锣是我敲的，我被他们抓去关了两天半。他们用脚踢我！踢我的裤裆！"

"你想干吗？"

"送你到一个芦苇滩上去，也饿你两天半，然后我再来接你！"

"爸——爸——！"

"喊吧喊吧，他们听不见了。"

大狗的眼睛瞪得很大，充满了恐惧。

船又漂出去一段路，隐隐约约地听见远方有人喊："大坝决口了！"

阿雏站起来，只见天边一线白浪朝这里涌来，不一会儿，河水就开始摇晃小船。大狗蹲到船舱里，用手紧紧抓住船的横梁哭起来。

阿雏在鼻子里轻蔑地发一声“哼”。

船被涌浪又冲出几里路，被一块芦苇滩挡住。阿雏跳上岸，把缆绳拴在一把芦苇上：“大坝决口了，船顺浪回不去，今晚上陪你了，算你小子运气！”

大狗躺在芦苇滩上不停地哭。

阿雏火了：“你再猪哼哼，我把你推到水里！”

大狗就不再“猪哼哼”，但还是小声啜泣。

第二天天亮，他们发现小船在夜里被风浪冲走了。

阿雏望着汪汪水泊，愣住了。

于是大狗更加用劲地“猪哼哼”，并声嘶力竭地喊他的娘老子，声音很凄厉。

阿雏捂住耳朵，倒在芦苇上动也不动。

大狗的喉咙渐渐地没有了声响，可还是跪在水边上大张着嘴喊。

阿雏忽然从地上跳起，把他拖回来：“你喊，你再喊！”

大狗软软地倒在一堆芦苇上，眼睛里透出绝望来，望着阿雏。

阿雏走向芦苇丛。他头也不抬，一根一根地将芦苇使劲地撅断，撅了一垛，然后扎成捆，不停地干了一整天，黄昏时，已在荒无人烟的芦苇滩上搭成一个小窝棚。

九

一条船也没从这里经过，三天过去了。

阿雏和大狗每天靠苦涩的芦根充饥，脸瘦小了，眼睛却瘦大了，牙齿闪着白生生的光。

阿雏觉得心又慌又空，烦躁不安。

大狗反而显得无声无息。这孩子没有勇气和力量再去动心思。

“船！”阿雏叫起来。

卧着的大狗立即跳出窝棚。

远远的，有一叶白帆，在水天相接处滑行着。

他们竭尽全力呼喊，但饥饿使他们的声音过于微弱，白帆渐渐模糊，后来完全消失。

大狗浑身哆嗦起来，目光里充满哀怜。

“村里的人会来找我俩的。”阿雏望着朦胧的远方。

“会来找我俩吗？会来吗？”大狗往阿雏身边靠了靠。

“会来的，他们一定会来找我俩的！”

拂晓，阿雏把大狗摇醒了：“你听，你听！”

有人在很远的地方呼唤。

他们像狗一样爬出窝棚，跪在水边上，静静地听着。

“听见了吧，他们在叫我俩！”阿雏兴奋得攥紧双拳。

“大狗……！”

声音越来越大，而且分别是从几个地方传来的。

“大狗……！”

“大狗……！”

只叫大狗，没人叫阿雏。

空气里弥满了“大狗”的声音，竟没有一声“阿雏”！

阿雏突然跌倒了。当他挣扎着抬起头来时，脸颊上是鲜血和泥土。

大狗站起来，欲要对呼唤声回答。

阿雏猛然将大狗摔倒。他的眼睛里发出两束饥饿而凶恶的光芒。

“大狗……”

其呼唤声哀切动人，使人想象得到呼唤者眼睛里含着泪花。

阿雏粗浊地喘息起来，继而猛扑到大狗身上，对他劈头盖脑地一顿猛揍。

大狗闭着眼睛，不做丝毫反抗，任他打，泪珠一滴一滴从眼角往下滚。

阿雏眼里汪满泪水，扔下大狗，走到一边去，坐在一捆芦苇上。

秋很深了，芦苇一片惨淡的黄。灰灰的天空下，凋落的银白芦花在漫游。大雁一行，横于高空，发着寂寞的叫声，吃力地扇动着黑翅往南飞。

阿雏望着天空，望着无家可归的雁们，泪无声地流在腮旁。

大狗爬过来，久久地望着阿雏："阿雏哥！"他虚弱地叫了一声，便晕倒了。

阿雏走了，走向芦滩深处。过了很久很久，他才摇摇晃晃地回来。他的衣服被芦苇撕豁，手、胳膊和脸被芦苇划破，留下一道道伤痕。他身后的路，是一个又一个血脚印——尖利的芦苇茬把他的双脚戳破了。

他双手捧着一窝野鸭蛋。

他跪在大狗的身边，把野鸭蛋磕破，让那琼浆一样的蛋清和太阳一般灿烂的蛋黄慢慢流入大狗的嘴中……

十

夜空很是清朗，那星是淡蓝色的，疏疏落落地镶嵌在天上。一弯明月，金弓一样斜挂于天幕。芦苇顶端泛着银光。河水撞击岸边，水浪的清音不住地响。

两个孩子躺在芦苇上。

"你在想你的娘老子？"阿雏问，口气很冷。

大狗望着月亮。

阿雏坐起身来，用眼睛逼着大狗："他们都希望我死，对吗？”

大狗依然望着月亮。

“没说过？”

大狗点点头。

“你撒谎！”

夜十分安静。

有一只野鸭从月光里滑过。阿雏的目光追随着，一直到它落进西边的芦苇丛中……

天亮了，阿雏挪动着软得像棉絮似的双腿，拨开芦苇往西走，轻轻地，轻轻地……他从一棵大树后面慢慢地探出脑袋：一只野鸭正背对着他在草丛里下蛋。他把眼睛紧紧闭上了，浑身不由自主地抖索起来。

他抓了一块割苇人留下的磨刀砖，花了大约半个小时，才扶着树干站起来。他的双腿一个劲儿地摇着，那块磨刀砖简直就要掉到地上。

有那么一阵，他一点儿信心没有了，甚至想大叫一声，把那只野鸭轰跑。他的眼睛瞪得很大，抓砖的手慢慢举起来。砖终于掷出去，由于力量不够，野鸭没有被砸死，负了重伤后，扑棱着翅膀往前逃了。

阿雏瘫在地上，望着五米外在流血的野鸭，无能为力。

野鸭歇了一阵，又往前扑棱着翅膀。

阿雏站起来跑了几步，眼见着就要抓住它，却又跌倒了。

下面的情景就是这样无休止地重复着：他往前追，野鸭就往前扑，他跌倒了，那野鸭也没了力气，耷拉着双翅趴在地上，嘎嘎地哀鸣，总是有那么一段似乎永远无法缩短的距离。

野鸭本想从窝棚这里逃进水里，一见大狗躺在那里，眼睛闪闪发亮，又改变了方向。

阿雏爬到已经饿得不能动弹的大狗身边："等我，我一定能抓住它！"他自信地笑了笑，回头望着野鸭，目光里充满杀气。

大狗望着阿雏，他渐渐消失在芦苇丛里。

野鸭终于挣扎到水里。阿雏纵身一跃，也扑进水中……

村里的人找到了大狗。他还有一丝气息。醒来后，他用眼睛四下里寻找："阿雏哥！阿雏哥呢？……"

这个孩子变得像个小老太婆，絮絮叨叨，颠三倒四地讲芦苇滩上的阿雏："我冷，阿雏哥把他的裤衩和背心都脱给了我……"

他没有一滴眼泪，目光呆呆的，说到最后总是自言自语那一句话，"阿雏哥走了，阿雏哥是光着身子走的……"

世界一片沉默。

人们去寻阿雏。

"阿雏！"

"阿雏——！"

“阿雏～～！”

“阿雏……！”

男人的、女人的、老人的、小孩儿的呼唤声，在方圆十几里的水面上，持续了大约十五天时间。

雪 柿 子

这是很久很久以前的故事——

一

整个夏季和秋季，天空没有掉下一滴雨，所有的庄稼全部枯死，冬季来临时，这百十户人家的山村，开始忍受饥饿的煎熬。

米桶、米缸都空了。明明是空了，大人和孩子还是禁不住要打开盖子看一看。真的空了，一丝不剩的空，干干净净的空。饥饿的孩子不死心，把脑袋伸进米桶或米缸，还用手在里面仔细地摸索了一阵。

空了！

饥饿的孩子还未灭尽一番童心，把头埋进米桶或米缸里，从嘴里发出声音。那声音出不来，在米桶或米缸里旋转着，轰鸣着。孩子觉得这很有趣，便放大了喉咙，声音嗡嗡地响着，有点儿像天边的雷声。

终于不再游戏，脑袋慢慢抬起来时，脸色苍白，眼角不知何时已挂上了泪珠。

人们开始用带长柄的铁叉挑起头年的麦秸、豆秸，一个劲儿地抖动着，企图抖搂下一些残留的麦粒和豆粒；人们把本想用于喂猪的米糠，用细眼的筛子重新筛了一遍，把一些看不出来的碎米全部筛了出来；人们把芦根从泥里挖出，晒成干子；人们几乎搜遍了前后左右的山，将凡是可以充饥的野菜、果实，全部搜罗回家中……

一个漫长的冬季，像一条黑洞洞的隧道，似乎是无底的。

大人们要带领孩子们穿越这条隧道，走向春天，走向来年收获的季节。

孩子们已不再像小疯子一般在外面玩耍，一个个，或睁着饥饿的眼睛躺在凉丝丝的床上，或是坐在门槛上，用无神的目光，看着瘦着肚皮、摇摇摆摆地在寻找食物的狗或猫。无心玩耍，也无力玩耍。

瘦。

一切有生命的，都在变瘦，人瘦，猪瘦，狗瘦，连鸟儿都瘦。

衣服变大了，床变大了，房子变大了，村巷变大了，天和地变大了。人们在天底下走着，像一根根长长短短的筷子。

满目的荒凉，在这冬季里，让人感到有点儿绝望。

终于，有鸟飞着飞着掉了下来。有人捡起来，用手摸了摸说：“嗉里没有一点儿食，就剩下骨架了。”

河里，没有鱼虾，只是空河。

夜晚，狗虽然还吠，但声音非常疲软，更像是哼唧。

偶尔，会有个孩子奔跑起来，大人看到了，心立即紧缩起来，向那孩子叫着：“慢点儿慢点儿，省着点儿力气吧。”那大人看到的是越来越饥荒的明天。

食物日渐短缺，人们的眼睛在日渐变大。学校的老师看见一群孩子的眼睛时，无缘无故地想到了铃铛，一对对铃铛。

隔个几天，就会看到有一个乞讨的人走过村庄。男的，或女的，一身尘埃，脚步既沉重，又虚飘。不听口音，就知道那人是从远方而来的。饥荒不只是降临在这个小山村，而是降临在一个非常广阔的区域里。乞讨者明明知道，这小山村已很难施舍，但还是一家一家地乞讨着。“给口吃的吧。”声音疲惫，像是在自言自语。小山村的人因无力施舍这个乞讨者，而心里感到内疚。前面的人家知道这个乞讨者马上就要走过来了，干脆早早地关上门，然后躲在门后，从门缝里看那乞讨的人慢慢地走过。

这天早上，女孩儿蓬草背着书包第一个走进教室，不久，尖叫着从里面跑了出来，见了树鱼、丘石儿、桐子他们几个男孩儿才站住。然后，用手指着教室：“死……死人！”

这几个男孩儿愣了一下，随即跑进教室。但随即抢着跑了出来，并一时忘记了饥饿，大声喊叫起来。

老师来了。

老师在前，树鱼他们跟在老师后面，慢慢地走进教室——

用两张课桌拼成的“床”上，躺着一个衣衫单薄的乞讨者。是个上了年纪的人，细高个儿。大概，他于昨天天黑时乞讨到了这儿，摸黑进了这个教室。他本想在这里睡一觉，明天再上路的。但饥饿和寒冷，使他永远停止了脚步。

是个外乡人。

这个脸色如白纸一般、嘴巴很难合拢的乞讨者，让树鱼他们害怕了。整整一个上午，他们都在发抖，不仅是身子，心也在发抖。

第一个见到死人——那个乞讨者——的蓬草，什么话也不说，眼睛睁得大大的，眼睛深处是不安和恐惧……

二

树鱼很迟才起床。那时，太阳光已照在窗子上。放在往常，树鱼早在床上待不住了。树鱼贪玩儿，是出了名的。不玩儿，就等于要树鱼的命。起早贪黑地玩儿。老师说：“玩儿，也得能吃苦。”可是，现在，树鱼天天睡懒觉，不到万不得已，能在床上多埋一会儿就多埋一会儿。

大人们也赞成。这叫省力气。勤劳的大人们也不再起早贪黑了。一是觉得遇上这么一个糟糕的年头，起早贪黑也没有什么意义——忙也忙不出个粮食，二是觉得，这样可以保存力气，好挨过这个冬季。

早晨，只能喝一碗稀粥。说是稀粥，只是清寡的米汤。一碗粥，拿筷子搅动，只看见几粒米，那米粒都能一粒一粒地数清楚。

很快，树鱼就饿了。

饿得心发慌。

树鱼有点儿挺不住了，就往后山上爬去。也许，能在山上找到一些草籽或果实呀什么的。往年的山上，是有很多东西可以作为食物下肚的。

前几天一直在下雪，山已被雪厚厚地覆盖了。

树鱼找了一根棍子，当作拐杖，往山上爬着。倒也不冷，甚至还感到有点儿温暖。

树鱼仰头看着那些树：黑桃树、山楂树、野梨树……他希望能在枯枝上看到一两颗残留的果实。

没有。没有。没有……

那些树，已经被无数同样饥饿的目光扫视过了。那些目光织成密密的网子，将这山上所有的果树，都过滤过了。过滤得真干净。

树鱼只好用手扒开积雪，在草丛中寻找着。他居然找到了一颗松果。他眼前并没有松树。这松果大概是一只松鼠从远处搬来的，半道上扔了。他居然从中抠出两颗松子来。他咬碎了松子壳，小心地将里面的松仁剥了出来。他很兴奋地把它丢进嘴里，用雪白的牙齿慢慢地咀嚼。松子油性很大，浓稠的汁液缓缓地流向喉咙，使他感到湿润。

他用了很长时间，才将两颗松子吃掉。

他不能着急，尽管很饿，饿得有点儿发昏。但，他必须克制住，慢慢地享用它们。

那个时刻，两颗松子，是这世界上最金贵的东西。

他继续寻找着，可是，再也没有新的发现。这时，他已经爬到了山顶。站在山顶上，他的身体开始摇晃起来。是因为山顶的风大吗？是因为太阳光的眩目让他有点儿晕眩吗？是因为他往下看了一眼，深深的山谷让他有点儿发晕吗？还是因为他饿了，心慌、眼黑、腿软？

他竭力想让自己稳稳地站住。

但，他的身子却控制不住地摇晃着，越来越厉害。

他有点儿害怕了。他想让自己坐下来歇一会儿，然后赶紧下山回家，躺到床上去。但，还没有等到他去完成这一想法，眼前便“唰”地一黑，一头栽倒了，并骨碌碌地滚到山坡上，然后，顺着山坡，骨碌碌地滚向谷底。

坡上也是厚厚的雪。

树鱼在往下滚动时，并不显得惊心动魄。他的滚动，甚至卷起了积雪，看上去，他像裹了一条厚厚的松软的白色棉被。

他毫无知觉，像在被子里睡觉的婴儿。

这是一处人们很少光顾的山坡，下面的谷底也很少有人到过。

树鱼竖躺在谷底。

他居然没有很快醒来，而在那里躺了很久。

从山谷那头吹来的冷风，终于冻醒了树鱼。他感到寒冷，但没有立即爬起来。他躺在松软的雪上，朝天空望去。那时，他觉得天空很高很高，山也很高很高。他搞不清楚自己怎么躺在了这里。

他不感到害怕。

他的脑子已经很清醒，并且觉得身上已经有了力气。他要赶紧回家去。万一回不去，这可就糟糕了。他有点儿口渴，抓了一小把洁白的雪，丢进嘴里。他咀嚼着雪，还发出“咔嚓咔嚓”的声音。当雪变成水流过喉咙时，他觉有涓涓细流在流向他的心脏。他更加清醒了，并觉得身体很舒服。他爬了起来——好像并不困难。

他站在谷底，转动着身子，在寻找容易往山上爬的地方。

见不到任何一条路。所有被登山人留下的路，都被大雪覆盖了。

就在他的身体转动了半圈儿，而面向一处有点儿隐蔽的山坳时，他一下跌入了梦境：

在那个无人会走到的山坳里，长着一棵柿子树，那柿子树上，居然挂了一树柿子！

他觉得，自己又有点儿要站不住了。但这一回，他没有晕倒。他情不自禁地摇晃了一阵，终于稳住了自己。他向那棵柿子树走去。

柿子树落尽了叶子，只是一根根完全裸露的树枝。

枝头挂着的柿子一般大小，上面小部分落着雪，看上去像白糖，下面大部分，因被雪水洗过，呈金红色，透亮，如同打过蜡。

正有一片阳光从山顶的一个豁口照在柿子树上，使那棵柿子树仿佛是在天堂里，在仙境里。

望着静穆的柿子树，树鱼无端地想到：那柿子到了夜晚，会一颗颗亮起来的。

他已没有一丝饥饿的感觉，只是久久地、出神地望着这棵柿子树。

一树的柿子，晶莹，玉琢成的一般。

这不是童话，而是一个叫树鱼的孩子看得真真切切的实景。

这个孩子，是在大饥荒的光阴里看见这幅画儿的……

三

现在，树鱼拥有一树柿子。

望着这一树美丽而生动的柿子，树鱼还没有吃，心先甜了起来。

他的眼睛很亮很亮，双手抱着放在胸前，几乎要哭了起来。

他叫了一声“爸爸”，又叫了一声“妈妈”，然后环顾四周，终于知道现在只他一个人在这谷底，不禁笑了起来。

他决定爬上树去，先摘下一颗柿子吃掉，再摘两颗带回家中。其余的都留着。他要省着吃，吃一个冬季。

就在他准备爬树时，山顶上隐隐约约地传来了呼唤声——呼唤他的。

呼唤声渐渐大了起来，他听出来了，是许多孩子的呼唤声。他侧耳听去，听出了桐子的声音、蓬草的声音，还有丘石儿的声音。

他不喜欢丘石儿。他们是对头。他讨厌丘石儿，十分讨厌。他们总是说不到一起去，坐不到一起去。他们甚至见了面都不说话，就当没有看见对方，脑袋一偏，装着看别的什么，走了过去。整个山村的人都知道，他们是“敌人”。

使他们成为“敌人”的原因，一是因为两家的大人，一是因为他们自己。两家大人曾因为争一小块相邻的地而争吵，打得头破血流，最终，是村长出面调解，才算有了一个解决，但从此两家大人不再说话，不再来往。除此原因，树鱼觉得丘石儿总是牛气烘烘的样子，不就是成绩好嘛！有什么了不起的！而丘石儿总觉得树鱼老想把其他孩子拉拢到他那一边。丘石儿心里说：我倒要瞧瞧，他们都愿意跟谁好！

在这些山村孩子的眼睛里，他们两个都是“强人”，因此，他们谁也不选定谁，而是游移在他们两人之间。对于他们的敌对，他们一个个就装着没有看见。

孩子们的呼唤声已变得十分清晰。

呼唤声中，是焦急——十分的焦急。

实际上，人们寻找树鱼已经有两个多小时了。先是妈妈发现他不见了，然后妈妈告诉了爸爸。起初，他们以为树鱼出去找孩子们玩了，并没有特别在意，只是随便问了两三个孩子。在他们都回答说没有见到过树鱼后，爸爸妈妈有点儿着急了，就呼唤起来。见没有回应，呼唤声就大起来。依然没有回应。当爸爸妈妈的呼唤声越来越大，呼唤声透露出来的焦急越来越浓重时，就有很多大人和孩子参加进来。他们找遍了整个山村，各个人家、小学校、村前的寺庙、小电站……把他可能去的地方都找遍了。

谁也没有想到树鱼会去那座山上。

山村的周围有好几座山，那座山是一座最不好看、最无趣的山，平常很少有人会去。而树鱼去那座山，正是因为树鱼想到很少有人去那儿。他想：也许，这样倒有可能找到一些食物。

是丘石儿想到了这座山："说不定，他去了那儿。"

大人们似乎对这座山不抱希望，说："那么，你们，孩子们，就去那儿找一找吧。"他们继续围在一起，在推测树鱼此刻究竟会在哪儿。他们让树鱼的爸爸妈妈再仔细回忆回忆，树鱼究竟是什么时候离开家的、走时有没有说句什么、他过去曾去过什么地方……

树鱼的妈妈一直在哭。因为，这山村曾不止一次地发生过可怕的事情：一个人在大雪封山的日子里忽然不见了，到了春天，等大雪融化后，发现他躺在山坡下或山谷里——那人去山里，陷在了大雪的窟窿里，或是正走着，雪崩了，把他压在了雪下。

所有孩子都很紧张。虽然一个个都很饥饿，浑身没有力气，但在这几个小时里，他们却好像完全不在饥饿的状态里，不住地奔跑着、呼唤着。随着能去的地方，一个一个地被找过，他们越发紧张起来。

丘石儿今天本来打算一天安安静静地躺在床上的。因为妈妈昨天晚上说，今天一天，他们只能吃一顿稀饭，因此，最好不要到处乱跑，免得饿倒。当听到外面找树鱼的嚷嚷声时，他立即从床上爬了起来，并立即加入到孩子们的队伍中。

大饥荒里，孩子们的心似乎变得脆弱起来，柔软起来。他们忘记了过去很多事情。

丘石儿在前面走着，几十个孩子在后面跟着。

他们在山脚下发现了一行往山顶的脚印。

这一发现，让他们全都兴奋了起来。沿着这行脚印，他们一边呼唤树鱼，一边往山顶爬去……

树鱼听到孩子们的呼唤声，感觉到他们正往这边找过来时，看了看柿子树，暂时放弃了爬树摘柿子的决定。

他不想让孩子们看到这棵柿子树。

它是他的，只属于他。

他看了看山坡，朝相对不算陡峭的坡面走去。他要很快回到山顶上，然后装成若无其事的样子，和孩子们一起回到村子里。

他还没有爬回山顶时，孩子们却都已到达了。

看到树鱼正往山顶上爬，孩子们问：“树鱼，你怎么在这儿呀？”他们一个个顿时都没有了力气，坐了下来，向下看着往上爬来的树鱼。

树鱼爬到了山顶。

“你干吗去了？”

“你怎么会从那儿爬上来呢？”

“你是摔倒了滚到下面去了吗？”

见到树鱼好好的，孩子们都很高兴。女孩儿们甚至哭了起来。

树鱼说：“我上山找吃的，不知怎么的，在山顶上跌倒了，滚落到了下面。”

“快回家吧。”已很久没有与树鱼说话的丘石儿对树鱼说。当然，他并没有看着树鱼说。

树鱼的心动了一下。

丘石儿站了起来。他本打算往山下走的，却迈不动脚步了。他摇晃着，像风中一棵瘦弱不堪的树苗。丘石儿本来就瘦，进入冬季之后，又一天一天地瘦下去，现在，已瘦得薄薄的，风能随时把他吹跑。

他使劲想使自己站住，但，最终还是一头栽倒在雪里。

孩子们立即将丘石儿团团围住，不住声地叫着：“丘石儿！丘石儿……”

树鱼双腿跪在丘石儿身边，抓起一把雪，放在丘石儿的额头上。

过了一会儿，丘石儿醒来了。他朝树鱼笑了笑，朝孩子们笑了笑。等丘石儿缓过劲儿来，孩子们搀扶着他一起往村里走时，树鱼总落在后面。

一树的柿子。

不知出于什么心情，孩子们在下山时，还唱着歌儿。

树鱼跟着唱，唱着唱着停住了，向孩子们喊道："你们站住！"

孩子们站住了，回过头来，望着他。

树鱼说："你们不想到山那边看看吗？山底下有条小溪，说不定有鱼呢！我们可以抓鱼烤了吃！草丛里还有橡果！你们都不饿吗？"

孩子们既疑惑又惊喜。

"来！跟我来！"树鱼招了招手，"来呀！"

孩子们都掉转身去。

树鱼走在前头。

孩子们跟着。

重又回到山顶之后，树鱼指了指下面："谁都不用怕，下面是雪，可厚了，就只管往下滚就是了……"说完，往前一冲，倒在了山坡上，骨碌碌地滚了下去。他的身后扬起一蓬蓬细雪来。

到了下面，树鱼摆出一副很舒服的样子，在那儿躺了一会儿，然后站起来，向山顶上的孩子们招着手："下来呀！下来呀……"

先是桐子滚了下去。

桐子与树鱼一起向山顶上招了招手之后，男孩儿们女孩儿们都争先恐后地向下滚去。

不一会儿工夫，就全都滚到了山脚下。

真有一条小溪，一半结着冰，一半没有结冰，在淙淙流淌。遗憾的是，并没有发现鱼。

草丛里倒确实有橡果。不知是被什么鸟叼到这里的。

树鱼一边和孩子们一起找橡果，一边悄悄地引导着孩子们往那棵柿子树走去——现在，它正被山坡的一道皱褶挡着。

树鱼已经看到了柿子树，但他做出一副聚精会神地找橡果的样子，蹲在地上，扒着压在草上的雪。

蓬草突然叫了起来："柿子树！"

孩子们全都跑了过来……

四

寒冷的冬季，这棵柿子树让受着饥饿煎熬的孩子们感到震撼。

他们谁也不说话，只是静静地看着它。

一时，他们忘记了饥饿。这一颗颗看上去鲜艳而温润的柿子，却并没有让他们想到它们是可口的美味，是可充饥的。

他们开始数枝头的柿子。数来数去，总是有好几个数字。反复数了五六遍之后，才终于有了一个大家都认可的数字：

三十六颗。

又观望了一阵，这才想到吃上。

树鱼又有点儿后悔了，但他却说："我们分了它们吧。"他心里感到了疼。

孩子们都表示赞成。

丘石儿总是显得比其他孩子成熟。他说："先留着吧。现在，各个人家，都还能对付着呢！等到家家户户都没有一点儿吃的了，我们再来摘吧。"他提出了另一个更实际的问题："再说，也不够每人分一颗。"

立即有孩子去点人数。

丘石儿说："不用点了，我们一共三十八人。"

点数的孩子有点儿怀疑丘石儿说出的数字，继续清点，直到自己清点的人数也是三十八人，才停止清点。

丘石儿说："我们饿了，可以到柿子树下坐一会儿，只看不吃。"他望着所有孩子的眼睛："你们同意吗？"

总是与丘石儿唱反调的树鱼第一个站出来支持丘石儿的想法。

孩子们你看看我，我看看你，再看看枝头的柿子，最终，也都同意丘石儿的想法。

丘石儿说："谁也不准私自摘一颗。"

丘石儿先与树鱼击掌，然后，与其他孩子一个一个地击掌。

孩子们互相击掌。

山谷里，响起一片击掌声。

树鱼说："除了我们，不要让任何人知道！"

丘石儿和孩子们都赞成，又是一阵互相拉钩、发誓。

他们定了下一次来柿子树下的时间之后，带着柿子树的美好形象，情绪饱满地回家去了。

那一颗颗柿子仿佛凝固在了枝头——整个柿子树都仿佛凝固在了那片山坳里。似乎，百年、千年，它永远那样立着。似乎，它们早已这样立在那儿了，有百年、千年了。

孩子们围着看它时，从未有过它们中间可能会有一颗突然坠落的担忧。

他们在柿子树下玩耍着，有时，会想到吃掉它们，但更多的时候，只是想看着它们。看到它们，就欢喜，就快乐，就不焦愁，就不心慌。看着它们，嘴里就会有甜甜的味道。

并不总是看着柿子树，这片很少有人到达的谷底，还真能不住地找出一些食物来：核桃、山楂、烂了而现在被冻住了的各种果实。有一天，他们居然在小溪里真的捕到了一条一斤多重的鱼。他们将这条鱼烤了，每人都分得一点点。

每次离开柿子树之前，他们照例会数一数枝头的柿子。然后再静静地观望一阵。食物越来越少了，有人家已再也没有任何充饥的食物了。已有人将家门用石块堵上，再抹上泥，背了铺盖卷，在没有人看得见的情况下到他乡行乞去了。

人心惶惶的。

树鱼家从远房亲戚家借来的粮食也快吃完了。

妈妈看着盆子里所剩无几的粮食，愁容满面。

树鱼一天只能喝一顿稀粥了。

他走路发飘，会下意识地扶着墙壁或扶着树。他不敢仰头看太阳。今年冬季的太阳特别亮，他看了就晕。

那棵柿子树越来越频繁地出现在他的眼前，出现在他的梦里。

他已一次又一次地后悔：那天，不该让他们看见柿子树的。

三十六颗柿子呢！

多么宝贵啊！

这天夜里，树鱼饿得怎么也睡不着。他心里不住地想那棵柿子树，若不是害怕夜晚的山谷，他几乎就要起床，拿一只篮子在夜深人静之时，走向那座山，然后滚落下去，然后，爬上树去，把柿子全部摘回家。

那可是他发现的，他有权这样做。

第二天一早，他在村里的人还没起床时，悄悄地走向了那座山。他没有带篮子，他只想爬到柿子树上，摘一颗柿子。

来到山顶后，他向四周看了看，见没有人，然后将自己放倒，顺着山坡滚了下去。

他很快爬了起来，向柿子树跑去。

很快，他又停住了：

一个孩子正抱着柿子树的树干，往上爬着。

那个孩子听到了动静，立马僵在了那里，不上也不下。

当那个孩子扭过头来时，树鱼一下子看清楚了他的面孔：桐子！

桐子僵在树上半天，手一松，几乎是跌落在地上。他把头勾在胸前，久久没有抬起。

不一会儿，树鱼听到了桐子的哭泣声。

树鱼走上前去，轻轻摇着桐子的肩头。

桐子的哭声大了起来。

树鱼更用力地摇着。摇着摇着，桐子的哭声才渐渐变小。

桐子终于抬起头来，羞愧万分地望着树鱼："我……我实在太……太饿了……"

树鱼点了点头。不知为什么，他也想哭。他对桐子说："要么，你爬上去摘一颗吧。"

桐子看也没看树上的柿子，只是一个劲儿地摇着脑袋："我……我不饿了……"

树鱼和桐子背靠着柿子树坐下了。

树鱼说："那天，我在你们前面，已经看到这棵柿子树了，你相信吗？"

桐子点了点头："相信。其实那天往回走时，丘石儿已对我说了，他说，你已看到过这棵柿子树了，你是想让我们都看见它……"

树鱼一下哭了起来……

五

临近过年时，丘石儿终于倒下了。

那天，树鱼听到了风声：明天上午，丘石儿一家将会把门封上，往西边去了——听人说，越往西边走，那边的人家就越有粮食，多少能乞讨到一口吃的。丘石儿的爸爸妈妈要让他们的儿子度过这场大饥荒，活下去！

第二天一早，树鱼把那天看到柿子树的孩子都叫上了，加上他，一共三十七个人。他领着他们来到了那片山谷，然后，在三十七双目光的注视下，慢慢地爬上柿子树，摘了一颗柿子。

十点左右，一辆板车，从村巷的东头过来了。

拉车的是丘石儿的爸爸。

丘石儿的妈妈跟在后面，帮着推车。

车里躺着的是丘石儿，他的眼睛又大又亮。很瘦，躺在被子里都看不出被子里躺了一个人。但丘石儿微笑着，仿佛很高兴出远门去，很高兴躺在板车里让爸爸拉向别处。

孩子们迎着板车跑了过来，一会儿就将板车围住了。

树鱼亮出了那颗柿子。

那颗柿子在寒冷的空气里，似乎放射着夺目的光芒。

丘石儿有点儿惊讶。

树鱼说：“我们就只摘了这一颗。”他把柿子轻轻地放在了丘石儿胸口的位置上。

孩子们看着拉丘石儿的板车，一直到它消失。

丘石儿走后，孩子们还会不时地来到柿子树下。

还剩三十五颗，但自此，没有再摘一颗。

不久，来自远方的救济粮食运到了这个萧索的山村。

人们终于熬过了这一漫长的冬季。

春天说来就来，是以轰隆隆的脚步声走来的。

厚厚的大雪开始融化，像油膏一般滋润着大地。万物苏醒，并从头年的干涸中开始了蓬蓬勃勃的生长。随即就有了各种各样充饥的食物，更让人们喜悦的是：一切，都在预示着一个丰收季节的到来。

那树柿子忽于一天，一颗也不剩了：

一种不知名的候鸟，遮天蔽日地路过这里，发现了这棵柿子树，抢着飞下来，一会儿工夫，就把三十五颗柿子都叼走了。

树鱼看到天空有鸟叼着什么飞过头顶时，对身旁的孩子说："那鸟叼着的，好像是我们的柿子。"

孩子们就往天空看。

他们并不难过，更没有后悔将它们留在枝头。

因为，那几十颗柿子，曾像温暖的小灯笼亮在寒冷的冬季、漫漫的长夜……

大 水

一

漂儿被大水堵在了这座小城。

大水冲垮了桥梁，毁坏了所有通往别处的道路。走到城边一看，四周白茫茫一片。水从遥远的天边还在继续涌来，仿佛是一支身着素服的庞大军队正向这里疯狂扑击，像一匹匹抖着鬃毛的银色战马不顾一切地掩杀过来了。高大结实的防护堤傲然地阻挡了它们。于是，它们便跳跃着，撕咬着，咆哮着，一副狗急跳墙的样子。

除了水还是水。

小城像一片秋天的落叶，漂在茫无边际的水上。

漂儿绝望地看了一眼长途汽车站紧关着的大门，心情落寞地走上了已被夜色浸染的街头。

雾气如烟，在街道上慢吞吞地飘，路灯发着红光。

空气湿漉漉的。路上几乎没有行人。小城像座荒古时遗存下的空城。

成千上万只老鼠从水里爬上岸，像溃退的逃兵，在街上穿梭着，有时一队，有时一片。还有三两只，雄赳赳地走着，仿佛是倍珍昔日荣耀的老兵。

漂儿背挎着包袱，毫无目的地往前走。

跟随他的，是自己瘦弱的影子。

他隐隐约约地觉察到了孤独，认为应当唱支歌。他从来不记唱词，并且从来不能把一支曲子完整地唱到头。于是，他只能胡乱地哼唱。这种颤颤抖抖的哼唱，慢慢演变成一种近乎小公牛式的荒野叫喊。这种叫喊振奋了他的神经，使他怪模怪样莫名其妙毫无意义地在街上扭动起来，跳跃起来，转动起来，疯跑起来。

突然，那股掩埋在心灵深处的悲凉之情一下抓住了他。

漂儿的声音有了一种哭腔。

冰凉的夜色中，漂儿真的哭了。

他坐到了马路牙子上。

不远处，一位行乞的老者，朝漂儿张望着。他衣衫褴褛，蓬乱的头发、多年不剃的胡须、久不清理的污垢使他的面孔变得一片模糊。他似乎朝漂儿笑了笑，便去将背囊中的食物的残渣掏出来，一点儿一点儿地撒在地上。于是，老鼠们便纷纷围了过来。他没有一点儿吃惊的样子，倒显出几分悠闲。

这使漂儿想到黄昏时一个老奶奶在给入笼前的鸡雏们喂食的情景。

行乞的老者往前走去。

老鼠们拥挤着，“吱吱吱”地叫着，争先恐后地跟着老者。

又是沉寂。

漂儿迷迷糊糊地睡去……

远处，似乎传来手风琴的声音。

漂儿微微睁开眼。

手风琴在演奏一首快乐的曲子。声音忽高忽低，节奏忽紧忽慢，在夜空下跳跃着。它驱散了小城的凄凉和夜晚的寂寞。它给人带来一份热闹，一份活气，一份心灵的慰藉。

手风琴的声音牵着漂儿，他迎着它一步步走去。

拉手风琴的是一个中年男人。他坐在路灯下，全神贯注地演奏着。一顶破旧的草帽过多地遮住了他的额头。他的脚旁，是一个铺盖卷儿。他的形象和神情，都证明着他是一个到处流浪的人。

漂儿觉得很有趣，因为他看到拉手风琴的人只不过是在为一只狗而充满热情地演奏着。

那是一只丑陋的小狗。它蹲着，忘我地听着音乐。

拉手风琴的人一会儿朝狗点点头，一会儿歪着脑袋，把耳朵几乎贴到手风琴上聆听着，一副陶醉的样子。

那狗一动不动，听得极认真。

像是受到狗的鼓舞，拉手风琴的人越发卖力地演奏着。他似乎使出了全部的情感和演技。

漂儿终于憋不住笑起来。

拉手风琴的人停止演奏，抬头望着漂儿。

漂儿觉得那两束目光极有力量和神采。

“像我一样，被大水堵在这儿了？”

“嗯。”

“去哪儿？”

“很远很远。”

“你爸爸妈妈怎么放心你一个小孩儿家出远门？”

“他们不在了。大滑坡，他们连房子一起被埋了。”

拉手风琴的人有所醒悟地点着头：“那你要去干什么？”

“投奔一个亲戚家。”

“噢，投奔？投奔！”他收起手风琴，用脚轻轻踢了一下还未从音乐中拉回心思的小狗，“滚蛋吧，小东西！”他走过来，意味深长地拍了拍漂儿的肩，“小老弟，走，跟我去酒馆。”

漂儿便跟了他。

二

拉手风琴的人带着漂儿踏入了一家酒馆，寻了一张桌子，先请漂儿坐下，然后自己放下铺盖卷儿、手风琴，将草帽往桌上一扣，极有派头地喊道：“来瓶好酒，凉菜有多少种上多少种。”随即坐下。他见漂儿露出“这要花多少钱呀”的惊讶与吝啬，捏起草帽，往边上一撂，道：“想吃，就吃。别为难自己。不知道享受还能叫人？记住钱是人挣的！”

那位服务员小姐分明听见了拉手风琴的人的招呼，但却并不搭理，只顾伺候别人去了。

拉手风琴的人沉默地等待着。

“你是干什么的？”漂儿问。

“你看呢？”

“乐师？”

拉手风琴的人笑着摇摇头：“我是修手风琴的。”

“来瓶好酒，凉菜有多少种上多少种！”拉手风琴的人又等待了一会儿，再次提高嗓门叫道。

那位小姐正不太情愿地朝这边走来，忽见进来一对衣着华贵的男女，她又马上转身迎去：“请进。”然后就只顾去伺候他们，将拉手风琴的人又冷淡了。

拉手风琴的人双手托着下巴，极有风度地保持着一种忍耐。这忍耐是那么的沉重和高贵。它在短短的几分钟内，使漂儿的灵魂增添了几分重量。漂儿也有了一种傲视一切的感觉，与拉手风琴的人一样冷冷地沉默着。

过了很久很久，那个姑娘才带着轻慢甚至厌恶的神情走过来。

拉手风琴的人捏起草帽，歪歪地戴在头上，然后斜视着那个姑娘，突然用双手猛然掀翻了桌子。

漂儿又紧张又痛快地与拉手风琴的人站在一起。

拉手风琴的人背起手风琴，用胳膊夹起铺盖卷儿，拉着漂儿的手，朝门外走去。那姑娘赶忙闪到一边。

"必须反击！"走出酒馆，上了街头，拉手风琴的人用冷峻的语调对漂儿说。

他们又进了一家酒馆。当服务员将酒菜送上时，拉手风琴的人往漂儿面前的空碗中斟了半碗酒。

"我不会喝。"漂儿说。

"喝！酒是为咱们男人造的，喝醉了也没有什么了不起。一个男人一辈子醉个几回，才是对头的。来呀，小老弟！"

漂儿大胆地呷了一口，顿觉一条火蛇从喉咙中游过。等这种热辣辣的感觉消失后，代之而起的是一种向全身辐射的热量。他对自己的能量、能力有了一种完全不同于过去的认识。不久前脸上的萎靡、可怜巴巴、惨兮兮、黄唧唧一下子被酒冲散了。他显得那么健康，那么英俊。

拉手风琴的人好酒量，自斟自酌，十分快活，仿佛世界上的一切都是顺心如意的。

“要活好。凭什么不活好呢？别那么垂头丧气没情绪。记住，太阳既照着他，也照着你，为什么要无缘无故地生出许多可怜呢？”

漂儿喝了一大口酒。他从未喝过酒。过去，他望见酒，总有几分恐惧。

“别做酒鬼。做酒鬼的人，终究还是因为他自己觉得可怜。”

拉手风琴的人是在痛饮。这种痛饮激动人心。几杯落肚，拉手风琴的人变得意气风发、神采奕奕。

“你别想着自己什么都没有，得想着自己什么都有，有眼睛，有鼻子，有双手，有挑担的肩！你还要什么呢？抬起头来往前走，海阔天空！”

这是一位哲人。这些似乎随意说出的话与酒一起流入了漂儿的血管，与那温热鲜红的血融合在一起，在血管中奔流，像大水冲击堤岸一样，冲击着漂儿那颗时时觉得寒冷萎缩的心脏。

已是深夜。

他们走出酒馆。

他们睡觉的地方是一座大楼的檐下。

凉气袭人的夜晚，无处归宿，这是很容易让人伤感的。

街是空寂的。小城似乎完全没有意识到这两个流浪者的存在而已经自顾自地睡去了。只有无神的路灯在远处向他们洒来微弱的光。

漂儿恓恓惶惶地张望着。

拉手风琴的人似乎很能体会漂儿的心情，用胳膊轻轻地、温暖地搂了他一下："睡在我脚下。"他铺开席子，放下被子："一样地睡觉。"

漂儿很拘谨地脱掉衣服，钻到被窝里。

拉手风琴的人披着衣服坐在被窝里，朝苍茫的夜空望，似乎那深处蕴含着什么他所期待向往的东西。

漂儿从未有过这种感觉。天就在他的上面，黑色的，极深邃。风在他的肌肤上似有似无地掠过。夜是那么的苍凉。此时的夜，似乎在无声地向人们诉说许多深刻的道理。寥落的星辰，苍茫的夜色，凉丝丝的空气，触动着人的情感，也触动着人的理智，让人往深处去体味生活和人生。在漂儿这种年纪上，对一切都是模糊的，但，他确实在一秒一秒地走入真正的生活和人生，虽然他不知道。

不远处的高楼上还有一家人尚未歇息。橙色的窗帘，明亮而温和。无边的黑暗中就只有这一方窗帘。它映衬得这小城的深夜更是寂寞，甚至是凄凉。

拉手风琴的给漂儿掖好被子："我们大家都是在生活。活着不在乎是在大楼里，还是在屋檐下。关键的关键在于，你总要记住自己是个人！”他平静地拉响了手风琴。那是一首微微忧伤但总给人宁静、纯洁和安详的小夜曲。这声音从大楼的阴影中慢慢地进入了夜的胸膛。

漂儿渐渐睡去。

这是他出生以来的第一次露宿。

三

大水不肯退去。

它很阴险地往上爬着，几乎就要爬上大堤漫上岸来了。它像困兽一般闹腾着，张牙舞爪，气哼哼泛着白沫，一副腌臜样子。

小城真正地绝路了。

漂儿很发愁：“这样耽搁，哪儿来的钱呢？”

“虽是个小城，总有手风琴好修的。”拉手风琴的人泰然一笑，“走！”便用洪亮的嗓音朝这小城信心十足地吆喝起来，“修理手风琴——！”

走过一条条街，穿过一条条巷子。拉手风琴的人真是副好嗓子。对于这一点，他本人也已经意识到。他似乎并不在乎有无手风琴好修，吆喝本身就很有意义。这声音给这绝路的小城以一种生命的冲动，小城仿佛一下变得生机勃勃。他有时干脆站住，双手叉腰，朝高空呐喊着。

漂儿跟着他，没有一丝忧愁，有的只是快乐和希望。

“我家手风琴坏了。”一个小孩儿跑过来，并领着他们到他家去。

但小孩儿父亲却拉回孩子关上门：“不修不修。”

拉手风琴的人并不走，弯起手指，很有礼貌地叩响了门。

小孩儿的父亲探出脑袋：“说了，不修嘛。”

“咣当”关上门。

“走吧。”漂儿失望地说。

拉手风琴的人无可奈何，只好走开。可是没走几步又折回去，固执地再一次将门敲响。

“你这人是怎么搞的？！”小孩儿的父亲见又是拉手风琴的人敲门，恼怒地责问。

“请把你的手风琴修一修！”拉手风琴的人居然用一种命令的口气说。

“告诉你，那手风琴不值得修了！”

“看看再说！”

“算了算了。走吧走吧。”

小孩儿的父亲没一点儿念头，顽梗地又将门关上。漂儿有点儿尴尬。

拉手风琴的人背倚门上，一脸不屈不挠的神情。

“走吧。”漂儿说。

“不！”拉手风琴的人有点儿蛮横地说，“这手风琴我修定了！”他一屁股坐在门口的台阶上，卷了卷袖子，拉响手风琴，并且越拉越起劲。

门终于再一次打开了。

“决定修了？”拉手风琴的人侧过脸问。

门没有关。

拉手风琴的人朝漂儿一招手：进！

小孩儿的父亲把一架落满灰尘的手风琴扔在沙发上：“修吧，只给五块钱！”

拉手风琴的人随意拉了拉那架手风琴，点点头。

小孩儿的父亲对这架手风琴显然已不抱任何希望，只是缠不过这个修手风琴的人罢了。他扔下五块钱，便进卧室睡觉去了。

“他信不过我。”拉手风琴的人说，“就给我几块板子，再给我几片铜片，我都能做出一架好手风琴来。”他拿出工具，眨眼工夫，把那架手风琴拆了个“稀里哗啦”。

漂儿有点儿担心：装不起来怎么办呢？

随即，漂儿被拉手风琴的人的神奇怔住了：他粘胶、换键、调整铜簧……动作麻利，节奏分明，这中间竟无一丝犹疑和停顿，一气呵成。

“记住，人总得有点儿本领。”说话间，拉手风琴的人又将那手风琴装好，并将它的外表擦得锃亮，他轻试了几个音符，随即大弧度地拉开风箱，一首热情活泼的曲子便从那只手风琴中奔涌而出。

漂儿简直佩服得五体投地。

小孩儿的父亲走出来，惊异地："那手风琴……是我的？"

漂儿连忙点头。

拉手风琴的人把修好的手风琴放到沙发上，将五块钱往口袋里一插，收拾起自己的东西，拍了拍漂儿："走了。"

小孩儿的父亲连忙又掏出十元钱来。

拉手风琴的人用手推开了："说好了的，五块！"

出了门，拉手风琴的人又不知疲倦地用那洪亮的嗓门吆喝起来往前走。

漂儿就这样跟着他，一天、两天……他们奔走、辛劳、不吝啬地付出，但也享受了这小城能够给予的一切。漂儿觉得自己无时无刻不在长大，无时无刻不在增添智慧和力量。漂儿对漫漫茫茫的路程不再恐惧，不再觉得孤单。

他全心全意地崇拜着这个其貌不扬的拉手风琴的人。

四

大水在夜空下颤着灰白色的亮光。远处水涛的"轰隆"

声与近处水浪撞叩堤岸的“豁啷”声，夜风之悲鸣声，没有归宿的水鸟在浪尖上偶尔发出的叫喊声，给灰蒙蒙的小城蒙上一层忧郁的色彩。

漂儿与拉手风琴的人坐在堤岸上。

手风琴朝大水，朝小城，朝夜空响起来了。不知是为环境所染还是拉手风琴的人今晚忽然有了悲壮的回忆，手风琴奏出的乐曲总带着悲凉雄壮的意味。

“你想知道我的故事吗？”

漂儿不知如何回答。

“我不知道我从哪儿来。当我记事时，我已经是一个乞丐。我像一条无家可归的狗，在街上，在荒野流浪，靠别人的施舍，一天一天地度过光阴。那生活是腌臜的。在垃圾桶里，在人家屋后的废物堆上，我像只刨食的鸡那样刨着。有时是为了寻找食物，有时是为了寻找破鞋、破衣服或是空瓶子之类的东西。晚上，我或是睡在车站，或是睡在人家猪圈里。我确实是条狗！当我有了点儿力气的时候，我也帮人家干过活儿。不过，那总是看着人家的脸色。我巴结人家，奉承人家，顺着人家说话，人家发火，我一边往后退一边点头，屁也不敢放一个。为了混口饭吃，我无数次心甘情愿地被人侮辱过。一个狗娘养的寻开心，让我亲他的屁股，亲一次一元钱。我亲了，还笑嘻嘻地说好听的。我确实是条狗！就这么长大了。过了十六岁，我隐隐地痛苦起来，特别是当深夜独自一人思考着的时候。屈辱感一天一天地咬着我的心。我懂得了咬牙，懂得了用眼睛冷看这个世界。一个念头越来越清楚地横在我的脑海里：人得有人的活法！是的，我确实很可怜，没有家，没有亲人，甚至不知道自己是谁。但，终究也是个人。这么想着，我敏感起来，仇恨起来。一次，我向一个杂种求点儿食物，他朝我恶毒地一笑，将手中的饼一掰两半，一半给了我，一半扔到地上给了一条狗。我抓着那半拉子饼，浑身颤抖不止。我将饼猛地砸到他脸上，随即扑上去撕咬他。我怎么也想不到，人一旦愤怒起来会那样地不顾一切。我咬他的胳膊，咬他的耳朵，最后居然咬他的喉咙……那人受了重伤。我被抓进了牢房。那年我十八岁，已是一个小伙子。”

拉手风琴的人停住话头，拉起手风琴。琴声告诉漂儿，他还沉浸在苦涩的回忆里。

“后来，我和许多犯人一起，被送到一个荒无人烟的地方。在那地方，我九死一生，度过了整整十个年头。但那十个年头我黄金不换。它给我的东西，终身享受不尽。我认识了一个人，一个会拉会修手风琴的人。他使我懂得了人，并教给我谋生的本领。我活着走了出来，他却永远留在那里了。我开始了新的路程。路很难走，但我坚决地往前走，从不灰心，也从不可怜自己。与其瞧着别人的脸色到碗里去夹肉，还不如独身一人喝西北风去。总而言之，我必须作为一个人生活于这个世界上。是的，我不过是一个修手风琴的。别人会瞧不起我，比如那天晚上酒馆里那个姑娘。可我自己不能轻瞧自己。一个人不在乎他一辈子做什么行当，关键在于他在做这一行当时得有一种人的神圣感。一有了这种感觉，你便会觉得自己那点儿微不足道的谋生手段顿时变得无与伦比的伟大。当我终于弄到了一笔生意，当我用我的手我的心灵使那些将要被主人当作破烂而抛弃的手风琴重新有了演奏能力时，我看见了自己。你看见过自己吗？自己！”

他兴奋地拉着手风琴，一会儿挺起胸脯，一会儿弯下腰去，像是在拥抱怀中的手风琴。他久久地浸泡在音乐声中，不肯把思路拉回来，继续给漂儿叙述他的人生。

“当然。我也很知道享受人生。我反对苦行僧，绝对反对！人到世界上走一遭，光知道吃苦，不知道享受，这只能说明他还没把‘人’悟出来。小兄弟，告诉你，我只要愿意并且有钱，我也会像那些大亨一样，住豪华的大饭店，哪怕是一晚，哪怕是第二天我只能喝白开水。有人吵吵着要人一辈子勒紧裤带，他不是不懂人生，就是胡说！我干吗来了？你说，干吗来了？！你能成为一个最富有的游客，你为什么不？问题倒在这一面：当你一无所有的时候，你不要顾影自怜！几十年里，我到处漂泊，走过一座座城市，一个个村庄，天南海北，行踪不定。我走过荒野，也走过世界上最繁华的大街。我在山顶上迎过日出，也在海边一直看着那轮月亮慢慢落进大海。我都是靠自己走的路。我还要什么呢？整个世界不都是我的吗？整个！……”

漂儿瞧见此时拉手风琴的人即使在黑暗里两眼也闪闪发亮。

“当然会有痛苦，可是，小老弟，你必须记住，这个世界上最宝贵的东西不是别的，正是痛苦。那刻骨铭心、让你泪流满面、让你咬牙切齿的痛苦。要珍视它，特别特别地珍视它！”

沉默。具有无限意义的像冬雷一样轰鸣的沉默。

“我要离开这座小城了。”拉手风琴的人说。

“哪儿有路呢？”漂儿望着大水说。

“那也得走。我这个人等不得。我得往前走，不停地往前走。”

同是天涯沦落人。这两人情意切切，竟一夜未眠。那手风琴也断断续续地响了一夜。

五

他说走就走。他掏出身上所有的钱，又卖掉了两件衣服，凑足了数，买动了两个敢于冒险的船工。

漂儿呆呆地站在岸边。萍水相逢，短短几日，别离却是那么地伤心。

拉手风琴的人深表歉意："对不起，小老弟，我喜欢一个人闯荡江湖。再见了！"

漂儿举起手，但泪水模糊了他的视线，拉手风琴的人浑然如一片烟云。

船启动了，在茫茫的大水上，坚定地向前驶去。

拉手风琴的人回过头来，大声地留下一句话："小老弟，记住，这几天是我养活了你，等你有了钱，要想着还我。也许，我们永远地不能相遇了。但你必须想着！因为你不可以欠别人的东西！"

漂儿向他点头，泪水夺眶而出。

大水。

大水。

手风琴在大水之上，雄壮有力地鸣响着。

船越来越小，后来竟成了一个黑点儿。手风琴的声音也渐渐微弱下去。

图书在版编目（CIP）数据

小尾巴 / 曹文轩著 . -- 石家庄 ：河北教育出版社，2022. 10

（年轮典存丛书 / 邱华栋，杨晓升主编）

ISBN 978-7-5545-7174-3

I. ①小… II. ①曹… III. ①中篇小说 - 小说集 - 中国 - 当代 ②短篇小说 - 小说集 - 中国 - 当代 IV. ① I247.7

中国版本图书馆 CIP 数据核字（2022）第 157412 号

年轮典存丛书

书　　名　小尾巴

　　　　　XIAOWEIBA

作　　者　曹文轩

出 版 人　董素山

总 策 划　金丽红　黎　波

责任编辑　张柳然

特约编辑　张　维　张金红

出　　版　河北出版传媒集团

　　　　　河北教育出版社　http://www.hbep.com

　　　　　（石家庄市联盟路 705 号，050061）

印　　制　天津盛辉印刷有限公司

开　　本　787 mm × 1092 mm　1/32

印　　张　10. 25

字　　数　196 千字

版　　次　2022 年 10 月第 1 版

印　　次　2022 年 10 月第 1 次印刷

书　　号　ISBN 978-7-5545-7174-3

定　　价　48.00 元
